MUSTAA JA VALKOISTA

Olli Karila

Mustaa ja valkoista

Jännitysromaani

Esipuhe Juha Järvelä

Vuosikertajännitystä 3

Teos on ilmestynyt ensimmäistä kertaa vuonna 1936 H. W. Marja-
maan kirjapainon kustantamana.

Esipuhe © 2025 Juha Järvelä

ISBN: 978-952-80-8328-3

Kustantaja: BoD – Books on Demand GmbH, Mannerheimintie 12 B,
00100 Helsinki, bod@bod.fi
Kirjapaino: Libri Plureos GmbH, Friedensallee 273, 22763 Hampuri,
Saksa

Olli Karilan *Mustaa ja valkoista*

Vuonna 1936 ilmestynyt romaani *Mustaa ja valkoista* jäi Olli Karilan (oik. Niilo Pärnänen, 1897–1936) viimeiseksi teokseksi. Kirjailijan tuottelias vuosi sai traagisen lopun, kun elämä päättyi tapaninpäivänä yllättävästi sydänvaivoihin. Tavanomaisten jännitystarinoidensa lisäksi hän oli ehtinyt kirjoittaa vuoden aikana sarjan suojeluskuntapoikien seikkailutarinoita järjestön lehtiin sekä Lappiin sijoittuvan jännitysromaanin *Ylämaan kultaa*.

Karilan ura oli alkanut seikkailuromaaneilla, joissa näkyi hänen lehtimiestaustansa, kokemuksensa Aunuksen sotaretkeltä ja aikakauden valtiolliset tapahtumat. Suomalaiset sankarit kamppailivat teoksissa tyypillisesti neuvostokonnia vastaan, Suur-Suomi tavoitteenaan. *Mustaa ja valkoista* osoittaa Karilan pystyneen siirtymään luontevasti poikakirjojen tyylilajista dekkariin. Hänellä olisi voinut olla paljon annettavaa lajille, joka pääsi kunnolla käyntiin Suomessa vasta 1930-luvun lopulla Mika Waltarin ensimmäisen Komisario Palmu -teoksen, *Kuka murhasi rouva Skrofin?*, myötä. Karilalla oli murhamysteerien kirjoittamisesta kokemusta jo sanoma- ja aikakauslehdissä julkaistuista jännitystarinoista, joita hän tuotti vakuuttavalla vauhdilla.

Mustaa ja valkoista -teoksen kannalta merkittävää saattoi olla, että sen kustantajana oli H. W. Marjamaan kirjapaino. Se oli tärkeimpiä lukemistolehtien kustantajia 1930-luvulla. Karilan tuotantoa julkaistiin erityisesti yhtiön *Jännike*-lehdessä, muttta myös sen kuuluisimmassa julkaisussa, *Nyyrikissä*. Karilan jännitystä, huumoria ja romantiikka yhdistänyt tyyli sopi kustantajan linjaan varmasti erinomaisesti.

Karilan jännitystarinoista monet sijoittuvat kartanomiljööseen, joka on saanut epäilemättä vaikutteita kansainvälisestä jännityskirjallisuudesta, esimerkiksi brittiläisistä dekkareista. *Mustaa ja valkoista* -teoksessa voi nähdä hiukan piirteitä myös kauhuromantiikasta, vaikka tunnelma onkin kepeä. Lukija voi pohtia tulee teoksen kuvauksista mieleen enemmän goottilaisen romaanin perintö vai suomifilmimäinen kotimainen ympäristö. Ainakaan miljöö ei ollut tekijälle omakohtainen. Teoksen ilmestyessä Karila asui Enon Kaltimossa Pohjois-Karjalassa, jossa tuskin oli kreivittäriä ja paronittaria.

Karilan jännityskertomuksia enemmän lukeneille teoksessa on myös eräs tuttu piirre. Karilan teksteissä samat nimet toistuivat eri henkilöhahmoilla, josta voi päätellä, ettei hän pitänyt minkäänlaista kortistoa kirjoitustensa henkilönimistä, vaikka tarinoita syntyi satoja. Tällä kertaa hänen suosimansa sukunimi »Auer» on tarinan rikoskomisariolla.

Pienestä kustantajasta ehkä johtuu, että teos sai rajallisesti huomiota lehdistössä, jossa yleensä julkaistiin tuolloin paljon kirja-arvosteluita. *Uudenmaan Sanomissa* (29.12.1936) arvostelija totesi Karilan kuuluvan niihin armoitettuihin, joilta »tulee juttua kuin nauhaa». Hän piti romaania tavanomaisella reseptillä tehtynä, mutta sellaisena kuitenkin tavallista nokkelampana ja ennen muuta sujuvasti kirjoitettuna. Kyseessä on »hyvä salapoliisijuttu, jonka kyllä kehtaa tunnustaa lukeneensa.»

Kirjastojen kirjavalintoja ohjanneessa *Arvostelevassa luettelossa* salapoliisiromaanit eivät olleet yleensä suosiossa, eikä Karilan kohdalla tehty poikkeusta. Onerva Virtanen totesi teoksen olevan »keskinkertainen ajanvieteromaani, jota ei kirjaston hyllyillä kaipaa.»

Nykylukijalle voi teosta lukiessa tulla epäilys, että kokeneena dekkarinlukijana pystyy helpommin kuin 1930-luvun lukijat arvaamaan syyllisen ja romaanin tulevat tapahtumat. Ilmeisesti se ei kuitenkaan ainakaan ammattilaislukijoille ollut aikoinaan sen vaikeampaa, koska molemmat teoksesn arvostelijat mainitsevat, ettei rikollisen henkilöllisyyden päättely ole kovin hankalaa. *Uudenmaan Sanomien* kirjoittaja ei tosin nähnyt siinä mitään ongelmaa koska lukija kuitenkin elää henkilöhahmojen mukana »niin voitot kuin vastoinkäymisetkin».

Mustaa ja valkoista ei todennäköisesti päässyt juuri kirjastojen hyllyihin, eikä Marjamaan kirjapaino ottanut siitä uusintapainosta. Teoksesta onkin tullut keräilyharvinaisuus. Vuonna 2000 Seaflower-kustantamo julkaisi romaanin kahdessa osassa isotekstisten teosten sarjassaan ja 2022 Saga Egmont äänikirjana, mutta painettuna teoksena se on joka tapauksessa ollut heikosti saatavilla. Mielestäni teos ansaitsee uuden tulemisen. Karilan tuotannossa se on parhaiten luettavuutensa säilyttäneitä, koska se keskittyy rikosmysteerin kuvaamiseen poliittisten kannanottojen sijaan. Aikakauden piirteet ovat teoksessa pikemminkin viehättäviä kuin tunkkaisia. Ainoastaan maininta rikoksesta epäillyn ulkomaalaisesta sukutaustasta tuo mukanaan ikävää makua 1930-luvun muukalaiskammosta, mutta se jää onneksi yksittäiseksi tahraksi.

Teoksen kieliasu on vuodelta 1936. Varsinaisia painovirheitä olen korjannut, mutta Karilan käyttämät muodot sanoista olen säilyttänyt. Siksi kartanossa saattaa hetkittäin olla esimerkiksi »peloittavaa». Monet muutkin kirjoitusasut teoksessa poikkeavat nykyisestä. Karila myös sirotteli tekstiinsä mittavia määriä kolmia pisteitä, monen muun aikalaisensa tavoin. Toivon kuitenkin teoksen oikeinkirjoituksen ja kielenkäytön pikemminkin vievän vuosikymmenten taakse, kuin häiritsevän. Teoksen julkaisemisella haluan tarjota lukijoille hauskan matkan suomalaisen salapoliisiromaanin varhaisvaiheeseen, viettämään hetken fiktiivisessä 1930-luvun Suomessa.

Jyväskylässä 27.2.2025

Juha Järvelä

MUSTAA JA VALKOISTA

I

HELINÄ SAA TOIMEN

»Anni!

Olen saanut paikan. Sinä olet ollut niin kultainen minua kohtaan, etten tahdo tätä ilmoitustani edes yhdellä rivillä viivyttää.

Lähin kiitos lankeaa tädille. Hän tuntee jonkun neiti Orvokin tai Kielon — joku kukka joka tapauksessa — ja tämä taas tuntee neiti Hulda Elisabet Karvosen, joka on pitkään ollut Tamminiemen hovin eli moision taloudenhoitajattarena. Neiti Karvonen on kuitenkin muuttunut sairaalloiseksi ja tätini sai tietää hänen etsiskelevän itselleen apulaista. Minulle vihjattiin asiasta ja minä kävin tilaisuuteen kiinni kuin haukka hiireen. Se neiti Orvokki tai Kielo oli vihjaissut tädille, että neiti Karvonen haluaisi apulaisekseen kyllä pystyvän, mutta ei liian vanhaa eikä liian viisasta. Hän tietysti tahtoi säilyttää auktoriteetin. Minä kävin hänen luonaan ja hän, ihme kyllä, mielistyi minuun ja lähetti minut tohtori Thomas Vernerin luokse, joka ainakin asiallisesti on koko moision herra.

Sinähän tunnet tohtorin ainakin nimeltä. Minua hän peloittaa. Leikittä puhuen: hän teki minuun omituisen vaikutuksen. Hän määrää täällä moisiossa kaiken. Hän hoitaa ruumiin, sielun ja korkeamman talouden. Hän on komea mies ja tämä on paljon sanottu minulta, joka en yleensä käytä tuollaisia laatusanoja, miehistä varsinkaan. Hän on komea, pitkä, solakka mutta voimakas, hirveän tumma ja hänen silmänsä … Tiedätkö, ne muistuttavat kivihiilihelmiä, erona vain se, että ne elävät, loistavat, sädehtivät … eivät hetkeäkään pysy aloillaan. Muuten, muistathan tuon kerran, kun menimme konserttisaliin näkemään muuatta taikuria ja minä jouduin hänen valitsemakseen »uhriksi»: hän koetti minut hypnotisoida, koetteli uskotella minulle sipulin olevan omenan, mutta epäonnistui, ja kun sanoin hänelle suorat sanat, yleisö nauroi hurjasti. Näyttää siltä niin kuin minua ei olisi helppo hypnotisoida, sillä minusta tuntui niin kuin tohtori olisi jotakin sellaista yritellyt, mutta tuloksetta hänkin.

Häpeä on tunnustaa, mutta tietäköön totuuden edes yksi: pääsin toimeen vain petoksella. Maailma näyttää yhä vain huononevan. Rikoslaissa on lueteltu koko joukko erilaisia petoksia. Minun rikokseni ei tosin kuulu niistä mihinkään. Laki ei siitä rankaise, mutta omatuntoni on tyytymätön. Koska tiesin, että neiti Karvonen pelkää liian viisaita — mikä hänen kielellään merkitsee samaa kuin liian oppineita — näytin tohtorille aluksi vain talouskoulusta saamani todistuksen. Kuulin hänen sanovan puolittain itsekseen: Tämähän on hyvä, tämä riittääkin.

Nuo sanat varoittivat minua. En luetellut enää ansioitani. Tohtori ilmoitti hyväksyvänsä minut. Hän hahmoitteli työni ja antoi, luvalla sanoen, joukon omituisia ohjeita, mitkä saattaa käsittää vain näissä erikoisissa olosuhteissa. Ehkä kirjoitan niistä myöhemmin.

Palkkakysymys järjestyi kyllä mainiosti. Ajatteles: saan saman palkan kuin konttorissa sekä lisäksi asunnon, ruoan … lyhyesti täysihoidon. Olen nähnyt huoneeni. Se on täysin tyydyttävä, ehkäpä enemmänkin, ja mikäli käsitän, kelpaa täällä olla muunkin puolesta. Tuossa saippuakuplan tapaisessa konttorissa täytyi omalla palkallani lisäksi olla aina »edustavassa asussa»; täällä on vaatimattomuus korkeimmassa arvossa. Melkein koko palkka säästyy. Olen jo alkanut mielessäni valikoida pankkeja, löytääkseni jonkun kyllin turvallisen ja edullisen taloudenhoitajattaren apulaisen, neiti Helinä Vuopion tuleville talletuksille. Niin, siinä on oas. Mutta sen pisto on kestettävä. On mielestäni mittaamattoman paljon parempi olla taloudenhoitajattaren apulainen, kylläinen ja kunniallinen, kuin juoksennella häpeällisen konkurssin tehneen liikkeen ent. konttoristina ja ihmisten kiusana.

Tyytyväinen olen kyllä, mutta en rauhallinen. Työ ei peloita, mutta tohtori peloittaa. Muuten tämä moisio on paikka, missä voisi kuvitella kauhukirjailija Hoffmannin mielellään elelleen. Täällä voi ehdottomasti nähdä vain tummia unia. Minulla on tapa lapsuudestani lähtien luokitella talot, rakennukset ja huoneet sen mukaan, näkeekö niissä tummia vai vaaleita unia. En yleensä muista unistani muuta kuin sen, että ne ovat joko tummia tai vaaleita. Tietysti tämä voi olla hupsuutta, mutta en pääse siitä mihinkään. Täällä näkee vain tummia unia. Ikävää, sillä pidän mieluimmin vaaleista.

Tapaamme toisemme pian. Neiti Karvonen on juuri nyt huonovointinen ja hän pyysi minua jäämään. Tosin olin ottanut osan tavaroistani — onnenkin uhmalla — mukaani, mutta minun täytyy hakea niitä lisää. Näkemiin siis!

Tamminiemen moisiossa, maalisk. 18 p:nä.

Helinä.»

13

II

SALAPERÄISYYS ALKAA

He istuivat neiti Anni Raikkalan sievässä huoneessa, Anni ja Helinä. Tämä oli juuri tullut, eikä edes reipas kevätsää ollut haihduttanut näkymättömiin huolten juonnetta nuoren, ilmeikkään suun ympäriltä.

— No niin, mitä kuuluu tummain unten moisioon? naurahti neiti Raikkala, pirteä nainen, joka ilmeisen tarkasti seurasi ystävättärensä ilmeitä. — Toivon, että olet kaikesta huolimatta nähnyt sittenkin vaaleita unia!

Neiti Vuopio pudisti päätään ja naurahti hermostuneesti.

— Anni, sinä et usko, mitä sinulle kerron! Mutta usko tai älä, et saa siitä puhua mitään kenellekään! Lupaatko?

Helinässä oli nuorekasta juhlallisuutta, joka olisi vaikuttanut tärkeilyltä, ellei hän olisi ollut niin vakavissaan.

Anni hymyili ymmärtävää ja suopeaa hymyä vastaamatta mitään.

— Ei suinkaan vain uusi ihastus? hän sitten kysyi.

— Oh, Anni, minä olen vakavissani! Ja minä olen peloissani. Enkä minä tiedä mitä tehdä.

— Minäpä tiedän! Juo pari kuppia kahvia ja aloita sitten alusta. Se on selvintä.

Helinä nyökkäsi. — Sinä osaat ratkaista pahatkin pulmat.

Tyttö, sillä nuori hän vielä oli, nuori, pirteä ja solakka, hymyili vapautuneesti ottaessaan vanhemman ystävättärensä kädestä kahvikupin.

— Sinähän tiedät tuon moision, Tamminiemen hovin?

— Vain nimeltä. En ole edes milloinkaan sitä nähnyt. Ja muuta en tiedä.

— Tamminiemen moisio on ikivanha aatelistila, alkoi Helinä hiukan opettavaisella sävyllä. — Neiti Karvonen on sen minulle kertonut. Se on ollut von Ringer -suvun hallussa noin sata vuotta. Nykyisin sen omistavat kaksi sisarusta, kreivitär Julia von Sommer ja paroonitar Hedvig d'Aubert, molemmat syntyisin Ringer ja molemmat vanhoja leskiä.

— Ohoo, sinä olet siis kreivittären ja paroonittaren apulainen? kiusoitteli Anni.

— Muodollisesti kyllä, mutta en asiallisesti. Neiti Karvonen selitti asian minulle tarkkaan ja vaikka kaikkia yksityiskohtia en voikaan paljastaa, niin tosiasia on, että tohtori Thomas Verner on koko moision varsinainen herra ja haltija. Nuo vanhat rouvat, joita kartanossa sanotaan yksinkertaisesti rouva Jullyksi ja rouva Heddyksi, ovat nimittäin sairaaloisia ja niin heikkoja, etteivät ole enää pariin vuoteen astuneet edes rakennuksen ulkopuolelle. Tohtori Verner hoitaa heitä vakituisesti ja yksinään. Neiti Karvonen oli sitä mieltä, että ellei rouvilla olisi niin isoa omaisuutta, ja elleivät he olisi sattumalta saaneet hoitajakseen niin etevää lääkäriä kuin tohtori Verner, heidän elämänsä olisi loppunut jo aikoja sitten. »Tohtori pitää heitä hengissä, hän eikä mikään muu», vakuutti neiti Karvonen minulle.

— Minkälaisia he ovat, nuo rouvat? Ja minkäikäisiä? Helinä Vuopio pudisti päätään.

— En ole vielä edes nähnyt heitä. He elävät aivan eristettyinä. Heillä on oma seuranainen, joku neiti Tora Ström, joka lukee heille, auttaa heitä ja palvelee heitä ja suurimmaksi osaksi välittää heidän toivomuksensa ulkomaailmaan nähden. Heillä on hallussaan päärakennuksessa kuusi isoa huonetta, joissa he liikuskelevat, enimmäkseen rullatuoleissa. Neiti Karvonen mainitsi heidät erittäin kohteliaiksi ja suopeiksi. Hän näytti tuntevan todellista sääliä heitä kohtaan, mihin kuitenkin sekoittui pisara halveksumista, koska heitä kaikissa pikkuasioissakin on autettava. He ovat pumpulissa ja lasi-kaapissa, niin kuin hän sanoi.

— Entäpä sitten! Et ole vielä kertonut mitään uskomatonta. Min-kälainen on tuo neiti Ström?

— Hän on kaunis, ylpeä ja intohimoinen, arvosteli Helinä. — Hä-nessä on tulta. Näin sen kerran aamulla, kun keittiöapulainen oli kömpelö ja neiti Ström sattui olemaan paikalla. Muuten en tiedä hä-nestä juuri mitään. Hän osaa ranskaa ja lukee vanhoille rouville rans-kalaisia romaaneja. Rouvat käyttävät pääasiassa ranskaa keskinäisenä kielenään.

— No niin, jatka! Missä tulee se uskomaton?

— Kyllä se tulee. Tämä kaikki on ollut välttämätöntä, jotta käsit-täisit olosuhteet.

— Erinomaista. Siis: vanha, hiljainen ja rikas sukukartano, jonka omistajat ovat kaksi rullatuolissa liikkuvaa, sairasta ja avutonta aate-lisleskirouvaa. Sävy on siis kartanossa hieno ja hillitty?

— Sen voit uskoa, vakuutti Helinä. — Konttoririehakkuuden jäl-keen se tuntuu oudolta, mutta miellyttävältä. Ei missään kovaa pu-hetta, ei surua, ei hälinää, ei mitään karkeaa, ja kaikki tarkasti sovinnaista . . .

Anni Raikkala nyökytti päätään. Äkkiä hänen kasvoilleen levisi huolestunut ilme.

— Tosiaankin, olin vallan unohtaa! Onko se Lehtorinteen kylä kuinkakin lähellä moisiota?

Helinän kasvot sävähtivät.

— Tamminiemen moisio kuuluu juuri Lehtorinteen kylään. Tie-dän, että tarkoitat metsänhoitaja Alvar Kurun kuolemaa. Niin, hänet löydettiin melkein kuoliaana noin kahden ja puolen kilometrin pääs-sä hovista. Häntä oli ammuttu tai hän itse oli itseään ampunut. Huh, se oli ensimmäisiä ja ikäviä kokemuksia Tamminiemessä, vieläpä enemmänkin, sillä minäkin jouduin kuulusteltavaksi samana iltana.

— Helinä, mutta kuinka? huudahti Anni melkein kauhuissaan. — Olen lukenut lyhyet lehtiselostukset, mutta muuta en tiedä. Siis niin lähellä?

— Oikeastaan moision puutarhassa ... taikka luonnonpuistossa, selitti Helinä. — Olin käynyt varsinaisessa kylässä etsimässä ompelijatarta ja palasin illalla kartanoon. Hiukan sen jälkeen saapui tohtori Verner autollaan kaupungista. Hänen tulonsa oli tietty etukäteen. Rouva Jully oli huonompana ja lisäksi oli tohtori sopinut kohtauksesta eräitten herrojen kanssa, jotka tahtoivat ostaa puita tilan metsistä. Nämä saapuivatkin vain muutamia minuutteja myöhemmin. Mutta sitten, ehkä noin puolentoista tunnin kuluttua, saapui kartanoon verkkainen lähetystö: joukko miehiä, jotka kantoivat hätäpaareilla loukkaantunutta, kuten luulin. Joku miehistä oli tiennyt, ettei kunnanlääkäri ollut juuri silloin tavattavissa, ja kun tohtori Vernerin oli nähty ajavan kartanoon, tuotiin löydetty mies sinne. Neiti Karvonen kävi ilmoittamassa tohtorille ja tämä, keskeyttäen neuvottelut, syöksyi nopeasti eteishalliin, jonne mies oli tuotu. Niin ylimieliseltä, etten sanoisi kylmältä kuin tohtori Verner vaikuttaakin, on hän varmasti ammattinsa harjoittamisessa innokas ja hyväsydäminen.

— Elääkö hän? hän kysyi syöksyessään potilaan luo.

— Kyllä metsänhoitaja vielä hengitti, vastasi muuan kantajista, jotka kaikki olivat metsätyömiehiä.

— Metsänhoitaja Kuru! huudahti tohtori ymmällään ja kumartui tutkimaan tätä. Haava oli aivan sydämen seuduilla. Tohtori, jolla oli ollut käsilaukku mukanaan, aukoi ja leikkasi nopeasti vaatteet ja sai paljastetuksi vereentyneen rinnan. Verta oli paljon ... mutta itse haava näytti mitättömältä ... se oli vain kuin tumma piste ... Tohtori kumartui aivan alas kuuntelemaan painaen samalla kädellä haavoittuneen sivua.

— Hengittää ... hengittää ... hän mutisi matalasti ja vavahti sitten. Hän kuunteli hetken aivan liikahtamatta, nousi sitten ja sanoi juhlallisesti:

— Hän hengitti. Hän on elänyt!

Ja asettaen lakin metsänhoitajan kasvoille hän peruuttamattomasti ilmoitti tämän kuolleen.

— Melkein sydämeen! Hän on kai saanut tuon kuulan jo tunti tai pari tuntia sitten! Onko viranomaisille ilmoitettu?

— Minä soitin täältä, vastasi muuan miehistä.

— Hyvä! sanoi tohtori ja kääntyi lähteäkseen saadakseen heti toisen potilaan. Olin huomannut ... niin vähän kuin huomasinkin kuolevaa lukuunottamatta ... neiti Strömmin ilmestyneen portaille, jotka laskeutuivat yläkerrasta halliin. Näky tuntui kokonaan tyrmistyttäneen hänet ja tohtorin lausuttua kohtalokkaat sanat hän sai hermokohtauksen. Tohtori ehti hänen luokseen juuri, kun hän oli puhkeamassa hysteerisiin huudahduksiin ja talutti hänet johonkin huoneeseen. Sitä en suinkaan ihmetellytkään.

— Sitten myöhemmin, poliisiviranomaisten saavuttua, sain kuulla koko tapahtuman. Tietysti kartanolla ei ole asiaan mitään osuutta, vaikka metsänhoitaja Kuru oli juuri Tamminiemen metsien hoitaja, ja oli kai ollut parhaillaan matkalla metsäkauppaa koskevaan neuvotteluun. Kyseessä on kai ryöstömurha. Hänet oli ryöstetty aivan puhtaaksi ampumisen jälkeen. Minäkin sain tehdä selkoa, koska olin kulkenut hänen löytöpaikkansa sivuitse, missä olin ollut, mitä tehnyt ja mahdollisesti nähnyt. En tiennyt mitään ja kuitenkin olin sivuuttanut hänet vain parinkymmenen metrin päästä ... hänen ollessaan kuolevana jossakin pensaikkoisessa isossa kuopassa lähellä hovilla johtavaa yksityistietä ja melkein muutaman polun ja tien risteyksessä.

— Ryöstö? vapisi Anni Raikkala. — Siitä ei sanomalehdissäkään ole ollut mitään.

— Luultavasti poliisit salaavat sen päästäkseen helpommin jäljille.

— No, tämähän on uskomatonta! huudahti Anni.

— Mutta minä en tarkoittanut sitä! Ei, ei, metsänhoitaja Alvar Kurun kuolemalla ja moisiolla ei ole mitään yhteyttä. Kuulin pehtorin arvelevan, että rikos — sillä Kuru on varmasti ammuttu — saattoi aiheutua ehkä kostostakin. Kuru oli nuori ja jämerä mies, joka piti tiukkaa järjestystä yllä. Hänellä saattoi olla joku vihamies, joka kosti, ja lisäksi, tilaisuuden sattuessa, ryösti hänet. Ei, mutta tarkoitan sitä, mitä näin moisiossa seuraavana yönä.

— Et suinkaan vain kummitusta? Valkeaa rouvaa vihreässä huoneessa tai jotakin sellaista?

— Jotakin sellaista näin, sanoi Helinä vakavasti. — Mutta minä tunsin sen. Se ei ollut kummitus, se oli ihminen. Katsos, illalla oli tapahtunut Kurun kuolema, meitä oli kuulusteltu ja minä olin luonnollisesti kiihtyneessä mielentilassa. Menin vuoteeseen melko myöhään, sammutin sähkön ja koetin nukkua, mutta turhaan. Olin juuri väläyttänyt taskulampullani valoa katsoakseni kelloa, — se oli puoli yksi — kun kuulin käytävästä ihmeellistä kolinaa ja kilinää. Nukun rakennuksen takaosassa ensimmäisessä kerroksessa. Lähellä ovat takahallin portaat, jotka vievät toiseen kerrokseen. Kun nousin varovasti vuoteesta ja tulta tekemättä raotin oveani, oli käytävässä valoa. Ja samassa näin hullunkurisen ja selittämättömän näyn. Neiti Ström, josta mainitsin sinulle, seisoi yläkertaan johtavien portaitten yllä. Portaat nimittäin rajoittuvat kahteen seinäulkonemaan, joiden päälle voi päästä ylempää portailta. Ja molempien ulkonemien päissä ovat isot koristeelliset maljakot ... jotakin terrakottaa tai majolikaa. Ajatteles nyt talomme tapoja ja neiti Strömiä! Hän seisoi tuollaisella ulkonemalla, parin metrin korkeudella hallin lattiasta, maljakon yli kumartuneena, toisessa kädessään sähkölamppu ja hänen yllään oli vain ohut keltainen yöpuku, joka salli hänen kauniin vartalonsa päästä täysiin oikeuksiinsa. Ja kello oli puoli yksi! Hän oli puolittain selin minuun, mutta näin, että hänellä oli sylissään joitakin esineitä, papereita ainakin, ja varmasti juuri hän oli aiheuttanut tuon kolinan. Häneltä oli pudonnut jotakin, mitä hän oli ottanut esiin maljakosta.

— En ollut raottanut oveani kuin puoli tuumaa. Vedin sitä lisää kiinni. Neiti Ström valaisi lampulla maljakon sisustaa, juoksi ulkonemaa pitkin, kunnes pääsi portaille, ja kiiti sitten halliin, jonka lattialta hän nosti jonkin esineen. Melkein samassa hän sammutti sähkölampun ja pimeys peitti kaiken. Ja, käsitätkö, hänellä oli koko ajan, minkä näin, mahdottoman pelästynyt ja kauhuinen ilme. Hän pelkäsi ... pelkäsi rajattomasti ...

Hymy oli haihtunut Anni Raikkalan kasvoilta. Hänen silmänsä saivat kauas katsovan ilmeen.

— Tämä ... Tämä on todellakin uskomatonta, hän tunnusti. — Enkä uskoisikaan, jos joku toinen siitä minulle kertoisi! Mutta tiedän, ettet sinä tavallisesti näe aaveita. Minusta tuntuu niin kuin liikkuisimme syvillä vesillä. Voisitko luulla, että noita maljakkoja on käytetty jonkinlaisina piilopaikkoina? Että neiti Ström toisin sanoen olisi ollut varastamassa?

— Se tietysti oli ensimmäinen ajatukseni! myönsi Helinä. — Mutta sehän on mahdotonta. Mitä sellaista piilotettavaa olisi? Onhan moisiossa tilaa, komeroita, säiliöitä ja kassalokeroita. Mutta kertomukseni ei ollut vielä oikeastaan lopussa. Kun seuraavana aamuna kuljin hallissa, näin kirkkaan säteen loistavan muutaman kaapinhyllyn alta auringonvalon siihen sattuessa. Kumarruin katsomaan ja sain käteeni tämän.

Helinä Vuopio avasi käsilaukkunsa ja otti siitä esille silkkipaperiin kiedotun pienen esineen, jonka hän papereineen ojensi neiti Raikkalalle. Se oli hopeaa ja sen yhden sivun poikki kulki leveähkö tumma juova.

— Hopeatulukset! Hopeinen bensiinisytytin! huudahteli neiti Raikkala tarkastellessaan siroa esinettä. — Ja tässä on kirjoitusta: Ali-Baballe ... ja viime joulun päiväys ja M.

— Se on kai ollut niiden esineiden joukossa, joita neiti Ström onki tuosta maljakosta, arveli Helinä.

— Aivan varmasti! Ja vieläkin enemmän: neiti Ström ei kai ole ollut selvillä, mitä kaikkea siellä oli, koska ei ruvennut sitä etsimään.

— Sinähän olet tarkkahuomioinen! Luultavasti niin onkin. Mutta annas kun jatkan. Niin, pimeys tuli ja suljin oven, mutta jäin kuuntelemaan. Ja melkein kohta kuulin ulko-ovea, siis takaovea, avattavan.

Ryntäsin ikkunaan ja kohotin verhoa. Ulkona oli heikko pilvikuutamo, mutta senkin valossa tunsin neiti Strömin. Hän juoksi — yhä yöpaidassaan — talosta poispäin. Siinä on aivan lähellä pieni, mutta syvä ja lähteinen puro, joka on nyt jo sula. Pelkäsin, että hän aikoi tehdä jotakin itselleen, mutta minuutin kuluttua näin hänen juoksevan takaisin päin. Ulko-ovi kävi hiljaa, salvat pantiin paikoilleen ja sitten tuli lopullinen hiljaisuus.

Nytkin tuli hiljaisuus. Neiti Raikkala leikitteli sormillaan.

— Tämä on ihmeellinen kertomus! Minä en ymmärrä siitä mitään. Se vain on varma, ettei neiti Ström missään tapauksessa aikonut anastaa joitakin moision vanhoja aarteita. Tuo päiväys kieltää sen. Tämä on tietysti lahjaesine, tuon M:n lahjoittama viime jouluksi jollekin Ali-Baballe, joka taas tietysti on puolestaan joku leikkinimi. Alvar Kuru ... Alvar ja Ali ... Ei, ei voi tehdä johtopäätöstä, että ne tarkoittaisivat samaa.

Äkkiä neiti Raikkalan kasvot jännittyivät.

— Tunsivatko neiti Ström ja Alvar Kuru toisensa?

— Kyllä, mutta ei enempää. Heidän tiedetään joitakin kertoja kävelleen yhdessä, mutta siinä on kaikki.

— Missä neiti Ström lienee ollut ... kun ...?

— Hän on ollut koko illan kartanossa, siitä on luotettavat todistukset ... Ei, ei, tässä ei ole kyseessä mikään rakkausdraama. Sitä paitsi en ajattele ollenkaan tuota metsänhoitajan kuolemaa ja neiti Strömin esiintymistä yhteydessä keskenään. Ne ovat eri asioita.

— Niin tietysti. Saatat olla aivan oikeassa.

— Mutta en tiedä, mitä tehdä. Jos annan tuon esineen neiti Strömille, hän arvaa minun tietävän paljon muutakin. Jos kerron tapahtumasta tohtorille tai neiti Karvoselle tai kenelle hyvänsä, voidaan luulla mitä hyvänsä ja ikävyyksiä seuraa. Ja jos taas pidän tietoni ja nuo tulukset, ei sekään ole suoraa.

— Mutta se on varovaisinta ja viisainta! neuvoi neiti Raikkala. — Jos jotain uutta ilmenee, jos vaikka huomaat tietoasi kaivattavan, niin silloin voit ilmoittautua ja todistaa. Ja tämän esineen voit jättää vaikka minun huostaani. Voinhan alkaa hiljaa tutkiskella, kenellä on sellainen satumainen lisänimi kuin Ali-Baba.

Neiti Vuopio ojensi kuppinsa saadakseen lisää kahvia.

— Nyt en kai pääsekään pitkään aikaan käymään täällä kaupungissa. Neiti Ström on sairastunut. En ihmettele sitä. Ensiksi tuon kuolevan näkeminen ja sitten liehuminen yöpaidassa yöllä ja ulkona! Hän oli aamulla huoneessaan ja tohtori Verner kävi hänen luonaan. Ja sitten tohtori määräsi hänet lähetettäväksi omaan yksityissairaalaansa kaupungissa. Tämä vaikuttaa minunkin asioihini. Osa niistä tehtävistä, jotka hän on suorittanut, lankeaa minulle, ja siten joudun jo huomenna kosketuksiin rouvien Jullyn ja Heddyn kanssa. Neiti Karvonen ei jaksa. Minusta on hyvin kiintoisaa päästä tutustumaan noihin samalla mahtaviin ja samalla niin avuttomiin vanhuksiin.

III

KAKSI PIRTEÄÄ MUUMIOTA

Kun neiti Karvonen, opastaessaan Helinää ensimmäisenä aamuna rouvien Jullyn ja Heddyn huoneisiin, avasi oven, aukeni nuorelle apulaiselle ikäänkuin parin vuosisadan takainen satumaailma. Hän käsitti, ettei tämä ollut teatteria, ei lavastusta, vaan todellisuutta, ja juuri se tieto melkein salpasi häneltä hengityksen.

Sisällä oli ihanaa. Yksinkertaisesti, sillä Helinä ei olisi kyennyt keksimään mitään sopivampaa sanaa.

Huone, johon he ensiksi tulivat, oli tyhjä. Se oli puhtainta rokokoota. Lattiaa peitti kirkkaan keltainen parketti valkoisine nahkoineen, seinissä hohti kirkas sini, hopea ja kulta, siroissa huonekaluissa kiertelivät somat, oikukkaat viivat ja vaihteli kelta, sini ja hopea. Muita värejä ei Helinän silmä ainakaan heti keksinyt, mutta nuo harvat värit loistivat ja välkkyivät kaikissa niissä kuvaamattomissa vivahduksissa, joita huoneeseen tulviva kevätaurinko kykeni loihtimaan. Keveys, ilmavuus, korkeus ... ne olivat huoneen ensimmäinen vaikutelma, mikä oli yllätys Helinälle. Hän oli luullut tulevansa tummiin ja ikäviin sairashuoneisiin ja hän tuli loisteliaaseen salonkiin.

Toiset huoneet olivat samaa oikukasta, iloista ja siroa tyyliä. Kuvastimia oli kaikkialla, kultakehyksisiä tauluja, taideporsliinia ja sitten — tyylin puhtaimpina ilmennyksinä kaksi vanhaa, somaa ja herttaista naista korkeissa tuoleissaan, kummankin kasvoilla iloinen, suopea hymy ja kumpikin pirteästi toivottaen:

— Bon jour, bon jour!

Helinä oli melkein puraista kieleensä välttäessään vastaamasta rouvien tervehdykseen samalla kielellä. Hän nyökäytti epämääräisesti päätään ja syvä puna levisi hänen kasvoilleen, kun hän kuuli toisen rouvista sanovan sisarelleen:

— Kautta Herkuleksen, kuinka kaunis tyttö! Tohtorilla on makua!

— Niin on, rakkaani!

Kaunis tyttö! ajatteli Helinä itsekseen. Varmasti rouvat eivät olisi sanoneet tuota, jos he olisivat aavistaneet hänen ymmärtävän, mitä he puhuivat. Kaunis tyttö! Hän tunsi sydämensä sykkivän. Tuo oli harvinainen tunnustus. Senhän antoivat kaksi rouvaa, jotka olivat nähneet maailmaa ja tottuneet kauneuteen. Se oli tosiaankin enemmän kuin tanssiaiskohteliaisuus. Ja kuinka soman pirteiltä, pikantilta, tuntui tuo puheen tehostus »kautta Herkuleksen!» Hänellä oli varmasti ollut väärä käsitys näistä rouvista. Hän oli luullut heitä avuttomiksi muumioiksi, mutta jos he olivat muumioita, olivat he harvinaisen pirteitä.

Heillä oli päässään somat pitsimyssyt, tuoleissa olivat pehmeät täytteet, kauniit verhot ja kaiken soman vaatepaljouden keskeltä hohtivat noiden kahden vanhan naisen pienet, herttaiset kasvot kuin nukeilla.

Helinä tiesi ensimmäisestä hetkestä, ettei hän voisi olla heistä pitämättä heidän herttaisuutensa, iloisuutensa ja somuutensa takia, vaikkapa he ehkä osoittautuisivat oikukkaiksi ja vaativiksi. Täytyihän heitä ymmärtää. Olla tuoliin kytkettynä vuosikausia, olla rikas ja kuitenkin avuton, sellainen koetteli kyllä kenen hermoja tahansa!

Hän ryhtyi askareihinsa neiti Karvosen puhellessa rouvien kanssa niin hyvin kuin se kävi päinsä. Molemmat rouvat osasivat kyllä suomea, heidän ääntämisensä oli likipitäen moitteetonta, mutta he tapailivat ja etsivät sanoja. Keskustelun aiheena oli pääasiallisesti hän itse, Helinä. Neiti Karvonen kertoi hänestä, mitä tiesi. Sehän ei ollut paljon.

— Erinomaisen ihastuttava apulainen! toisteli rouva Jully, sama, joka oli vedonnut Herkulekseen. — Mikä sirous liikkeissä! Ja katso, Heddy, hänen käsiään! Ne voisivat olla vaikka prinsessan kädet.

Tämä sanottiin ranskaksi, mikä oli hepreaa neiti Karvoselle ja liiankin käsitettävää Helinälle, joka ei tiennyt, kuinka olla kiitossanojen sadellessa. Neiti Karvonen käsitti vain, että rouvat olivat kovin tyytyväisiä uuteen palvelijaan.

Helinä toimitti kevyen siivouksen, tuuletti makuuhuoneen, haki esille muutamia siroja valkonahkaisia, kultaupotuksin koristeltuja kirjoja ja tarjoili rouville pienen aamiaisen, joka saapui erikoisella tavarahissillä keittiöstä ja joka asetettiin rullapöydälle molempien tuolien väliin.

Helinä oli ihastuksissaan ja ihmeissään. Pienintäkään oikukkuutta, ylpeyttä ja itsetietoisuutta hän ei keksinyt. Molemmat rouvat olivat täynnä pohjatonta suopeutta ja myötätuntoa. He puhelivat hänelle ja kyselivät häneltä suomeksi, mutta keskenään he käyttivät ranskaa. Tuo kaikki kävi erittäin luontevasti. Helinä kertoi heille syntyneensä ja kasvaneensa maalaistalossa, käyneensä hiukan koulua.

— Hänessä on synnynnäistä sivistystä, kiitti rouva Jully sisarelleen. — Synnynnäistä tahdikkuutta! Se on selvää. Mutta ellei hän seisoisi tuossa edessäni palvelijattaren esiliina vyöllään ja päässään tuo valkoinen hilkka, löisinpä ... löisinpä kautta Herkuleksen vetoa, että hän on käynyt koulua enemmän kuin me. Hm ... Nykyään tuntuu sivistystä olevan ilmassa. Siitä se kai tarttuu. Talouskoulu ... eihän siellä minun käsittääkseni opi muuta kuin polttamaan lihapullia!

Hän nauroi raikkaasti ja vienosti, tuo rouva Jully, joka aina turvasi Herkulekseen, ja hänen hiljaisempi sisarensa, joka rypisti kulmiaan kuullessaan tuon muinaisajan uroon nimen, nyökytteli myöntävästi.

— Älä vain aina sano kautta Herkuleksen! hän pyysi.

— Mutta mitä, rakkaani! En suinkaan minä ole sitä kertaakaan sanonut? Sitä paitsi hän ei ymmärrä!

Noin tunnin ajan Helinä viipyi rouvien luona ja tuo tunti oli hänelle vaikein tähänastisen elämänsä aikana. Hän kuuli itsestään niin paljon ja niin hyvää, että häntä nolotti ja hävetti se, ettei hän uskaltanut sanoa rouville, että nämä puhuisivat keskenään vaikka kiinankieltä, jos osaisivat, säästääkseen hänet salakuuntelun synniltä.

— Meidän tohtorillamme on oikea maku, toisti rouva Jully vieläkin. — Onkohan hän tähänkin ihastunut?

— Mutta rakas sisar, sinähän pidät tohtoria ihan täytenä don Juanina?

— Niin hän onkin, olen siitä varma, sanoi rouva Jully terävästi. — Ja meidän mademoisellemme, joka nyt on sairaana, on ainakin häneen rakastunut.

— Mutta eihän se merkitse mitään! Olemmehan me kaikki oikeastaan häneen rakastuneet?

— Ehkä minäkin olen ollut. Mutta nyt en enää ole. Minulla olisi halu häntä kiusoitella. Mutta toiselta puolen ei tämä uusi apulaisemme sovi hänen tyyliinsä. Tämä on liiaksi keijukaismainen, liian raikas ja maantuore! Tohtori on maailmanmies ja herrasmies, joka pitää vaarallisista ja ylpeistä niin kuin meidän mademoiselle Strömistä. Oh, tiedän, että hän pitää. Mutta sehän ei kuulu meille.

Koko olemus huumaantuneena Helinä poistui huoneistosta. Hän unohti kokonaan emäntiensä sairauden ja hänen mielestään he olivat ennen kaikkea kaksi herttaista, mutta valpaskatseista ja viisasta maailmannaista.

Siis tohtori ja neiti Ström!

Hän päätti, ettei kaikesta kuulemastaan hiiskahda sanaakaan muille, ei vielä edes Annillekaan.

IV

PALJASTUS

Kirkkaat keväiset päivät ja seurustelu vanhojen rouvien kanssa häivyttivät piankin Helinän mielestä ensi päivien ikävien kokemusten pahimman kipeyden.

Uutta ei tuntunut tapahtuneen. Sanomalehdet eivät tienneet mitään lisää metsänhoitaja Alvar Kurun kuolemasta. Viranomaiset, ennen kaikkea erikoisesti tehtävään määrätty rikoskomisario, tutkivat tiettävästi asiaa, mutta ratkaisua ei kuulunut. Muutamia epäilyttäviä miehiä oli pidätettykin, mutta laskettu vapaiksi, kun heitä vastaan ei ollut mitään sitovia todisteita. Paikalta, jossa kuoleva oli ollut, ei löydetty jälkiä, sillä juuri sillä kohtaa oli iso sula pälvi ja maa kallioista. Metsänhoitajalta ryöstettyjä esineitä ei oltu tavattu missään. Ainoa seikka, joka teki rikoksen tavallista selittämättömämmäksi, oli sen suoritukseen käytetyn aseen laatu. Sekä haava että ruumiinavauksessa löydetty luoti todistivat, että pistooli oli ollut erikoisen pieni ja nähtävästi ainutlaatuinen. Asiantuntijat arvioivat laukauksen ammutun noin metrin tai puolentoista päästä ja väittivät, että jo viiden metrin päässä olisi sellainen ase melko vaaraton. Ketään moisiosta ei oltu enää vaivattu kuulusteluihin.

Neiti Ström oli, tohtorin ilmoituksen mukaan, saanut keuhkokuumeen. Hän kamppaili ankarassa taudissa tohtorin yksityissairaalassa. Kun vanhat rouvat tyytyivät olemaan ilman häntä, ja kun tohtori ei näyttänyt halukkaalta ottamaan tilapäistä apua, oli hänen toimensa avoin. Muu oli jotenkuten järjestettävissä, mutta ranskalaisten kirjojen lukeminen täytyi jättää sikseen. Tohtori oli käynyt illalla ja hyväksynyt Helinän vanhojen rouvien auttajaksi.

Helinä toimitteli parhaillaan keveitä siivousaskareitaan rouvien »puutarhassa», isossa ja valoisassa huoneessa, jonka puolipyöreä ulkoseinä oli melkein pelkkää ikkunaa ja äärtä kiersivät kukkajalustat. Niissä kukkivat nyt parhaillaan tulpaanit ja kielot, siellä oli ruusulajeja ja kaktuksia, kaikki virkeitä ja hyväkasvuisia, sillä rouvat hoitivat itse kukkiaan rullatuoleista käsin.

Helinä kuuli rouvien matalalla äänellä keskustelevan ja nauravan läheisessä huoneessa. Hänen mielensä oli kevyt ja iloinen. Sitten hän tuli tarjoilemaan rouville aamiaista. Hän ei voinut sille mitään, että hän oli huomaavinaan rouvien ilmeissä veitikkamaisuutta ja ikään kuin vahingoniloa. Ilmassa oli odotuksen ja jännityksen tuntua. Mutta mikä saattoi olla kyseessä, sitä ei Helinä olisi millään arvannut. Rouva Jullyn äkilliset sanat ikään kuin tyrmistyttivät hänet. Vanha rouva lausui nimittäin lyhyesti:

— Hyvä neiti, pieni komedianne saa nyt riittää! Me tiedämme kaikki. Puhukaamme ranskaa!

Helinä seisoi heidän edessään kuin tuomittuna. Hänen suunsa yritti jäädä auki. Hänen silmänsä harhailivat ja jalat tuntuivat omituisen kevyiltä. Kuinka ... ja miten rouvat olivat keksineet hänen salaisuutensa?

Joka tapauksessa hänen ilmeensä oli täysi tunnustus. Hän loi katseensa alas.

— Ensiksi, sanoi rouva Jully ja heristi varottavasti sormeaan, — me olimme huomaavinamme, jälkeenpäin ajatellessa, että lausuttuamme muutamia tunnustuksen sanoja teistä, te punastuitte. Ja toiseksi: me puhuimme kerran tukkalaitteestanne. Te olitte viereisessä huoneessa. Seuraavana päivänä olitte muuttanut laitteen. Ja kolmanneksi: arvelimme, että hiukan matalammat korot teidän kengissänne sopisivat paremmin, te olitte samaa mieltä ja muutitte kengät. Pitääkö luetella lisää, neiti? Miksi salaatte kielitaitonne?

Helinän selitys oli hajanainen ja sekava, mutta se pysytteli totuudessa. Rouvat nauroivat ja päivittelivät. Äkkiä rouva Jully vilkaisi pelästyneenä ympärilleen.

— Hiljaa, hiljaa! Pitäkäämme tämä salaisuus omana tietonamme. Me voimme vielä sitä tarvita.

Ja rouva Heddy nyökäytti päätään.

— Tämä oli onnenpotku! hihitti vanhempi rouva.

— Oli, kautta Herkuleksen!

— Mutta Jully! varotti Heddy moittivasti.

Rauhoituttuaan rouvien yllätyksestä, sai Helinä kertoa vielä paljon itsestään, puolitahattomasta petoksestaan, konttoristaan ja melkein epätoivoisesta paikan etsinnästään. Ja vastapalvelukseksi kertoilivat rouvat itsestään, niin ettei seuraavan tunnin aikana heistä kukaan muistanut rouvia ja palvelijoita olevankaan.

Helinä tunsi todellista myötätuntoa vanhuksia kohtaan. Heidän elämänkokemuksensa olivat raskaat. Maailmansota ja sen jälkiseuraukset olivat vieneet heiltä sekä miehet että lapset. Omia sukulaisia oli vain muutamia ja nekin kaukana. He olivat yksin.

He kertoivat myös tohtorista ja tutustumisestaan häneen. Järkyttävä onnettomuus oli ollut siihen syynä. Viisi vuotta sitten he olivat olleet ajelemassa vaunuissa, kun hevonen pillastui autoa, kaatoi vaunut ja he molemmat loukkaantuivat hengenvaarallisesti. Heidän siihenastinen lääkärinsä oli silloin itse sairaana, mutta tohtori Vernerin tiedettiin olevan vieraisilla lähistöllä. Hänet haettiin moisioon, eikä hän sieltä enää sen jälkeen ollut paljoakaan poistunut. Hän pelasti rouvien hengen ja hän hoiti heitä uupumatta, kun vaikeat sisäiset vammat jatkuivat vuosikausia, niin, jatkuivat vieläkin. Satunnainen lääkäri oli muuttunut vakinaiseksi ystäväksi ja auttajaksi. Tohtori oli ottanut huolehtiakseen myös heidän omaisuutensa hoidosta. Nyt merkitsi tohtori Verner heille kaikkea: lääkäriä, ystävää, holhoojaa ja lakimiestä.

— Te näette meidät nyt pirteinä, mlle Helinä, huoahti rouva Jully.
— Nämä ovatkin terveitä ja iloisia päiviämme. Mutta kun sairaus ja
tuska tulee, silloin on tohtori ainoa, jolta voimme toivoa lievitystä.
Hän on ihmeellinen ... eikö olekin? Ja hänen silmänsä! Niin, minä
voin tuskin ajatellakaan vastustaa häntä! Ja kuitenkin minulla olisi
siihen halua ... meillä molemmilla olisi. Ymmärrättehän, tohtori pi-
tää meitä avuttomina lapsina ... Hän holhoaa meitä, komentaa mei-
tä, käskee ja kieltää ... Ja hän tahtoo olla selvillä kaikesta, mitä
sanomme ja teemme. Hänessä on tyrannia ... Ja olen varma, että ma-
demoiselle Ström kertoi hänelle kaiken, mitä hänen kanssaan puhe-
limme ...

Rouva Jully keskeytti. Hänen ja hänen sisarensa ilmeissä kuvastui
arka ja veitikkamainen pyyntö, eikä Helinällä ollut sydäntä eikä tiet-
tyä syytäkään olla myöntymättä siihen.

— Hyvät rouvat, minä en kerro kenellekään! Eikä minun ole pak-
kokaan! Tohtori Vernerhän ei ole isäntäni. Minulla on kaksi emäntää
ja heidän asiansa pidän omana tietonani!

— Totta, kautta Herkuleksen! huudahti rouva Jully. — Emme ole
tulleet ajatelleeksikaan, että kaikki nuo ... mlle Strömkin ... ovat oi-
keastaan meidän palveluksessamme ... Ja jos oikein ajattelee, niin
onhan tohtorikin apulaisemme ... Ihan totta, meilläkin on oikeuksia.
Ja nyt, mlle Helinä, nyt meillä on oikeus pitää salaisuutenamme tei-
dän ranskankielen taitonne ... Suomeksi ... Niin, suomeksi minä
puhuisin niin mielelläni, mutta ... mutta kun puhe tulee jostakin
vaikeammasta, niin en muista sanoja ... en millään ...

V

Kirje Tamminiemen moisiosta

»Anni hyvä! Tästä kai tulee pitkä kirje. Älä pelästy. Vaaraa ei ole. Ja minulla on nyt hyvää aikaa. Rouvat nukkuvat pitkää ja suloista päiväuntaan. Neiti Karvonen lepää. Minä olen omassa vapaudessani.

Voitko kuvitella, että salaisuuteni paljastettiin, hienosti ja näppärästi! Rouvat tietävät nyt, että puhun ranskaa, ja että minulla on takanani ylioppilasleipomon todistus. Mutta se on edelleenkin salaisuus — kaikille muille. Rouvat tahtovat säilyttää minut itseään varten, minut ja ranskankielentaitoni. Mitä varten, sitä en vielä tiedä.

He ovat ihastuttavia. Hienoja, hyväsydämisiä ja iloisia kuin peipposet, vaikka ovat päivästä päivään ja vuodesta vuoteen istuneet noissa rullatuoleissa. Heidän huoneensa ovat minusta kuin pyhättöjä. Heissä ei ole sairaitten itsekkyyttä ja oikukkuutta. He harrastavat ja ajattelevat vain hyvää. Lähiseudun vähäväkiset tietävät, että he voivat käydä pyytämässä moisiosta melkein mitä hyvänsä ja paljon, kovinkin paljon annetaan pyytämättä. Neiti Karvonen on toiminut ja toimii antien jakajana. Hänen ilmeensä ei ole tosin joulupukkimainen, eikä hänen antamisensa ole iloista, mutta hän tottelee määräyksiä ja jokainen saa, jolla on tarvis. Ja kuinka kiintyneitä rouvat ovat tähän maahan ja kansaan! Ajattelin, että he ehkä ikävöisivät etelän komeita seutuja, mutta ei — he tahtovat olla täällä, tässä maassa ja tämän kansan keskuudessa, jonka joukossa ovat syntyneet. He väittävät, että he viettivät avioliittovuotensa »maanpakolaisuudessa». Eikä mikään voinut estää heitä heti tänne palaamasta, kun pystyivät. Ja he ovat viittailleet suunnitelmaan, joka heillä on, johonkin isoon hyväntekeväisyysaikeeseen, josta toistaiseksi tietää vain tohtori.

Niin, tohtori käy täällä usein ja säännöllisesti, aina yhtä synkkänä, kylmänä ja ylimielisenä. Muuan käynti oli ikävä, ei tosin tohtorin, vaan hänen seuralaisensa takia. Tämä seuralainen oli varatuomari Anton Rask. Hänestähän puhuttiin kaupungissa kaikenlaista. Hän on jonkinlainen ikävä Falstaff-tyyppi, turpea, pieni ja kiilusilmäinen. En usko, että hänellä oli moisioon mitään muuta varsinaista asiaa kuin tutustua viinikellariimme, joka on jäänyt rouvien velivainajan perintönä. Muodollisesti hän tuli tutkimaan joitakin asiapapereita. Tohtori Verner käyttää häntä lainopillisena apulaisenaan — ihme kyllä.

Minä jouduin tarjoilemaan herroille alakerroksen ruokasalissa. Tuomari Rask oli kai nauttinut jo muutamia aamucocktaileja, sillä hän oli perin puhelias ja osoitti minua kohtaan huomiota, mikä ei ollut lainkaan miellyttävää. Lopuksi hän kääntyi suorastaan puoleeni.

— Tämä on peevelin synkkä talo, hän sanoi, — mutta neiti on täällä kuin kevätpäivä. Yhtä kirkas.

— Ja yhtä kylmä, en voinut olla vastaamatta ja samassa tohtori Verner purskahti odottamattoman äänekkääseen nauruun.

— Siinä se, veli Anton!

Mies nolostui, aivan silmin nähtävästi, ja piti sitten suunsa kiinni, paitsi iltapuolella, jolloin hän lauleskeli kupletteja ja operettiaarioita tavalla, joka sai minut pelkäämään, että vanhat rouvat ylhäällä kuulevat ja hermostuvat. Varatuomari Rask soveltuu mielestäni erittäin huonosti Tamminiemen moisioon, mutta hän on tohtorin vieras, ja siten ei kellään ole mitään sanomista.

Olen muuten astunut täkäläisiin seurapiireihin. Tähän asti tunnen yhden kavaljeerin. Hän on moision pehtoori ja voit hyvin kuvitella, että hänellä on kova kysyntä. Pelkään pahasti, että olen joutunut aivan ansiotta ja syyttä häiritsemään jonkin unelmia ja laskelmia. Pehtoori, Oiva Salla, on tyypillinen maalaisherrasmies, ellei se ole liikaa sanottu. Kömpelön kohtelias, nauraa vähästä ja koettaa puhella henkeviä. Terve ja vahva ja »näyttävä», niin kuin sanotaan. Hänen tuttavapiiriinsä ovat tähän asti kuuluneet moision puutarhurin tytär, jonka pukeutuminen tuo mieleen kesäisen kukkapenkin, yhtä korean kuin kirjavankin, ja muuan nuori opettajatar, joka ei millään tahdo näyttää niin henkevältä, että käyttäisi silmälaseja, vaikka hän tarvitsisi niitä välttämättömästi. Epäilen kummankin suhtautuvan minuun pidättyvästi, sillä meitähän nyt on kolme ja pehtoori on vain yksi ja jakamaton. Mutta ulkonaisesti olemme vähintään pelkkää päivänpaistetta toisiamme kohtaan.

Tämä on nyt ehkä kevytmielistä ja ilkeää. Kevytmielisyys olkoon menneeksi. Muuta ei voi täällä. Kevät on kaunis. Tammet, vaahterat, lehmukset, pihlajat ja kokonaiset isot koivikot ovat täynnä muheita silmuja, jotka vain odottavat avautumistaan. Ja tämä Tamminiemi on idyllinen ja romanttinen, rauhallinen ja suloinen ... ennen kaikkea suloinen, iso, jykevä rakennus laajan puutarhan keskellä. Mutta en ryhdy kuvailemaan puutarhan ihanuutta. Sinun on tultava joku kerta tänne, sitten kunhan kaikki on upeimmillaan.

Ikävistä asioista ei ole paljon kuulunut. Neiti Ström on edelleen sairaana ja heikkona, eikä tohtori ole sanonut ratkaisevaa puoleen eikä toiseen. Ja hiljaista on niinkään ollut tuon meille kuulumattoman murhenäytelmän vaiheilla, ja vaikka ovat kirkkaat kevätpäivät, en voi olla tuntematta ikäänkuin joku raskas varjo leijailisi jossakin lähellä, mutta sehän on vain kuvittelua ...

Oletko keksinyt, kuka olisi tuo Ali-Baba? Parhaat terveiseni.

Helinä.»

Helinä Vuopio vei itse kirjeen kirkonkylän postitoimistoon ottaen samalla moision postin mukaansa. Virkailija huomautti hänen pois lähtiessään:

— Neiti Vuopio! Olin aivan unohtaa. Postin joukossa on kyllä ilmoitus siitä, mutta koska itse olette täällä, voitte kuitakin teille saapuneen kirjatun lähetyksen.

Helinä täytti virkailijan pyynnön ja sai häneltä pienen rasian, jonka osoitteesta hän tunsi neiti Raikkalan käsialan.

Hän meni syrjemmälle ja avasi paketin. Siinä oli silkkipaperiin kiedottu — tuo hopeinen bensiinisytytin, jonka hän oli löytänyt. Ja oheisessa kirjeessä oli vain muutamia lauseita:

»Helinä! Minua kammottaa, mutta olen saanut varmasti tietää, että Ali-Baban nimi oli annettu metsänhoitaja Alvar Kurulle. Hän käytti sitä jonkinlaisena leikillisenä toverinimenä. Hän oli melkein kihloissa serkkunsa Maija Tervon kanssa. »M». Jos olisin sinun asemassasi, niin menisin heti viivyttelemättä viranomaisten puheille ja kertoisin kaikki. Tiedän, että juttua tutkii komisario Auer. Nimismies tietää hänestä enemmän. Tämä on minun neuvoni — kaiken uhalla. Anni.»

Hetken aikaa Helinän silmissä kipunoi. Sitten näytti maailma mustuvan. Hän otti kädellään kiinni pöydästä, jonka ääressä seisoi. Hän tarvitsi tukea.

Ali-Baba oli siis ollut Alvar Kuru! Sytytin! Tulukset! Ne olivat tietysti olleet hänen mukanaan murhenäytelmän sattuessa. Ja sitten yöllä oli neiti Ström … Hän oli pidellyt käsissään esineitä, jotka kuuluivat … tuolle vainajalle … Mitä synkkiä mahdollisuuksia avautuikin tästä pikkuseikasta!

VI

HELINÄ KEVENTÄÄ MIELTÄÄN

Helinä tiesi komisario Auerin asuvan kirkonkylän vierasmajassa, sievässä maalaishotellissa, mutta hänen jalkansa melkein kieltäytyivät tottelemasta, kun hän aikoi lähteä astumaan sinne päin.

Tultuaan postitoimistosta hän oli pitkän aikaa kävellyt muuatta syrjätietä, aivan huumaannuksissaan ja sekaisin mieleltään. Hän käsitti, että hänen asemansa oli ilkeä. Oli ensiksikin paha seikka, että hän oli salannut tietonsa, vaikka niin kuin hän itselleen vakuutti, hänellä ei ollut aavistustakaan siitä, että neiti Strömin salaperäisillä puuhailuilla ja murhenäytelmällä oli mitään yhteyttä.

Nyt tietysti seuraisi uusia kuulusteluja, uusia tutkimuksia, ja kun hänen vähemmän kadehdittava osansa yöllisenä salakatselijana tulisi tunnetuksi, voisi siitä seurata ikävyyksiä, pienimpänä ja luonnollisimpana hänen erottamisensa.

Voisiko hän kerta kaikkiaan salata tietonsa? Ei, hän tiesi, ettei siten saisi rauhaa. Ja toiseksi Anni tiesi kaiken ja Anni oli suora ja jyrkkä.

Hänen oli parasta kävellä tuon rikospoliisin luo ja keventää mielensä, tulipa sitten mitä tuli.

Hän kääntyi ja lähti.

Saavuttuaan vierasmajalle ja kysyttyään komisariota, hänet johdatettiin kodikkaaseen, suureen huoneeseen, missä nojatuolista nousi vanhahko, leppeäilmeinen herrasmies häntä vastaanottamaan, laskien piipun varovasti uunin kamanalle.

— Hyvää iltaa! hän toivotti rauhallisesti ja setämäisesti.

Puolet Helinän pelosta ja epäröinnistä haihtui. Hän oli odottanut jotakin poliisimaista, jyrkkää ja tiukkaa miestä, ja hän näki edessään suopean sedän, joka lisäksi hyvin paljon muistutti muuatta hänen omaa setäänsä. Helinä mainitsi nimensä ja kertoi olevan itsellään asiaa.

Komisario Auer tassutteli hätäilemättä ovelle, sulki sen huolellisesti, nosti tuolin vieraalleen ja pyysi tätä istumaan. Sitten hän istui itsekin ja luvan saatuaan ryhtyi jatkamaan piippunsa polttamista.

Kaikesta huolimatta Helinän oli vaikea aloittaa. Komisario virkahti ystävällisesti:

— Tahdon vain sanoa, hyvä neiti, että minä olen täällä paikkakunnalla vain yhtä ja määrättyä asiaa varten. Ja jos teillä on ylimalkaan asiaa poliisiviranomaisille, voitte kääntyä nimismiehen puoleen.

— Tiedän, vastasi Helinä nopeasti. — Mutta se, jota aion kertoa, koskee käsittääkseni juuri tuota asiaa, vaikka en osaakaan päätellä, kuinka paljon ja miten.

— Kertokaa kaikki ja ihan niin kuin haluatte! kehotti setämäinen poliisimies ja tuprutti piippuaan.

Sitten Helinä esitti komisariolle jotenkin saman kertomuksen toisinnon, jonka Annikin oli saanut kuulla, ja komisario kuunteli muutellen vain toisinaan jalkaa. Mikään komisarion ilmeissä tai eleissä ei osoittanut, että kertomus häntä kiinnosti tai ikävystytti, mutta kun Helinä sitten avasi käsilaukkunsa ja otti esille silkkipaperiin kiedotun hopeaesineen, tarttui komisario siihen yhtä varovaisesti kuin se olisi ollut hento lasipaperista valmistettu joulukuusenkoriste.

— Muuan kysymys! Auer virkahti. — Onko tuo esine alunperin ollut tässä silkkipaperissa?

— Ei, se oli paljaaltaan, kun löysin sen. Otin sen ylös hyvin varovaisesti ja vein huoneeseeni, jossa katselin sitä pöydälläni ... koskematta ja kiedoin sitten silkkipaperiin. Ystävättäreni ei ole lainkaan sitä kosketellut.

— Tuosta silkkipaperista te ansaitsette nöyrän kiitoksen! murahti poliisimies hyvänsuovasti ja alkoi varovasti irrottaa sitä, kunnes hän näki esineen edessään, omistusmerkinnän ja tumman juovan. Komisario tassutteli nurkkaan, jossa hän matkalaukustaan onki esille ison suurennuslasin ja tarkasteli esinettä sen läpi. Hänen silmissään vilahti jotakin, jonka Helinä tulkitsi mielihyväksi ja tyytyväisyydeksi. Sitten hän jälleen kietoi esineen paperiin ja vei sen laukkuunsa.

Helinä oli istunut, katsellut ja odottanut.

— No niin, hyvä neiti, nyt muutamia sanoja. Ensiksikin voin ilmoittaa, että antamanne tieto on erinomaisen tärkeä, ehkäpä ratkaiseva. Tuo murhenäytelmä selviää, siitä olen varma. Olen toivonut ja odotellut jotakin tällaista, jotakin vihjettä, sillä tässä jutussa ei ole jälkiä ja johtolankoja liiaksi. Ja nyt kysyn teiltä, voitteko pitää antamanne tiedon omana salaisuutenanne? Ystävättärennehän sen kyllä tietää, mutta hän vaikuttaa kertomuksestanne ja hänen kirjeestään päätellen, hyvin luotettavalta ja järkevältä ihmiseltä.

Helinä huokaisi keventyneesti. — Tietysti minä voin ja mielelläni pidänkin. Olen pelännyt ikävyyksiä. Oli pelkkä sattuma ...

— Hm, toisinaan ne ovat välttämättömiä. Ja mitä sattumaan tulee, niin minä sanoisin mieluimmin kaitselmus. Emme tiedä, milloin se käyttää meitä apulaisinaan. Siis ei sanaakaan kenellekään. Meillä on jälki, ja ehkä se voi viedä pitkälle, mutta vain siinä tapauksessa, ettei kukaan tiedä meidän sitä seuraavan. Älkää antako tietonne häiritä jokapäiväistä elämäänne. Voin sanoa, ettei teitä suinkaan uhkaa mikään vaara. Emme (ja tässä komisario hymyilee) epäile teitä nytkään, vaikka olemmekin pelkkää epäluuloa. Eikä teidän tarvitse ottaa raskaalta kannalta »salakuuntelua». Jokainenhan, kuullessaan odottamatonta melua, vaistomaisesti koettaa saada sen syyn selville. Luottakaa siihen, että me hoidamme asian.

Helinä tunsi sanomatonta huojennusta, mutta muuan seikka oli vielä hänen mielessään.

— Minä en lainkaan ymmärrä, kuinka neiti Ström on voinut joutua käsittelemään noita esineitä … hän oli moisiossa silloin, kun se tapahtui, se murhenäytelmä …

— Niin, siinä on salaisuus salaisuudessa, myönsi komisario. — Emme ole erikoisesti kiinnittäneet huomiota neiti Strömin oloon, mutta kuulustelujen mukaan hän oli koko illan kartanossa. Hän ei siis voi olla syyllinen, jos vain todistukset hänen olostaan ovat oikeat. Muuta en osaa sanoa. Ehkä neiti Ström ei tiedä mitään itse murhenäytelmästä, mutta hänen täytyy tietää jotakin noista esineistä. Ja sekin auttaa meitä. Meillä ovat omat menetelmämme, hyvä neiti, joista en voi kertoa ja joita te tuskin haluaisitte kuullakaan. Jättäkää, kuten jo sanoin, asia kokonaan mielestänne ja meidän huoleksemme.

Helinä hyvästeli ystävällisen poliisimiehen. Mutta matkallaan moisioon hän ei saanut asiaa mielestään. Olihan otaksuttu, että ase oli ollut tavallista pienempi ja erikoisempi. Saattaisikohan olla kyseessä jonkinlainen naistenpistooli? Helinä oli kerran, ylioppilasaikoinaan, nähnyt sellaisen erään ystävättärensä hallussa. Tuo ase oli mahtunut miesten liivintaskuun ja kuitenkin se lävisti ihmisen parin metrin päästä ammuttuna.

Mutta toiselta puolen oli hänen mielensä keveämpi. Hän oli siirtänyt salaisuutensa toiselle, joka varmasti kykeni sen kantamaan ja siitä vastaamaan.

VII

VANHOJEN ROUVIEN USKOTTU

Tohtori Verner oli aamulla käynyt moisiossa katsomassa ja tutkimassa potilaitaan, mutta lähtenyt sitten autollaan vain tunnin ajan perillä viivyttyään. Rouvien Jullyn ja Heddyn kysymyksiin neiti Strömistä hän oli vastannut, että tämä oli kyllä läpäissyt keuhkokuumeen, mutta oli äärimmäisen heikkona ja oli pelättävissä jälkivaivoja.

Helinä oli nähnyt tohtori Vernerin myrkynvihreän auton katoavan tienmutkaan. Hän ihmetteli tuota auton väriä. Tohtorilla oli toisinaan omituisia mieltymyksiä.

Sitten hän lähti tervehtimään ja auttamaan rouvia. Hän löysi heidät kiihtyneinä ja päättäväisinä. Ja hänellä oli selvä tunne, että jotakin uutta oli tapahtumassa. Pohjaltaan avomielisten vanhusten ilmeet juorusivat sen ennen aikojaan.

Kun Helinä oli suorittanut kaikki välttämättömät askareet, rouvat kutsuivat hänet luokseen, ja rouva Jully, kuten melkein aina, rupesi hänelle puhelemaan.

— Meillä on teille pyyntö, mademoiselle Helinä, tärkeä ja arkaluontoinen pyyntö. Istukaa, niin keskustelemme.

Helinä totteli siirtäen tuolin vanhusten luo.

— Katsokaas mademoiselle Helinä, me emme ole niin vanhoja kuin ehkä näytämme. Minä, vanhempi, olen kuudenkymmenenyhden vuoden ikäinen, ja tämä lapsi täyttää pian viisikymmentäyhdeksän. Me olemme pitkäikäisestä suvusta.

Helinä nyökkäsi. Hän ja hänen kanssaan koko moision väki olivat pitäneet rouvia paljon vanhempina.

— No niin, meillä olisi halu vielä elää, ihan todella elää, ei olla vain tuoleihin kytkettyinä.

Molemmat naiset päästivät kaipaavan huokauksen ja rouva Jully jatkoi.

— Tohtori Verner antaa joskus toivoa, toisinaan hänestä ei saa mitään selvää. Me tiedämme hänet taitavaksi, alaansa innostuneeksi ja tunnolliseksi lääkäriksi, mutta hänkin, loppujen lopuksi, on vain ihminen. Voihan ajatella, että hänkin erehtyy, ettei ehkä hänen menetelmänsä ole paras mahdollinen. Emmehän me sitä tiedä, emmekä me sitä edes väitäkään, mutta onhan sellainen mahdollisuus olemassa. Tohtori Verner on tehnyt meille paljon hyvää, hän on vuosien kuluessa huolehtinut meistä kuin rakkaista omaisistaan, emmekä me missään ... missään tapauksessa tahdo pahoittaa hänen mieltään, häntä loukata tai tehdä millään tavalla epäillyksi. Mutta me, kaksi vanhaa naista, me olemme ikävystyneet tähän istumiseen. Me tahtoisimme saada ehdottoman varmuuden, mutta kaiken tulisi tapahtua salassa. Mistään hinnasta emme tahdo loukata tohtori Verneriä, mutta hänelläkin ovat omat heikkoutensa, luonnolliset ja käsitettävät kylläkin, mutta kuitenkin heikkoudet. Hän on ylpeä ammattitaidostaan, ja hän tuntisi itsensä suunnattomasti loukatuksi, jos vaatisimme saada kuulla joidenkin hänen ammattitoveriensa mielipiteitä. Hän on tyranni, mutta hänen tyranniutensa on ollut meille hyväksi. Nyt kuitenkin ... miettien osaamme pitkinä päivinä ... ja kun olemme saaneet teidät, mademoiselle Helinä, omaksi auttajaksemme, niin nyt olemme päättäneet tutkituttaa itsemme jollakin toisella lääkärillä ja kuunnella hänen mielipidettään. Me pelkäämme ... pelkäämme hetkittäin, että tohtori Verner on viime aikoina erehtynyt hoitotavassaan. Ja tiedättekö, mikä on saanut sitä luulemaan?

— En luonnollisestikaan, hymyili Helinä, jolle ei oikein valjennut, mihin vanhat rouvat pyrkivät.

— Katsokaa, me olemme jo parin kolmen kuukauden aikana olleet nauttimatta pariakin lääkettä, jota tohtori Verner on meille antanut. Ja me olemme molemmat sillä aikaa piristyneet. Tohtori pudistelee päätään meidän pirteydellemme ja ennustaa, että takaisku tulee, mutta meistä tuntuu molemmista, että ruumiimme on tervehtymässä ja voimistumassa. Mutta tämä on salaisuus, syvä salaisuus, hyvä neiti.

Sen Helinä kyllä täysin käsitti ja häntä säälitti vanhojen naisten pelko ja toivo. Mutta hän ymmärsi heidät hyvin. Toivottomissa sairaissa herää usein usko ja epäily, että heitä hoidetaan väärin, ja että joku toinen menetelmä on parempi. Ja tämä ajatus kalvaa heitä siinä määrin, että elleivät he ole tilaisuudessa toteamaan sitä vääräksi, se voi vaikuttaa suorastaan pahentavasti heidän tilaansa. Helinä tiesi tohtori Vernerin taitavaksi lääkäriksi, ja vaikka hänessä ihmisenä oli pieniä omituisuuksia, olisi Helinä häneen lääkärinä ehdottomasti itsekin luottanut. Mutta tohtorin tapainen mies oli myös varmasti arka arvostaan ja maineestaan, ja tietysti neuvotteleminen toisten ammattitoverien kanssa olisi tuntunut hänestä kiusalliselta ja alentavalta. Ja rouvat Jully ja Heddy olivat hienotunteisia maailmannaisia, jotka eivät halunneet pahoittaa tohtorin mieltä. Siksi heidän toivomuksensa täyttäminen vaati sekä taitoa että varovaisuutta. Helinä ei pitänyt tehtävästä, jonka vanhat rouvat hänen aavistuksensa mukaan olivat hänelle antamaisillaan, mutta toisaalta, eikö ollut hänen sekä muodollinen että asiallinen velvollisuutensa auttaa heitä kaikessa, mikä heille voisi olla todella hyödyksi ja mihin heillä oli täysi oikeus?

Katsahtaessaan herttaisiin, hiukan kiihtyviin rouviin, Helinä tiesi, että he saattoivat pyytää häneltä hyvin paljon. Hän odotti.

— Nyt, kun olen sanonut näin paljon, minun on sanottava loputkin, alkoi rouva Jully. — Niin, olemme ajatelleet, että te voisitte sopia kaupungissa jonkun tunnetun — me emme kyllä tunne — ja etevän lääkärin kanssa, että hän tulisi tänne ja tutkisi meidät. Hänelle on tilanne selvitettävä täydellisesti. Tohtori Verner on ilmoittanut muutaman päivän kuluttua lähtevänsä vajaan viikon matkalle. Sillä aikaa on meidän toimittava. En epäile, etteikö pyytämänne lääkäri suostuisi. Palkkio on tietysti sivuasia, mutta siihen nähden saa lääkäri vapaat kädet. Luulisitteko voivanne ottaa tehtävän vastaan? Tämä on kyllä ikään kuin salaliitto tohtoria vastaan, mutta onhan meillä oikeus siihen … kukaan ei kärsi mitään vahinkoa … me vain säästämme tohtorilta ja itseltämme kiusallisen selvittelyn … No niin, mlle Helinä, suostutteko?

— Jos vain osaan, niin kyllä! myönsi Helinä vienosti.

— Te olette oiva tyttö, kautta Herkuleksen, Helinä! kiitti rouva Jully, eikä edes Heddy oikaissut hänen voimasanaansa.

Molemmat rouvat olivat haltioissaan. Epäilemättä heidän toimettomassa ja yksitoikkoisessa elämässään oli tohtorin määräysten seuraaminen ja niiden arvostelu aina ollut tärkeällä sijalla. Ja nyt, tietäessään, että saisivat tarkistetuiksi omat luulonsa, he olivat iloisia. Ja heidän kiitollisuutensa oli ilmeinen.

— Helinä! Nostakaa tuota taulua ja avatkaa sen takana oleva kaappi! määräsi äkkiä rouva Heddy ja ojensi pienen avaimen Helinälle. Tämä meni erään pienen, etelämaista metsää kuvaavan akvarellin luo ja kohotti sitä. Sen alla hän huomasi hyvin tarkasti seinään peittyvän oven ja avaimenreiän. Hän aukaisi salalokeron.

— Ottakaa se rasia, joka on oikealla ylhäällä! neuvoi lempeä rouva Heddy. — Ja tuokaa se tänne! Kas niin, kiitos! Katsokaas!

Hän avasi rasian ja tummanpunaiselta pohjalta hohti pieni valkoinen kaulanauha, jonka helmissä oli heikosti punertava vivahdus.

— Niin, Helinä, tämä on minun, visersi rouva Heddy. — Pieni ja kaunis. Ja nyt ette saa loukkaantua! Entisaikaan korkeimmat aatelismiehetkin vastaanottivat kultaa ja hopeaa suoraan kuninkailta. Olette ollut meille suureksi avuksi ja tulette olemaan vielä suuremmaksi. Tämä sopii teille! Koetelkaa ja pitäkää, olkaa hyvä. Se on kiitollisuutemme näkyvä todiste.

Aivan hämillään, yllätettynä ja epäröiden, Helinä otti korun ja pujotti sen kaulaansa. Hän näki itsensä kuvastimesta. Nuo helmet sopivat heikosti punertavine vivahduksineen hänen lumivalkoiselle kaulalleen, siitä ei ollut epäilystä, mutta että ottaa ne lahjaksi ... tapa oli outo ... tuntuisi hävettävältä ... mutta toiselta puolen olivat lahjoittajat ihastuksissaan, ja hän varmasti kokonaan pahoittaisi heidän mielensä kiellolla. Hän ottaisi ... ottaisi toistaiseksi ... hän voisi joskus ehkä vielä perääntyä ... Tämähän oli tavatonta ... Lahjan rahallinen arvo ylitti ehkä hänen vuosipalkkansa. Palkankorotuksesta hän olisi ollut hyvillään ... mutta tämä oli käsittämätöntä ... vaikka hän toiselta puolen vaistosi, etteivät vanhat rouvat missään tapauksessa tahtoneet palkita häntä alhaisella rahalla.

Hän piti helmiä hetken kaulassaan, irrotti ne sitten ja pisti ne takaisin rasiaan, jonka hän viivytellen otti itselleen. Hän ei kiittänyt monella sanalla, mutta rouvat, jotka seurasivat hänen liikkeitään ja ilmeitään, ymmärsivät hänet sanoittakin.

— Ja nyt, Helinä, keskeytti rouva Jully välikohtauksen hiljaisuuden, on kysymys yksityiskohdista. Mikä olisi sopivin tapa tuoda lääkäri taloon. Julkisesti hän ei voi tulla, sillä tohtori saisi sen ennemmin tai myöhemmin tietoonsa. Varkain eikä yöllä häntä myöskään saatane kuljetetuksi. Hänen on tultava ikään kuin muissa asioissa ja toista tapaamaan. Neiti Helinä, minun täytyy pyytää teiltä anteeksi, mutta kysymykseni on tärkeä. Onko teillä sulhasta?

Helinä päästi raikkaan naurun.

— Olen surullisen yksin.

— Se on hyvä. Ajattelin nimittäin teitä. Jos tänne tulisi jokin mies teitä tapaamaan ja sellainen joutuisi sulhasenne korviin, voisi asiasta koitua ikävyyksiä, joita tahdon teihin nähden ehdottomasti välttää.

— Minun tuntematon sulhaseni ei osaa olla mustasukkainen, vakuutti Helinä.

— Silloin saa lääkäri esiintyä sulhasenanne. Sanokaamme ... hän on lähdössä pitkälle matkalle ja haluaa keskustella kanssanne. Te ilmoitatte asiasta neiti Karvoselle ja meille, julkisesti. Me annamme luvan vastaanottaa hänet. Voitte majoittaa hänet niiksi tunneiksi vaikka alakerran entiseen kirjastohuoneeseen.

— Mutta kuinka hän pääsee tänne teidän luoksenne huomaamatta? Hänenhän on oltava täällä pitkään? ihmetteli Helinä.

Rouvat nauroivat hiljaista, veitikkamaista nauruaan.

— Ette te turhan tähden ole vanhassa kartanossa. Meillä on täällä meilläkin omat salamme ja keinomme. Ja nyt on niin, että vanha käytävä yhdistää tuon kirjastohuoneen ja meidän nuotistomme. Te olette sitten keskustelevinanne tuolla kirjastohuoneessa sulhasenne kanssa, ja sillä aikaa itse asiassa lääkäri kaikessa rauhassa tutkii meitä ylhäällä. Eikö niin?

— Salakäytävä? huudahti Helinä.

— Ei oikeastaan salakäytäväkään, vaan vanha, käytöstä hyljätty käytävä selitti rouva Jully. — Sitä käytettiin ennen varakäytävänä, mutta nyt se on suljettu ja unohdettu. Luulen, ettei sen olemassaolosta tiedä täällä moisiossa kukaan muu kuin me. Emmekä mekään ole muistaneet sitä vuosiin. Niin, tällainen on suunnitelmamme. Mitä pidätte siitä? Se on vanhojen ja avuttomien naisten suunnitelma, mutta eikö se teidänkin mielestänne sentään todista, että vaikka olemmekin sairaita, on meillä tervettä järkeä. Minusta on tuntunut niin kuin tohtori olisi joskus sitä epäillyt.

— Mutta Jully! moitti rouva Heddy. — Ei tohtori ole mitään sellaista sanonut.

— Mutta hän on tarkoittanut ja se on pahempaa! väitti Jully. — Ja kuitenkin ennemmin tämä terävä kieleni tylsyy ennen kuin aivoni pehmenevät.

Helinä, itse pirteä ja vilkas, nautti rouvien vilkkaudesta, joka olisi ollut kunniaksi vaikka kahdeksantoista ikäisille. He keskustelivat vielä pitkään suunnitelman kaikista yksityiskohdista.

VIII

HELINÄ AJAA TOHTORIN KANSSA

Kaikki järjestyi hyvin, oikeastaan liiankin hyvin Helinän mielestä. Tohtori kävi aamulla moisiossa jälleen ja tällöin rouvat pyysivät, että hän ottaisi mukaansa Helinän, jolle sanoivat antaneensa tehtäväksi suorittaa eräitä vaateostoksia. Tämä oli kyllä totta, mutta koko totuus ei noihin sanoihin sisältynyt.

Olihan Helinän näet etsittävä tuo taipuisa lääkäri ja sovittava hänen asiat hänen kanssaan. Hän olisi poissa koko päivän, mahdollisesti seuraavan yönkin. Neiti Karvonen saisi luvan, niin oli rouva Jully sanonut, olla niin terve, että voisi autella heitä Helinän poissaollessa.

Epäröivästi ja arkaillen — Helinä kauhistui, kuinka usein hänen viime viikkoina oli tullut epäröidä ja arkailla — hän nousi tohtorin pieneen loistoautoon. Hän katseli ihmetellen taaskin sen myrkynvihreää väriä. Tohtori oli osoittanut hänelle paikan vieressään ohjaajaistuimen luona.

Tohtori Verner oli moitteettoman kohtelias ja altis. Mikään ei osoittanut, että hän hetkeäkään olisi ajatellut vieressään olevan pelkän talousapulaisen. Eikä hän suinkaan vetäytynyt ylhäiseen eristäytymiseen ja puhumattomuuteen, päinvastoin, hän nauroi hyväntahtoisen pilkallisesti tiedustellessaan Helinältä ensiksi, kuinka hänen suomenkielen opetuksensa sujui rouvien kanssa.

— Olen kuullut, että puhelette heidän kanssaan paljon, hän sanoi. — Ihmettelen, kuinka tulette toimeen. Heidän sanavarastonsa rajoittuu arkielämään ja talouteen.

— Oh, kyllä he osaavat kai puhua muustakin, vastasi Helinä, — mutta enimmäkseenhän me puhummekin pelkistä arkiasioista. Ja he ääntävät sanat ihan oikein.

— Se on totta, eikä tietysti ole mitään siihen sanomista, että he haluavat kanssanne jutella. Heillä ei ole neiti Strömiä ... neitiraukka on todella huonona ja pelkään pahinta. Minulla olisi kuitenkin muuan pyyntö teille, neiti Vuopio.

Tohtori käänsi sulavasti pahassa mutkassa. Hän ei suinkaan ajanut autoa tavalla, joka pakoittaisi ajattelemaan hänen rohkeuttaan ja taitavuuttaan, hän ajoi niin, että nuo ominaisuudet olivat täysin joka-aikaisena selviönä. Tohtori oli ihanteellinen ajaja ja neiti Vuopio nautti ohikiitävistä, kirkkaista ja kuulaista kevätmaisemista.

Päästyään jälleen viivasuoralle tieosalle, tohtori jatkoi keskustelua.

— Niin, minulla on pyyntö teille. Olen esittänyt aikoinani saman neiti Strömillekin ja hän suostui siihen. Olen jo teille antanut ohjeita. Nyt, kun asemanne on muuttunut, on minun niitä täydennettävä. Minkälaisen vaikutuksen rouvat ovat tehneet teihin?

Helinä ei kääntänyt päätään vastatessaan. Hän aavisti, mitä oli tulossa ja hänen oli vaikea olla.

— Missä suhteessa? hän kysyi vuorostaan. — He vaikuttavat minusta hyvin hauskoilta ja herttaisilta.

— En oikeastaan tarkoittanut sitä, hymyili tohtori Verner. — Heidän herttaisuutensa olen valmis myöntämään ensimmäisenä. Mutta eivätkö he ole ... hm ... ole esittäneet joitakin kummallisia, outoja pyyntöjä ... Ettekö ole havainnut heissä jotakin, joka poikkeaa tavallisuudesta?

Helinä oli itse asiassa aivan ymmällä. Tohtori näytti arvaavan vanhojen naisten ajatukset. Ja eikö tuota salaperäistä suunnitelmaa voitukin pitää kummallisena?

— Ette ehkä käsitä minua, selvitti tohtori kärsivällisesti. — En voi ryhtyä laajasti kuvailemaan heidän sairauttaan, ettekä siitä paljon

ymmärtäisikään. Mutta he ovat molemmat saaneet sekä pahan aivo-
tärähdyksen, että, pelkään, vioittuman selkäytimeen. He ovat haurai-
ta kuin lohjennut kristallimaljakko. Ja minä pelkään, että aivojen
pehmennys voi milloin tahansa saada heissä alkunsa, ellei se jo olekin
alkanut. Siksi heidät on eristetty täyteen rauhaansa. Ilot ja surut ovat
heille yhtä vaarallisia, siksi heidän lukemisensa täytyy rajoittaa, siksi
he eivät saa tavata harvoja tuttaviaan, joita heillä onkaan, ja siksi he
eivät juuri kirjoita eivätkä vastaanota kirjeitä. Olen vastuussa kahden
todella herttaisen ihmisen hengestä ja vastuuni on raskas. Nyt on
niin, että jos uhkaava käänne tapahtuisi tai olisi jo tapahtumassa, ei
se olisi ensiksi havaittavissa ruumiillisina muutoksina, vaan henkisi-
nä. Heissä alkaisi ilmetä omituisuuksia. Ja siksi olisi minun niin tär-
keää tietää, mitä he päivän mittaan keskustelevat, mitä he ajattelevat,
toivovat ja tahtovat. Siitä saattaisin huomata uhkaavat merkit ajoissa.
Voisitteko siinä suhteessa auttaa minua, neiti Vuopio?

Helinän maailma oli sirpaleina. Tohtori oli puhunut ammatti-
maisen vakavasti ja kuitenkin sydämellisesti. Helinä ei tiennyt, mitä
hänen oli vastattava, hän ei tiennyt, oliko hänen autettava vanhoja
rouvia tohtorin mahdollista erehdystä vastaan vaiko tohtoria vanho-
jen rouvien harhaluuloa ja hänen, Helinän, omaa erehdystä vastaan.

— Miten ... Missä suhteessa minun olisi autettava herra tohtoria?
hän kysyi viimein hiljaa.

— Selostatte minulle keskustelunne, varsinkin, jos havaitsette
rouvien sanoissa jotakin teistä ihmeellistä taikka vain omituistakin.
Ja koska te nyt olette toisessa asemassa, vaativammassa ja vastuulli-
semmassa, on vain kohtuullista, että myöskin palkkionne koroite-
taan. Lisään palkkaanne puolet tähänastisesta. Oletteko tyytyväinen?

Sitä ei Helinä olisi voinut myöntää parhaallakaan tahdollaan.
Mutta tohtori ei sitä kai odottanutkaan. Hän luuli Helinän menneen
hämilleen odottamattomasta suopeudesta. Hänestä oli selviö, että
Helinä olisi tästä lähtien hänen aulis auttajansa.

Helinä silmäsi ympärilleen. He ajoivat laakeitten peltojen keskitse, joilla parhaimmilla pälvipaikoilla näkyi joku varhainen ja ahkera maamies jo ahertavan. Ilma oli lämmin ja raikas, auto surisi tasaisesti ja Helinä ihmetteli, hänkö oli se pieni konttorityttö, joka vielä pari kuukautta sitten oli kirjoitellut typeriä laskuja, hän, joka nyt oudossa moisiossa ja outojen ihmisten keskellä tuntui joutuvan yhä monimutkaisempiin ja vaativampiin tilanteisiin.

Helinä avasi käsilaukkunsa ottaakseen nenäliinan. Sen mukana vierähti sinertävä paperinen kirjelippu hänen ja tohtorin väliin auton pohjalle. Helinä karahti punaiseksi ja kumartui nostamaan sitä, ehtien silmänräpäyksen murto-osaa ennen kohteliasta ja nopeaa tohtoria. Hänen sydämensä takoi haljetakseen: mitä olisi tohtori sanonut, jos olisi huomannut tuon ranskankielisen muistilistan, jonka rouva Heddy oli hänelle kirjoittanut?

Nyt hän sai painetuksi sen takaisin käsilaukkuun. Ja Helinä olisi ollut valmis väittämään, että tuo kevyt ja aavistuksen verran pilkallinen hymy, joka ilmestyi tohtorin ohuille huulille, ilmaisi tohtorin tietävän tuon sinertävän lipun — rakkauskirjeeksi.

Mitä hyvänsä muuta, kunhan vain totuus pysyisi piilossa! oli Helinä valmis huudahtamaan.

Oli hirveän vaikeaa ja vaarallista leikkiä tällaista kaksoisleikkiä, olla tohtorin ja samalla rouvien uskottu. Siihen hän kuitenkin oli joutunut.

IX

RATKAISEVA KOE

Helinä tavoitti ystävättärensä kaupungissa tämän konttorissa, josta Anni Raikkala oli juuri lähdössä aamiaislomalleen. Kun Helinä oli ilmoittanut hänellä olevan paljon ja tärkeitä asioita, tavoitti Anni konttoripäällikön, pyysi ja sai häneltä ylimääräistä lomaa kahdeksi tunniksi.

— Kolme tuntia! Sillä ajalla me ehdimme jutella vaikka koko maailman riekaleiksi! nauroi Anni lähtiessään Helinän kanssa kadulle.

He poikkesivat hyvään, rauhaiseen kahvilaravintolaan ja etsivät itselleen eristetyn nurkkauksen, missä olisi vapaata keskustella. Anni tilasi kevyet aamiaiset ja kääntyi sitten ystävättärensä puoleen.

— Jos sinulla liekin paljon ja tärkeitä asioita, eivät ne ainakaan ole vaikuttaneet sinun ulkomuotoosi heikontuvasti! Sinä olet kuin keväinen ruusu, jos vertaus kelpaa.

Helinä nyökäytti päätään. Anni oli pirteä ja iloinen, mutta Helinä muisti huolensa. Tämä uutuudestaan outo ympäristö vaikutti häneen omituisesti. Tuolla, kaukana moisiossa, maalla ja keskellä romanttisen elämän eläneitä vanhoja aatelisrouvia, kaikki selkkaukset ja salakähmäisyydet tuntuivat luontevilta ja uskottavilta. Täällä, tässä hienossa ja kuitenkin kuluneessa uusasiallisessa ympäristössä, kadun melun tunkeutuessa sisään, kaikki kuvitelmat ja vaarat tuntuivat naurettavilta.

— Sinä kerroit ... sille komisariolle? kysyi Anni hiljaa ja varoen ympäristöään.

Helinä selosti keskustelunsa komisario Auerin kanssa ja muistutti Annia välttämättömyydestä noudattaa täydellistä vaitioloa.

— Hän siis piti ilmoitusta tärkeänä? tiedusteli Anni.

— Varmasti, vaikka hän ei tietysti sitä näyttänyt, eikä sanonut puoliakaan siitä mitä ajatteli. Neiti Ström on jollakin tavoin sotkeutunut juttuun, mutta hänen syyttömyydestään itse pääasiaan oli komisariokin varma. Mutta olen melkein koko asian unohtanut. Minulla on muuta. Olen hirveässä pulassa. En tiedä mitä tehdä ja kaipaan hyviä neuvoja.

— Hyvät neuvot ovat kalliita, eikä niiden antajia tavallisesti kiitetä, arveli Anni pessimistisesti. — Mutta koska olet kerran ollut huollettavanani varoinesi ja velkoinesi, hyvinesi, pahoinesi, niin uskallan vieläkin yrittää. Anna kuulua!

Ja pitkässä, kiivaassa ja vilkkaassa keskustelussa sai Anni tietää kaiken moisiosta, rouvien luulon, että tohtori ehkä erehdyksestä käytti väärää menetelmää, ja heidän toiveensa, että joku toinen lääkäri tutkisi heidät salaa. Mutta Helinä selosti myös tarkasti ja selvästi tohtorin vakavat sanat ja hänen olettamuksensa, että rouvia uhkasi — kaikkein kauimpana kehitysvaiheena heikkomielisyys.

Anni oli reippaasti naureskellut pirteitten rouvien vilkkaalle ja romaanimaiselle suunnitelmalle, mutta hän kuunteli vaitonaisena ja vakavana selostusta tohtorin esityksestä ja hänen otaksumisistaan.

— Totta tosiaan, oletpa joutunut pahaan asemaan, hän sanoi ivailematta. — Kummallakin puolen ovat omat oikeutensa ja edellytyksensä. Tohtori Verner on tunnettu ja tiedetty tunnolliseksi lääkäriksi, kalliiksi ja oikulliseksi tavoissaan, mutta alansa kyvyksi. Jos ja kun hän puhuu uhkaavasta aivojen pehmennyksestä, ei meillä maallikoilla ole tosiaankaan paljon väittämistä vastaan. Mutta muuten, minkä vaikutuksen rouvat sinuun oikein tekevät?

— Rouva Jully on viisaampi ja pirteämpi ja teräväkielisempi kuin me molemmat yhteensä, eikä rouva Heddyssäkään ole mitään vikaa, ainakaan minun käsittääkseni.

— Ja millä tavalla he aikovat saada tuon lääkärin vakinaisen tohtorin tietämättä taloonsa?

Helinä kertoi suunnitelman, jossa hänellä oli onnellisen morsiamen osa.

Anni nauroi taas. — Jos tuo on aivojen pehmennystä, niin on se ainakin harvinaisen hauskaa ja pirteää tautia.

Helinä huokaisi onnettomana. — Sinun kelpaa nauraa, mutta minun on toista. Katsos, en ole mitään milloinkaan niin paljon inhonnut kuin kieroutta ja petollisuutta. Nyt suorastaan uin ja kahlaan petosten valtameressä. Jo tuloni oli ansio petoksesta. Salasin todistukseni. Olen nyt ihan varma siitä, ettei tohtori Verner milloinkaan olisi minua hyväksynyt, jos olisi tiennyt minun todelliset taitoni.

Helinällä ei ollut itku kaukana. Anni tarttui häntä lohduttavasti käteen.

— Mutta Helinä kulta, älähän nyt! Vanhuutta ja tyhmyyttä ja ilkeyttä voi itkeä, mutta ei ole syytä itkeä ylioppilastutkintoa ja muita ansioita, vaikka ne eivät tähän maailman aikaan niin paljon merkitsekään. Eikä kyseessä ollut petos. Sinulta ei kysytty enempää ja sillä hyvä.

Helinä jatkoi kuitenkin alakuloiseen sävyyn:

— Mutta entä sitten? Näin salaa katsomalla neiti Strömin tapauksen. Salasin sen pitkään. Sitten rouvat tekivät paljastuksensa ja nyt olen heidän liittolaisensa — tohtoria vastaan, jota saan kiittää toimestani. En millään tahtoisi pettää rouvia enkä millään tohtoriakaan. Kuka on oikeassa? Ovatko rouvat kuvittelujensa, toivojensa ja uskojensa uhreja ja minä heidän kätyrinsä? Onko kuuluisa lääkäri kokonaan erehtynyt? Järkeni taipuu kokonaan tohtorin puolelle, sydämeni rouvien puolelle.

— Siitä olkoon kiitos sekä järjellesi että sydämellesi.

— Minä en tahdo pettää. Minä haluan olla aina suorissa suhteissa koko maailmaan. On minun asiani, vaikka olisin astioitten pesijänä tuolla moisiossa, kunhan olen mikä olen, enkä näyttele prinsessaa ryysyissä yhtä vähän kuin kerjäläistä prinsessan koruissa. Me … minä ja moni muu … suhtaudumme totuuteen nykyisin noin niin kuin … toisinaan ja toisinaan ei … toisinaan sanomme koko totuuden … toisinaan vain osan totuutta … totuutta silloin tällöin ja totuutta enemmän tai vähemmän. Nyt, kun olen joutunut todella kieroon asemaan, huomaan selvästi, että totuus on ainoa käytännöllinenkin elämisen muoto.

— Silloin sinä olet todellakin keksinyt suuren totuuden. Niin on asia, mutta älä ota omaa pulaasi niin hirveän vakavalta kannalta. Mistä on lopuksi kysymys? Jätämme syrjään kokonaan tuon murhenäytelmän ja neiti Strömin. Siinä kohdin ei kukaan pääse sinua moittimaan. Pysykäämme rouvissa ja tohtorissa. No niin, vanhat ja sairaat rouvat ovat pyytäneet, tosin omituisella tavalla, sinua tuomaan heidän luokseen laillisen lääkärin. Siihen on heillä täysi oikeus. Ja se olisi kohtuuskin, jos heidän välinsä tohtori Verneriin eivät olisi niin vanhanaikaiset, monimutkaiset ja kainot. Tohtorin oma velvollisuuskin olisi tiedustella ammattitoverin mielipidettä näin vaikeassa tapauksessa, varsinkin kun rahalliset kustannukset eivät ole esteenä. Tohtorille ei tapahdu mitään vääryyttä, jos rouvat saavatkin toiveensa tyydytetyksi. Enkä usko, että tuo lääkärin käynti voisi pahentaa heidän tilaansa. Helinä, neuvoni on tämä: kunnioita tohtoria ja tervettä järkeäsi, mutta tee sydämesi mukaan ja noudata rouvien toivetta. Sehän on vain koe ja olkoon se ratkaiseva koe. Jos lääkäri huomaa, että rouvat ovat saaneet oikean hoidon, juttu saa sinun osaltasi loppua siihen. Toista kertaa et rupea ketään moisioon kuljettamaan. Mutta nyt voit yrittää. Minä voin sinulle muuten neuvoa lääkärinkin.

— Tiedätkö sellaisen, joka suostuu näin hullunkuriselta ja omituiselta vaikuttavaan keinoon? huudahti Helinä ihmeissään ja rauhoittuneena ystävättärensä neuvoista.

— Oikeastaanhan sinunkin pitäisi hänet tuntea … Hän on kyllä paljon vanhempi, mutta ei sentään hirveästi. Hän oli samaan aikaan yliopistossa kuin minäkin siellä yrittelin. Minultahan jäivät opinnot ... rahat eivät riittäneet, mutta hän ponnisteli. Antti Raito, etkö ole kuullut nimeä?

— Olen, mutta siinä onkin kaikki.

— No niin, hän on nyt lääkäri ja on aloittanut praktiikkansa täällä. Mato! sanovat toverit. Peto! sanovat professorit. Tietenkin molemmat tarkoittaen hänen etevyyttään. Hän on kuuleman mukaan synnynnäinen lääkäri, jos niin voidaan sanoa. Hän ei aio jäädä pelkäksi leipälääkäriksi, hän aikoo jatkaa erikoisopintojaan, mutta hänen täytyy välillä ansaita. Hän on sopiva ... hän on etevä ... ja niin, hän on samalla niin poikamainen, niin valmis kepposiin, ettei hän luultavasti lainkaan epäröi näytellä vaikka sinun sulhasesi osaa ... Hänhän on muuten ollut osakunnassa parhaita esiintyjiä ja näyttelijöitä. Minä soitan hänelle ja kutsun hänet tänne! Hänellä ei ole vielä paljonkaan työtä ja pieni rahallinen tulo on hänelle varmasti tervetullutta. Tiedän sen. Tunnen hänet ja hän on hyvin kiltti.

Heleä punerrus oli noussut Annin poskipäihin, kun hän riensi pöydästä puhelimen ääreen. Puhelin oli niin lähellä, että Helinä kuuli joka sanan, jonka Anni lausui.

— Halloo, Anttiko? Terve ... terve! Kas vain, tunsit äänestä heti! Hyvää ... hyvää ... mutta minulla on asiaa. Pane yllesi ja tule heti tänne kahvilaan ... Keskukseen ... vaikka ei tämä niin keskellä ole ... Minulla on mukanani muuan ystävätär, joka taas puolestaan on miljoonikkojen ystävätär ... Hänellä on asiaa ... leikittä puhuen vakavaa asiaa ... Niin, niin, kysymys on ammattiasioistasi ... Ja meillä ... minulla varsinkin ... on kiire! Siis heti! Terve näkemiin!

Anni tuli paikalleen ja nyökkäsi.

— Hän on täällä muutamien minuuttien kuluttua.

Hän oli oikeassa. Vajaan kymmenen minuutin kuluttua pujottelihe tuolien ja pöytien lomitse heidän luokseen nuori herrasmies, jonka ulkomuoto ainakin kiinnosti Helinää. Mies oli puettu tavalliseen hyvin istuvaan kavaiji-pukuun. Hänen päänsä herätti huomiota. Se oli iso ja ikäänkuin hiukan epäsäännöllinen. Valtava, vaalea ja perin pohjin sotkuinen ja kiharainen tukka peitti sen kuin leijonanharja. Sitten seurasi korkea otsa, harvinaisen isot silmälasit, iso ja kai vähän epämuodostunut nenä, kaksi leukaparia, vahvoja, ja suuria välkkyvän valkoisia hampaita, ja suu hymyssä, joka olisi juroimmankin houkutellut jäljittelyyn. Kiintoisin ja rumin mies, niin määritteli Helinä näkynsä itsekseen.

Tohtori Raito tervehti reippaasti ja poikamaisesti luoden nopean silmäyksen Helinään.

— Sinun seuraasi on aina turvallista saapua, Anni! hän virkahti kevyesti.

— Miten niin?

— Sinulla on aina seurassasi ihastuttavimmat naiset! hymyili tohtori, mikä hymy lievensi hänen ehkä liian rohkean sukkeluutensa kärkeä.

— Sinun sukkeluutesi ovat monesti käsittämättömiä pohjaltaan, vastasi Anni. — Mutta ystävättärelläni ja minulla on kiire. Meillä on asiaa.

Silmänräpäyksessä kurtisti tohtori Raito kasvonsa mahdollisimman lääkärimäisiin ryppyihin ja kysyi tiukasti:

— Hammas, pää vai sydän.

Helinä naurahti, mutta alkoi sitten esittää kertomustaan. Se oli pitkä ja Annista se tuntui vieläkin jännittävältä, vaikka hän sen jo oli kuullut. Ilakoiva ja poikamainen ilme katosi tohtorin kasvoilta. Hän kuunteli tarkkaavaisesti, eikä vastannut mitään Helinän loppukysymykseen, voisiko hän saapua moisioon.

— Hm … hm … hän vain murahteli. — Tämä on visainen paikka, eikä tällaisesta professorit lainkaan luennoineet. Siinä on yksi suuri mutta, puhuakseni avoimesti ja selvästi.

Molemmat nuoret naiset odottivat.

— Katsokaa, meillä lääkäreillä on oma kurimme ja omat tapamme. Me emme mielellämme tunkeudu toisen lääkärin potilaita neuvomaan, emme yleensä pyri toisen alueelle ja toimiin. Se on sellaista virkaveljeyttä, joka monasti on välttämätöntä. Tämä on juuri sellainen tapaus ... Siinä on kuitenkin kaksi piirrettä, jotka voivat helpoittaa ratkaisuani. Toinen on se, että potilaat itse pyytävät. Ja toiseksi ... No niin, siitä en halua puhua tarkempaa. Joka tapauksessa: olisi kyseessä kuka muu lääkäri tahansa, en epäröisi hetkeäkään, vaan kieltäytyisin. Nyt saatan ainakin harkita.

Hän vaipui ajatuksiinsa ja tuo leijonaharjainen pää kumartui hiukan. Helinä tunsi kuvaamatonta jännitystä. Kieltäytyisikö tohtori? Ja miksi? Ja mitä hän oli tarkoittanut tuolla »kuka tahansa muu?» Eikö tohtori Verner nauttinut samoja oikeuksia ja ollut saman virkaveljestön jäsen? Hän ihmetteli tohtorin ajatuksia ja odotti. He eivät puhelleet. Vihdoin tohtori Raito kohotti päätään.

— Itse asiassa on omituista ja vastoin yleistä tapaa, että niin vaikeassa ja niin pitkällisessä sairaudessa ei ole kysytty toisten mieltä. Onhan tohtorilla ollut aikaa. Siitä syystä voivat potilaat olla tosiaankin levottomia. Mutta en lainkaan epäile tohtori Vernerin taitoa ja kykyä. Hän on kieltämättä etevä lääkäri, olen kuullut siitä kaikilta. No niin, saatte odottaa siis ylihuomenna sulhasenne käyntiä, neiti Vuopio. Minä suostun ja tulen.

Molemmat naiset puhkesivat hyväksyviin huudahduksiin.

— Teet oikein, Antti! sanoi Anni vakavasti.

— Ja se on tietysti pääasia, sillä oikein, oikein on sinulle tehtävä, vaikka iskisi päänsä seinään! murahteli tohtori, jolla ei ilmeisesti ollut halua seikkailuun tai ainakaan mahdolliseen veljeyden rikkomiseen. Seurue keskusteli vielä hetkisen yksityiskohdista. Päätettiin, että tohtori Raito käyttäisi nimeä Antti Laiho. Se olisi helppo muistaa.

— Kas niin, tämä seikkailu on päätetty! sanoi tohtori nousten. — Potilaat pysyttelevät tosin poissa nuoren lääkärin ulottavilta, mutta minulla on muuta puuhaa. Suokaa anteeksi, minun täytyy poistua.

Kas niin, näkemiin, neiti Vuopio, ylihuomenna. Kiitos seikkailusta. Näkemiin, Anni. Tulethan illalla, niin kuin puhe on ollut?

Anni nyökäytti päätään. — Koetamme tulla molemmat. Helinä käy niin harvoin, että häntä on pidäteltävä silloin kun hän käy.

Helinä vietti tosiaankin, koska hänellä oli täysi lupa, illan ja seuraavan yön kaupungissa. He kävivät yhdessä Annin ja tohtori Raidon kanssa teatterissa, viivähtivät sitten hetkisen ravintolassa ja puhelivat ja nauroivat sydämensä halusta. Vain moisio oli kielletty puheenaihe. Tohtori väitti sitä ammattiasiakseen, eikä hän ammatistaan milloinkaan yksityisessä seurassa keskustellut.

X

HELINÄN VÄLIAIKAINEN SULHANEN

Kun Helinä melko aikaiseen seuraavana aamuna saapui moisioon — hän oli matkustanut junalla kirkonkylän asemalle — hän heti huomasi jotakin tavatonta tapahtuneen, mikä oli kuohuttanut koko kartanon ja sen päärakennusten asukkaat. Hän keksi pihalla väkijoukossa nimismiehen ja ainakin yhden poliisin, ja tunsi sitten hetken kuluttua myös komisario Auerin tanakan olemuksen.

Aamuvirkku ja uutisia huokuva pehtoori Salla selitti hänelle tapahtumat, mitkä olivat sattuneet yön aikana. Ensimmäisistä sanoista haihtui Helinän mielen ilo, ja hän tunsi taas synkkien ajatusten tulvan, mutta kun pehtoori jatkoi puhettaan, hän rauhoittui.

Itse asiassa ei ollut sattunut paljoakaan. Olisi vain voinut sattua.

Pehtoorin kertomus oli jotenkin seuraava:

Neiti Vuopiohan tunsi keittiössä oleilevan Aukustin, jota sanottiinkin Kyökki-Aukustiksi, ja jonka tehtävänä oli keittiöväen auttaminen kaikissa niissä askareissa, joissa kysyttiin miehistä voimaa, mutta ei kovin suurta älyä. Syynä kaikkeen hälinään oli juuri samaisen Aukustin ja myöskin, luvalla sanoen, vanhan Kehnon toiminta ja keksinnöt viime yönä. Kehno oli koira, ellei neiti Vuopio tiennyt, vanha ja isonlainen doggi, jossa oli pisara verikoirankin verta. Se oli joskus ollut hyvä ja opetettu koira, mutta opetukset olivat unohtuneet, eikä se nyt ollut juuri enempää kuin rakki. Päivisin siitä ei ollut mitään haittaa, mutta öisin, jos se jäi irti, se saattoi hyvässä onnessa tarttua jonkin myöhäisen kulkijan kinttuihin, haukkua ja herätellä talot ja väet. Aukusti ja Kehno — entisen pehtoorin antama nimi, joka ei ollut sietänyt koiraa — olivat erittäin hyvät ystävät.

Nyt, viime yönä, oli Kehno taas vahingossa jäänyt irti kuljeksimaan pihalla ja puutarhassa. Vähän jälkeen keskiyön se oli nostanut vimmatun äläkän, johon Aukusti oli keittiön viereisessä pienessä makuuhuoneessa herännyt, pukenut vähän ylleen, vetänyt saappaat jalkoihinsa ja lähtenyt katsomaan, mitä koira oikein ärhenteli. Aukusti oli luonnonpuistossa tapahtuneesta murhenäytelmästä asti pelännyt öisin, mutta silti hän uskalsi lähteä.

Kun hän oli päässyt pihalle, oli Kehnon haukunta lakannut. Eikä se tullut hänen kutsuessaan ja viheltäessään. Hän oli silloin lähtenyt sitä etsimään, ja vaikka olikin melkein pimeä, hän oli sattumalta osunut sen lähettyville, jolloin oli kuullut vaimeaa ulinaa. Ja hän löysi koiran puuhun sidottuna ja sen suun lujasti kapuloituna. Kun hän päästi sen irti, koira viivana kiiti hänen luotaan ja pian kaikui hiukan kauempaa sen haukunta. Aukusti juoksi samaan suuntaan ja ehti nähdä pari miestä, jotka kuitenkin livahtivat metsikköön lähellä puron rantaa. Aukusti odotteli koiraa ja tämän palattua he lähtivät sisälle.

Tämä on sinänsä eittämätöntä totuutta. Ja selvä todiste on sekin, että vaja, jossa säilytetään koneita ja kaikenlaisia työkaluja, on joutunut joko murron tai ainakin murtoyrityksen kohteeksi. Sen ovi löydettiin puoleksi avattuna. Hm … äskeinen tapahtuma ja nyt tämä! Minusta tuntuu niin kuin jotkut paatuneet rikolliset olivat valinneet rauhallisen Tamminiemen mellastelunsa näyttämöksi.

Helinä Vuopio huokaisi. Vähän sellaiselta se kyllä näytti, mutta oli hyvä, ettei sentään pahempaa ollut tapahtunut.

Hän kiiruhti sisään hyvästellen pehtoorin, jolla olisi ollut ilmeinen halu jatkuvasti vaihtaa ajatuksia yöllisestä tapahtumasta tai mistä muusta aiheesta hyvänsä.

Tultuaan huoneeseensa Helinä avasi ikkunan, sillä oli harvinaisen lämmin ja kaunis ilma niin kuin toisinaan huhtikuussa. Väki oli edelleenkin pihalla. Hän näki jonkun moision työmiehistä kisaavan tuon koiran, jonka nimi oli Kehno, kanssa koettaen ottaa sitä kiinni. Mutta niin jäykältä kuin takkuinen, iso koira näyttikin, se väisti varmasti miehen yritykset ja koetti purra tätä käteen. Mies innostui yhä enemmän leikkiin, samoin koira, mutta mies ei saanut siitä otettakaan.

Helinä näki myös komisario Auerin seuraavan miehen ja koiran kisailua, ja sitten hän kuuli komisarion sanovan suuttuneella ja kovalla äänellä:

— Kehno kuitenkin!

Komisario pyörähti ja sanoi jotakin, mitä Helinä ei kuullut. Eikä sitä kai ollut kuullut muuan Helinälle tuntematon mies, vaikka seisoikin komisarion vieressä. Hän kysyi, mitä komisario oli sanonut ja Auer vastasi töykeästi:

— Pölkkypää! Sanoin pölkkypää! Ja tarkoitin sillä itseäni, väärinkäsitysten välttämiseksi. Tuo Kehno ei ole itse asiassa kovinkaan kehno. Se on hieno koira vanhana ja takkuisenakin. Se on viisas koira, niin viisas kuin koirat voivat olla. Ainakin viisaampi minua. Muuten, mitä luulette, täytyykö naisihmisen juosta pitkällekin maaliskuun yönä pyjamassa ja paljain jaloin vilustuakseen kunnollisesti?

Helinä hätkähti. Hän uumoili jotakin komisarion näköjään tarkoituksettomien ja ilveellisten sanojen takaa, mutta puhuteltu jäi ihmeisiinsä purskahtaen sitten nauramaan.

— No ei minun luullakseni! hän huusi melkein. — Saa sitä nuhan vähemmälläkin juoksulla.

— Sitä minäkin! Kehnoko se tässä onkin ratkaisijana?

Komisarion puhuttelema mies ei ymmärtänyt mitään eikä Helinäkään. Hän ei voinut tietää tai aavistaa, että komisario näki jo hengessään sen hetken, jolloin syyllinen moision luonnonpuistossa tapahtuneeseen murhenäytelmään joutuisi hänen käsiinsä.

Komisario Auer kulki nimismiehen luo ja Helinä kuuli hänen sanovan:

— Ei ole mahdotonta, että tämä juttu on yhteydessä aikaisempaan. Siksi ottaisin sen mielelläni hoitaakseni. Järjestämme ensi yöksi vahdit, jos herrat varkaat vaikka aikovat uudistaa vierailunsa.

Nimismies naurahti epäuskoisesti, mutta myöntyi kernaasti. Komisario sai hänen puolestaan pitää sekä vaivan että kunnian. Mutta Helinä ei voinut olla ajattelematta, että komisario toimi typerästi julistaessaan suunnitelmansa julkisesti.

Hän ei kuitenkaan nähnyt komisarion hymyä tämän astellessa pihalta. Tuo hymy oli kaikkea muuta kuin typerää. Komisario Auer oli suorastaan loistavalla tuulella, minkä hän osasi kuitenkin salata siksi hyvin, ettei hänen apulaisensakaan, joka hänet tunsi, mitään aavistanut.

* * *

— Muuan perheystävämme tulee minua tapaamaan, oli Helinä selittänyt neiti Karvoselle. — Hänellä on eräitä asioita minun kanssani harkittavana. Olen maininnut asiasta rouville, ja he antoivat minulle luvan ottaa hänet vastaan tuossa entisessä kirjastohuoneessa. Toivon, että voin saada vapaata noiksi tunneiksi, neiti Karvonen.

Neiti Karvonen, vaikka olikin sairaana ärtynyt ja hermostunut, ei ollut mikään paha ihminen. Hän hymyili ymmärtävästi. Hän aavisti, mitä tuo perheystävä merkitsi.

Siten oli asia hänelle esitetty, ja siten sen saivat kuulla keittiöhenkilökunnan jäsenet ja odotus ja uteliaisuus oli suuri, sillä moisiossa kävi harvoin ja vähän ulkopuolisia vieraita, vieläpä sellaisia kuin neiti Vuopion odottama.

Rouvat olivat ilmoittaneet haluavansa nukkua muutamia tunteja. Sanoivat, että kevätilma raukaisee. Neiti Karvonen oli siten toimitettu pois tieltä. Pienen salajuonen kaikki valmistukset oli suoritettu ja Helinä odotteli nyt jännittyneenä omassa huoneessaan tuon väliaikaisen sulhasensa tuloa.

Äkkiä hän kuuli koputuksen ovelta ja sisäkkö pisti päänsä esiin.

— Neiti Vuopio, teitä kysytään hallissa alhaalla, hän visersi äänellä ja ilmein, ikäänkuin itse olisi kuulunut salaliittoon.

Helinä seurasi hänen jälkeensä ja tultuaan halliin ja nähtyään kysyjän hän oli hetken aikaa varma, ettei hän milloinkaan koko elämänsä aikana unohtaisi näkyä.

Hän oli tuskin tuntea tohtori Raitoa. Vain leijonanharja, isot silmälasit ja välkkyvät hampaat ilmaisivat hänet odotetuksi henkilöksi. Muuten, Helinän otaksuttuna sulhasena, hän ei tuottanut erikoista kunniaa tälle. Hänen yllään oli kuvaamattoman värinen, paremmat päivänsä jo aikoja sitten nähnyt, pitkä sadetakki ja päässä huopahattu, jonka lierit olivat alakuloisen lerpallaan. Hän oli kuin ilveilyn huono-onninen henkilö tai toimestaan eron saanut valokuvasuurennusten asiamies.

Mutta: tohtoriksi häntä ei tosiaankaan kukaan voinut epäillä.

— Hyvää päivää, Helinä! hän sanoi kuuluvalla, mutta makealla äänellä ja keittiöhenkilökunnalla, joka viimeistä jäsentään myöten oli kuulomatkan päässä, joskin näkymättömissä, oli tosiaankin hauskaa.

Helinä astui arkaillen salaliittokumppaniaan kohti ja ojensi tälle kätensä. Hän ajatteli kauhistuen, mitä vanhat rouvat sanoisivat tohtorin tosiaankin eriskummallisesta ulkoasusta. Ja hänen kaulaliinansa ... Se oli kai joskus ollut vihreä, mutta nyt se oli lokakuinen nurmikko ...

— Tervetuloa, Antti! Helinä sanoi hiljaa. — Käy tänne peremmäksi!

Hän kulki nopeasti pitkin hallia edellä ja tohtori tassutteli hänen jäljessään niin kuin sellainen, jonka oikeus liikkumiseen siellä, missä hän liikkuu, on epäilyksenalainen. Helinä johdatti vieraansa kirjastohuoneeseen, pitkään ja kapeaan ikäänkuin holviin, ja sulki sitten oven.

— Olkaa hyvä! Voitte jättää päällysvaatteenne tänne!

Kun hän jälleen käännähti, hän näki edessään moitteettoman ja hymyilevän herrasmiehen. Hattu, sadetakki ja kauhea kaulaliina olivat tuolilla ja tohtori Raito, pukeutuneena hienosti niin kuin ainakin tärkeää vierailua varten, naurahteli hänen edessään.

— Yksinkertaista ja hienoa, vai kuinka! Äsken herrasmies, joka ei juuri kunniaa tuota morsiamelleen, ja nyt taas joltisenkin laatuunkäypä. En voi tosiaankaan kerskua, että olisitte ilahtuneet minut nähdessänne, neiti Vuopio.

Helinä nauroi hämillisenä. Millainen velikulta tohtori olikaan! Oh, nyt hän saattoi huoletta esiintyä rouvien joukossa. Mutta mitä ... mitä ajattelisi moision väki?

Helinä tiesi olevansa punainen ja kuuma, mutta tehtävä kutsui ja aika kului.

— Rouvat vastaanottavat heti! hän sanoi. — Menemme tästä!

Hän astui erään nurkkakaapin luo ja siirsi sen kevyesti syrjään. Kaappi oli pyöräjaloilla. Takana oli kapea ovi, jonka Helinä aukaisi ja pujahti itse ahtaille portaille. Tohtori, pieni laukku kädessään, seurasi häntä puhumatta mitään. Portaat päättyivät toiseen oveen, joka huoneen puolelta oli peitetty isolla kuvastimella.

Helinä sulki sen tohtorin jälkeen ja johdatti häntä edelleen. Hän pysähtyi seuraavalla ovella ja ilmoitti:

— Hyvät rouvat! Tohtori Raito on saapunut ja pyytää tavata teitä.

— Olkoon, hyvä! Tervetuloa! kuului rouva Jullyn tarmokas ääni.

Tohtori Raito astui kumartaen sisään. Helinä viivähti sekunnin nähdäkseen tohtorin tervehtivän naisia vanhanaikaisen sirosti. Sitten hän kiirehti käytävään ja alas kirjastohuoneeseen ollakseen siellä keskustelevinaan perheystävänsä kanssa yksityisasioista.

Hän tunsi kuvaamatonta jännitystä. Hän ei uskaltanut sulkea kirjastohuoneen ovea lukkoon. Se vaikuttaisi liian salaperäiseltä ja käsittämättömältä. Ja hän pelkäsi, että joku keittiön henkilökunnasta voisi pelkästä ilkikurista keksiä jonkin tekosyyn ja yrittää pistäytyä huoneessa. Ja silloin nähtäisiin, että tuo oletettu sulhanen oli kadonnut ...

Hänen osansa oli ikävä, mutta hän näytteli sen reippaasti. Hän käveli, puheli, nauroi, laulahteli ja liikutti huonekaluja seuraavien tuntien aikana. Jos joku satunnaisesti sivuuttaisi oven, ei tämän päähän pälkähtäisi, että Helinä yksin aikaansai kaiken tuon äänen ja melun. Jokainen luulisi, että hän nauttisi rajattomasti yhdessäolosta tuon oudonnäköisen sulhasensa kanssa.

Ja tämän seikan mahdollisuus ja toivo nauratti Helinää todellakin pakottomasti.

Tohtori Raito viipyi … hän viipyi kauemmin kuin Helinä olisi mitenkään voinut uskoa ennakolta. Hän toimittaisi tarkan, yksityiskohtaisen tutkimuksen … ja se tietysti vaati aikaa.

Mutta sitä … mitä ajattelisivat muut moisiossa hänen perheystävästään ja yksityisasioistaan? Ja, paratkoon … hän oli unhoittanut … hän oli kokonaan unhoittanut muutaman yksityisseikan … pienen, mutta tärkeän … he olivat kaikki sen unhoittaneet! Ajatella, hänelle oli tullut vieras ja he nyt olivat, niin kuin toisten täytyi olettaa, kohta neljä tuntia puhelleet … eikä sulhasraukalle oltu koko aikana tarjottu edes kahvikupillista!

Se oli virhe. Se oli ehdoton virhe. Mutta sen korjaaminen oli oikeastaan myöhäistä. Morsian, joka antaa matkalta tulleen sulhasensa istua kuivin suin neljä tuntia kartanossa, jossa on kaikkea yllin kyllin! Hänelle naurettaisiin, totta tosiaan hänelle hymyiltäisiin … Mutta jaksoiko hän kaikissa salaperäisyyksissä kaikkea ajatella?

Hän nauroi. Kaikki tuntui niin hullunkuriselta. Ja kuitenkin toiselta puolen olivat kyseessä vakavat asiat, kahden herttaisen ihmisen terveys, onni ja elämä … Hänestä oli tullut juonittelija ja salapuuhien toimija, mutta oliko syy hänen?

Oli kulunut lähes neljä ja puoli tuntia, kun kevyt koputus peitetyltä ovelta keskeytti Helinän kävelyn, mietteet ja naurahtelut. Hän hypähti paikalle ja siirsi kaapin syrjään.

Tohtori Raito tuli huoneeseen, sulki oven ja Helinä työnsi kaapin paikalleen.

Antti Raito näytti nuutuneelta ja väsyneeltä. Se ei ollut ihme. Hän oli yli neljä tuntia ollut rasittavassa työssä. Lämmin osanotto täytti Helinän mielen.

— Tohtori, minä unohdin kokonaan ... näyttelemisemme ei ole ollut virheetöntä ... enhän ole teille mitään tarjonnut, mutta nyt, pyydän, odottakaa hetkinen! Haen kahvia, sitä on täällä aina valmiina ja sitten tarinoimme hetkisen niin kuin hyvät ystävät ainakin. Vain siten voin salata virheeni!

Raito nauroi leveästi ja poikamaisesti.

— Kahvia! hän huudahti käsiään hykerrellen. — Se maistuu! Mutta vahvaa sen pitää olla, eikä pari voileipääkään olisi pahitteeksi.

Hän vaipui istumaan vanhanaikaiseen, nahkaiseen nojatuoliin ja antoi päänsä raukeasti heilahtaa sen takanojalle. Helinä riensi käytävään.

Mitä hän oli pelännytkin, se tapahtui pikemmin kuin hän oli odottanutkaan. Neiti Karvonen, keittäjätär, tämän apulainen, sisäkkö ja Aukusti olivat kaikki moision avarassa ja siistissä keittiössä, kun Helinä saapui sinne. Aavistuksen verran hymyä ilmeni neiti Karvosen piirteissä, kun hän kummastusta teeskennellen virkahti nopeasti:

— No vihdoinkin! Onnittelen, neiti Vuopio! Teillä on mahtanut olla todellakin kiintoisia asioita ja tuo ystävänne on ihannemies, koska hän on tyytynyt olemaan kuivin suin kokonaisen päivän. Itsekö hän pyysi nyt?

— Ei sentään, virkahti Helinä vienosti ja kiusoittelevasti. — Hän on saanut hyvän kasvatuksen.

— Se on onni, lausui neiti Karvonen kuivasti. — Tiedän miehiä, jotka raivostuvat, elleivät saa kahviaan viiden minuutin täsmällisyydellä.

— Oh, eivät miehet kahvitta kuole, arveli Helinä huolettomasti valmistaessaan voileipiä.

— Minä ainakin kuolisin, vakuutti neiti Karvonen ja aloitti pitkän jutun siitä, kuinka hän oli melkein kuollut kerran, jolloin ei kah-

deksaantoista tuntiin ollut saanut kahvia. Helinä ei jäänyt kuuntele-
maan, vaan ottaen tarjottimen lähti tohtorin luo.

— Tämä näyttää lupaavalta! tunnusti Raito nähdessään kukkurai-
sen tarjottimen. — Kas, kas, lohta ja tomaatteja ja hyvää juustoa ja …
Mutta eihän minua ole kukaan pyytänyt luettelemaan minkä kaikki
näkevät.

Hän tarttui halukkaasti antimiin ja hetkisen keskustelu pysytteli
aterioinnissa. Sitten Helinä kysyi hiljaa:

— Jos saan luvan olla utelias, niin mitä ajattelette rouvista, herra
tohtori?

— Sts! Sts! varoitti Raito ja pudisti päätään hymyillen pidättyväs-
ti. — En halua sanoa mitään. Minun täytyy saada aikaa harkita ja
neuvotella. Tämä on erittäin kiintoisa tapaus ja tiedän erään, joka
varmasti siihen ihastuu. Vain sen saatan ilmoittaa, ettei salajuonenne
ollut ihan turha.

— Onko tohtori Verner erehtynyt? kysyi Helinä jännittyneesti.

Tohtori teki rauhoittavan eleen. — En osaa vielä sanoa sitä enkä
tätä. Minun on saatava aikaa ja tietoja, ollakseni varma lausunnosta-
ni. Sovimme rouvien kanssa, että te saapuisitte kaupunkiin sitä nou-
tamaan neljän tai viiden päivän kuluttua. Soitan tänne. Uusi käyntini
olisi hankala ja herättäisi turhaa uteliaisuutta. Kirje voisi niinikään
vaikuttaa epäluulon heräämiseen. Annan teille henkilökohtaisesti oh-
jeeni ja lausuntoni — kirjallisesti.

Helinä tunsi pientä pettymystä. Hän oli hetken aikaa hurjasti toi-
vonut, että tohtori Verner olisi erehtynyt, ja että hänen herttaiset
emäntänsä voisivat piankin tervehtyä. Mutta tohtori Raidon kovin
varovainen ja epäröivä puhetapa ei viitannutkaan siihen suuntaan.

Tohtori joi kolmannen kupillisen kahvia ja nousi sitten.

— Kas niin, nyt on pieni näytelmämme lopussa. On vain jäljellä
poistuminen näyttämöltä.

Vilkkaasti ilmehtien tohtori puki ylleen mainion päällysasunsa ja
astui sitten Helinän jäljessä halliin. Neiti Karvonen oli tätä odotta-

nut. Kihlaparit olivat niin harvinaisia moisiossa, ettei tilaisuutta sopinut jättää käyttämättä, ja jos kohta Helinän ja herra Laihon suhde pysyttelikin vielä salakihlauksen rajoissa, niin sehän oli sitäkin romanttisempaa. Neiti Karvonen kehitti aseman sellaiseksi, että esittely oli välttämätön.

— Kuinka ikävää, että herra Laihon täytyy jo poistua! neiti Karvonen huudahti. — Olin juuri aikonut tulla pyytämään, että herra Laiho suvaitsisi nauttia päivällisen täällä ...

Antti Raito kumarsi moitteettomasti.

— Tarjouksenne on erittäin kohtelias ja houkutteleva, mutta minulla on sovittu neuvottelu kaupungissa vielä tänään. Siksi minun täytyy valittaen kieltäytyä. Olenkin jo muuten saanut nauttia vieraanvaraisuudestanne, josta kiitän. Niin, minun täytyy lähteä. Rohkenen pyytää teitä, neiti Karvonen, että huolehtisitte, mikäli se teille sopii, Helinästä, sillä hän on vielä niin nuori, vilkas ja ajattelematon. Sillä vaikka, anteeksi että sanon, ulkomuotonne perusteella ette lienekään kovinkaan paljon vanhempi häntä, te epäilemättä olette vastuullisessa toimessanne saavuttanut kokemusta ja ihmistuntemusta.

Hän ojensi kätensä neiti Karvoselle, joka oli haltioissaan, ja sitten Helinälle, joka toiselta puolen oli purskahtamaisillaan nauruun ja toiselta puolen oli tyrmistyksissään poikamaisen tohtorin liioitelluista sanoista.

Mutta kun Helinä kääntyi ovelta takaisin ja kohtasi neiti Karvosen uudelleen, hän tiesi, ettei ainakaan neiti kovin häntä tarjoilun laiminlyömisestä piikittelisi.

— Teidän sulhasenne on ihastuttava mies, niin kohtelias, ja viisas, hän kiitti.

— Hän ei ole minun sulhaseni, kiisti Helinä heikosti.

— No, no, sinne ollaan kuitenkin menossa! Ja onnea oikein paljon.

Muutamilla sanoilla oli tohtori Raito, oikeastaan sitä tarkoittamatta, voittanut neiti Karvosen itsensä ja Helinän ystäväksi.

Punehtunein poskin — eri syistä — molemmat naiset erosivat ja neiti Karvonen kiiruhti kuvastimen ääreen todetakseen tohtorin sanat oikeiksi.

XI

HELINÄ KIRJOITTAA HENKILÖKOHTAISTA

»Anni kiltti! — Pelkään, ettet tohtori Raidon kertomuksesta saa kyllin selvää kuvaa hänen käynnistään täällä. Minä osaisin ja tahtoisin kirjoittaa siitä, mutta — paperia ja aikaa menee liiaksi. Kerron kunhan tapaamme ja sehän tapahtuu piankin. Yksinkertaisesti: hän oli mainio. En tiedä, miksi häntä muut luulivat, mutta itse arvelin hänen olleen virasta erotetun ent. valokuvasuurennusten hankkijan. Ja hän lumosi sekä rouvat että neiti Karvosen, vaikka, jos asia joskus tulee ilmi, hän tuskin tuntee suurtakaan sympatiaa poikamaista tohtoria kohtaan.

Rouvat ovat olleet ihastuksissaan. Sekä minuun että häneen, eikä paljon puuttunut, ettei antelias ja lempeä rouva Heddy yrittänyt lahjoittaa minulle toista korua. Muistathan, että mainitsin ensimmäisen saamisesta. Rouvat uskovat tohtori Raidolla olevan yliluonnollisia kykyjä, vaikka minun mielestäni jo tohtori Vernerin pelkässä katseessa on enemmän magiikkaa kuin Raidon koko olemuksessa. Rouvat uskovat, että: jotakin hokuspokus ja tohtori Raito parantaa heidät käveleviksi ja iloisiksi vanhoiksi leskirouviksi, jotka sitten voivat ryhtyä itse toteuttamaan laajoja ihmisystävällisiä yrityksiään. Sillä niistä on kysymys, sen verran he ovat minulle kertoneet. He väittävät, ettei heillä ole ketään niin läheistä ja hyvää sukulaista, että voisivat tälle jättää omaisuutensa. He tahtovat lahjoittaa sen ihmisille yleensä.

Luulen, että tämä on liikaa optimismia. Tohtori ei sanonut heillekään mitään, jonka perusteella he voisivat toivoa ratkaisua. Hän vain ilmoitti, että tohtori Vernerin hoitotapa oli täysin käsitettävä, ja että he voisivat sitä tyynesti sellaisena edelleenkin noudattaa. Mutta rouva Jully väittää, että tohtorin silmissä oli silloin monimielinen ilme ja että hän tiesi paljon, vaikka ei vielä jostakin syystä mitään sanonutkaan. Lääkärit ovat vaiteliaita ja salaperäisiä, eikö niin? Ja rouva Jully hihittää väitteelleen, jolla hän sai tohtori Raidolle tyrkytetyksi melkein ruhtinaallisen palkkion. Hän oli näet sanonut, että heidän sukuylpeytensä, rikkautensa ja asemansa pakoittavat ja velvoittavat heidät sellaisiin palkkioihin. Siinä ei ollut paljon täysin totta, sillä sukuylpeydestä ei heillä ole paljonkaan jälkeä. Mutta tohtorin oli taivuttava.

Aioin kirjoittaa vain muutamia rivejä, mutta tälläkin kirjeellä tuntuu olevan ja yhä tulevan pituutta. Ei auta!

No niin, minulle on hieman hymyilty. Mutta vilpittömimmät hymyt ovat tulleet neitien Ester Rantosen ja Raija Vallin taholta. Sulhasuutinen on heidät kertakaikkiaan ihastuttanut ja rauhoittanut, siitäkin huolimatta, että olen vilpittömästi ja sitkeästi väittänyt koko legendaa keksinnöksi. Mutta he eivät usko enkä minä voi sille mitään. Muuan kolmaskin on muuttunut uutisen jälkeen. Tarkoitan tuota pehtoori Oiva Sallaa, josta olen sinulle näissä maalaiskirjeissäni maininnut täkäläisen herrasmiehen perikuvana. Hänen käytökseensä on tullut jotakin alakuloista ja arvokasta ja hänen — todella isoissa ja muuten aika mukiinmenevissä — silmissään on välillä niin lammasmainen ilme, että minua harmittaa ja naurattaa. Enhän voi mitenkään uskoutua hänelle ja sanoa, että vaikka tuo kävijä ei ollutkaan sulhaseni, ja ettei siitä syystä tarvitse olla alakuloinen, niin minä en kuitenkaan voi ajatella häntä missään muussa yhteydessä kuin apulantojen ja viljankuivaajien parissa. Hänellä on kuitenkin lohdutuksensa: Ester ja Raija tekevät kaikkensa hänen huvittamisekseen.

Niin, ja lopuksi niistä salaperäisyyksistä. Oiva — tarkoitan Sallaa, jonka kanssa me kaikki olemme sinuja — on kertonut minulle joistakin epäilyttävistä miehistä, joiden todettiin liikuskelleen lähellä kartanoa eräänä yönä. Sen jälkeen ovat poliisit komisario Auerin johdolla pitäneet vartiota kahtena yönä — aivan tuloksetta. Ja nyt kertoi pehtoori, että komisarion komennus tähän tehtävään on peruutettu. Näyttää siltä niin kuin murhenäytelmä jäisi selvittämättä. Se ei ole hyvä, mutta toiselta puolen olen iloinen, että kuulustelut päättyvät.

Olen näköjään tässä kirjeessäni maininnut aika usein Sallan ja minun on pakko mainita hänet vielä kerran, mutta se tapahtuu vain siksi, etten voi sitä välttää. Älä vain kuvittele häntä miksikään don Juaniksi. Hän on vaaraton ja minulla, vanhan herrasmoision apulaisella, jolla on kädet täynnä kaikkien juonien lankoja, ei ole aikaa edes lyhyeen kuhterteluun.

Helinä.»

XII

TOHTORI RAITO YLLÄTTÄÄ

Päivää ennen kuin tohtori Vernerin oli määrä palata matkaltaan, pistäytyi Helinä kaupungissa tavatakseen tohtori Raidon ja saadakseen hänen lausuntonsa vanhojen rouvien vaivoista ja niiden tähänastisesta ja tulevasta hoitotavasta.

Rouvat Jully ja Heddy olivat jääneet hänen lähtiessään jännittyneiksi ja hermostuneiksi. Muistaen tohtori Vernerin vakavan puheen, hän pelkäsi mielessään, että oli suostumalla rouvien suunnitelmaan, ehkä aiheuttanut näiden hoidolle vauriota. Mutta hän oli mennyt jo joka tapauksessa liian pitkälle voidakseen enää perääntyä.

Ja hän itse tunsi myöskin jännitystä. Hän aavisti, että jos vain oli toivoa rouvien parantamisesta edes niin pitkälle, että he voisivat vaikka autettuinakin liikkua kartanossaan, vastaanottaa vieraita ja valvoa asioitaan, moni seikka kartanossa muuttuisi perusteellisesti. Se olisi hauskaa, se olisi todellinen riemu rouville itselleen, heidän kartanonsa väelle ja, miksei hänelle itselleenkin, Helinälle. Rouvat olivat jo nyt niin sanomattoman kiitollisia hänelle hänen avustaan, että hänen asemansa heidän palveluksessaan olisi turvattu. Ei olisi epäilystäkään, että hänestä tulisi merkitsevä henkilö kartanossa, jos hän vain tahtoisi ja suostuisi jäämään yksinäiseen herraskartanoon pitkäksi aikaa.

Mutta luonnollisesti muutos ei kaikille olisi yhtä edullinen ainakaan. Tohtori Verneriin se ehkä koskisi pahimmin. Häntä tarvittaisiin vähemmän ja vaikka rouvat olisivat kuinkakin kiitollisia tahansa, hänen valtansa kartanon asioihin nähden vähentyisi suuresti ja ehkä lakkaisi kokonaan, ja tietysti myös hänen tulonsa vanhojen rouvien hoitamisesta pienenisivät.

Helinä ei mitenkään kadehtinut tohtorin asemaa, hänen tulojaan ja olojaan, mutta ratkaiseva muutos parempaan päin rouvien terveydessä tekisi hänet paljon vähemmän välttämättömäksi.

Mutta se oli seikka, jota ei käynyt auttaminen eikä edes valittaminen. Olihan rouvien terveys ja onni paljon tärkeämpi ja ennen kaikkea inhimillistä myötätuntoa herättävä asia. Paljon kärsineet ja vuosikausiksi rullatuoleihinsa kahlehditut rouvat ansaitsivat kaiken sen avun, jonka tiede ja sen edustajat saattoivat heille tarjota.

Tavattuaan Annin kaupungissa ja puheltuaan pienet uutiset, hän tiedusteli tohtori Raitoa.

— Hän tulee tänne ehkä puolen tunnin kuluttua, selitti Anni. — Minäkin olen jännityksessä, sekä sinun että Antin puolesta. Ajatella, että jouduit niin kiintoisaan taloon! Ja Antille tämä on kai oikeastaan ensimmäinen suurtapaus hänen praktiikassaan. Ja kun minullakin on osuutta, olen hyvin utelias. Muuten, soitti Antti järjestävänsä meille, sekä sinulle että minulle, pienen yllätyksen.

Ja kun tohtori Antti Raito pian saapui, huomasivat tytöt oitis, ettei hän ollut ainakaan liioitellut yllätykseen nähden. Tuo yllätys oli hänen mukanaan ja sillä oli pituutta lähes kaksi metriä.

Helinä tunsi hänet erään kuvan perusteella, jonka hän aikoinaan oli nähnyt sanomalehdessä, ja joka oli häntä kiinnostanut, mutta Annille oli Raidon seurassa oleva herrasmies täysin tuntematon.

— Neiti Raikkala, hyvä ystäväni ... neiti Vuopio, ystäväni niinikään ja potilaittemme asiamies ... professori Vairi!

Anni pudisti hämillisenä, Helinä jännittyneenä kuuluisan tiedemiehen tavattoman isoa, jollekin ruumiillisen työn miehelle sopivaa kättä, joka koostaan huolimatta oli suorittanut niin hienoja ja arkoja leikkauksia, etteivät hennoimmatkaan naissormet olisi sellaiseen kyenneet.

— Kas niin, hyvät naiset! sanoi tohtori Raito, kun professori oli istuutunut. — Yllätykseni oli herra professori. Minulla on ollut kunnia ja onni olla hänen oppilaanaan, eikä hän ole ollut kokonaan tyytymätön. Tämän muistaen rohkenin kääntyä hänen puoleensa tässä tapauksessamme, kuullakseni hänen neuvoaan, joka on tämän alan ehdottomin asiantuntija tällä puolen maailmaa ainakin. Selostin hänelle tapauksen juurta jaksain moisiossa tekemieni muistiinpanojen nojalla ja tapaus — joka on todella harvinainen — kiinnosti häntä tiedemiehenä niin paljon, että hän matkusti kanssani tänne ja aikoo käydä tarkastamassa itse potilaita. Kas se, neiti Vuopio, olisi nyt järjestettävä. Luonnollisesti professori voisi, ilman muuta ja edes loukkausta tuottamatta — hänen tiedemiesmaineensa estää tohtori Verneriä tuntemasta itseään kaltoin kohdelluksi — käydä julkisesti kartanossa, mutta tuntien asian kokonaan, hän sittenkin mieluimmin käy salaa, käyttäen samaa tapaa kuin minäkin. Voitteko järjestää asian, neiti Vuopio?

Helinä oli suorastaan ymmällään asian saamasta käänteestä. Jo se, että tämä tunnettu mies, yhtä kuuluisa omituisen laihasta ja pitkästä ruumiistaan ja suunnattomista käsistään kuin yliluonnollisesta taitavuudestaan, että tämä mies, joka ei milloinkaan ollut harjoittanut yksityistä lääkärinpraktiikkaa, että hän oli jättänyt klinikkansa, laboratorionsa ja auditorionsa tullakseen kauas maaseudulle, se oli jo ihme. Mutta että professori oli lisäksi niin vilkas ja ... ja melkein poikamainen, ettei kammonnut edes salateitä, se oli käsittämätöntä.

Helinä ei tiennyt mitä sanoa. Hän vain virkahti arasti:

— En tiedä muusta, mutta rouvat kreivitär ja paronitar varmasti ihastuvat.

— Ja se on pääasia, päätti tohtori Raito. — Olen ajatellut edellisen komediamme muunnosta. Nyt ei tarvita pitkiä kahdenkeskisiä seurusteluja ...

— Minä tarvitsisin viisi, korkeintaan kymmenen minuuttia, huomautti professori Vairi.

— Aivan niin, herra professori. Siis me lähdemme moisioon vuokra-autolla. Minulla, herra professori, ei ole ollut vielä varaa hankkia omaa.

— Eikä minulla, jatkoi professori kuivasti.

— Lähdemme kaikki, jatkoi tohtori hymähtäen professorin huomautukselle. — Olen matkalla esimieheni kanssa ... se on niin lähellä totuutta, ettei hävetä yhtään ... ja neiti Raikkala on yhteinen ystävämme. Me vain pistäydymme kartanossa. Voimme taas oleilla samassa huoneessa ja lähteä oikopäätä ... vaikka kai pahoitammekin neiti Karvosen mielen, koska emme jää nauttimaan hänen kahviaan. Mutta ei auta. Mitä sanotte suunnitelmastani, neiti Vuopio?

Helinä nauroi. Hän ei kyennyt ajattelemaan selvästi näin perinpohjaisen yllätyksen sattuessa.

— Se on ainakin mahdollinen, hän vastasi, — ja tänään on viimeinen päivä, jolloin sitä voi ajatella. Tohtori Verner palaa matkaltaan huomenna.

Professori nousi. Hän vaikutti rivakalta ja toimintatarmoiselta.

— Hm, hän lausahti sitten puolittain itsekseen. — Kreivitär ja paroonitar! Tuon yksityisseikan unohdin. Minä en ole, pelkään, oikein seurustelukunnossa.

— Herra professori! keskeytti tohtori hänet. — Kun teidät tapaa, ei kukaan ajattele pukuanne ja ruumistanne, vaan sitä, mikä niiden sisäpuolella on, ja teidän käsiänne, jotka ovat pelastaneet monen ihmisen hengen.

— Se voi olla totta, myönsi professori huomaamatta sanoihinsa sisältyvää itsetietoisuutta. — Minä olen, luvalla sanoen, hiukan huolimaton pukuuni nähden. Ei ole aikaa. Ja sellainen olen ollut aina. Ajattelin ihan muuta lähtiessäni tälle matkalle.

Helinä vakuutti innokkaasti, että kyseessähän oli ammattimatka, ei mikään vierailu, ja professorin epäröinti haihtui vähitellen kokonaan.

74

XIII

AUKUSTI JA AUTONOHJAAJA

Heidän matkansa sujui nopeasti ja hyvin. Professori Vairi istui takana yhdessä Annin ja tohtorin kanssa, Helinä ohjaajan vieressä.

Nopeasti vilahtelivat ohitse keväiset maisemat, läikkyvät lampareet ja vinhasti kohisevat purot ja toisinaan välähti tienmutkassa kauempaa meren tummansininen viiva.

Helinän sydän takoi haljetakseen jännityksestä ja pelosta. Hän ei lainkaan epäillyt, etteivätkö rouvat ihastuisi saadessaan sellaisen alansa neron ja kuuluisan tiedemiehen auttajakseen. Mutta hän pelkäsi, että nämä peräkkäiset vierailut herättäisivät liiallista uteliaisuutta ja puheita, jotka voisivat osua tohtorinkin korviin, jolloin tämä ehkä voisi tiedustella häneltä asioista tarkemmin. Tohtori oli sen suuntaisella tavalla sekaantunut pari kertaa muidenkin kartanon apulaisten asioihin.

Mutta hän muisti avuttomat rouvat ja heidän tähtensä hän päätti uskaltaa. Sitä paitsi: nyt oli peräytyminen mahdotonta. Professori oli matkalla. Kävi miten kävi, yritettävä oli kuitenkin.

Matkalla ei puhuttu paljonkaan. Vain tohtori ja professori vaihtoivat joitakin lauseita, jotka Helinäkin kuuli.

Vihdoin auto kiersi Tamminiemen moision takaportaitten eteen ja Helinä oli vilauksessa ulkona. Nyt oli vaikein edessä, sillä hänen piti saattaa vieraansa sisään.

Hän suoritti sen sillä rohkeudella ja taidolla, jonka epätoivoiset tilanteet suovat ihmiselle. Hän näki neiti Karvosen hallissa, hän näki tämän tervehtivän tohtoria ja hämmästelevän tämän seuruetta, mutta hän ei sentään pysäyttänyt heitä ... Helinä sai vieraansa johdatetuksi tuohon kirjastohuoneeseen, istutti heidät ja riensi sitten ensiksi neiti Karvosen luo, jolle hän ilmoitti saaneensa vieraita ehkä puoleksi tunniksi, herra Laihon, tämän esimiehen ja erään heidän tuttavansa. Neiti Karvonen oli valmis sanomaan kaikkeen jaa ja aamen.

Sitten Helinä riensi kirjastohuoneeseen ja sieltä tuota hyljättyä käytävää pitkin rouvien luo. Hänellä ei ollut aikaa valmistella esitystään.

Kun rouva Jully näki hänen kiihtyneet kasvonsa, hän huudahti vilkkaasti:

— Lausunto? Teillä on lausunto ja hyvä?

Helinä nauroi kiireesti ja pehmeästi.

— Minulla on enemmän. Tohtori on jälleen täällä ... ja ... ja, hän on pyytänyt avukseen erään toisen ... te tietysti tunnette hänet nimeltä ... professori Vairin ... ja hänkin odottaa alhaalla.

— Mutta Herkuleksen kautta, Helinä, tehän olette noita! huudahti rouva Jully koomillisen avuttomana rouva Heddyn katsoessa suurin silmin nuoreen apulaiseensa. — Professori Vairi! Saattakaa hänet sisään, heti ... heti ...!

Minuutin kuluttua oli professori huoneessa, tohtori Raidon toimittaessa esittelyn. Helinä oli taas alhaalla, vajonneena isoon nojatuoliin ja hengittäen kiivaasti ja voipuneesti.

— Tämä ... tämä on jännittävämpää kuin oli koulussa välitunnilta karkaaminen puistokioskiin, mikä meiltä oli ankarasti kielletty, huohotti Anni.

He odottivat jännityksestä sanattomina lääkärien paluuta. Eiväkä he kumpikaan tulleet ajatelleeksi autonohjaajaa, joka odotti vaunussaan portaitten edustalla. Mutta keittiö-Aukustipa ajatteli. Hän käveli vaunun luo ja ryhtyi juttusille.

— Mitäs väkeä lie ollut kyydissä? hän tiedusti. — Kyllä minä tunsin tuon lyhyemmän herran. Se on joku Laiho ja on meidän taloudenhoitajattaren apulaisen sulhanen.

Autonohjaaja vilkaisi miettivästi komeaa rakennusta.

— Hm, saattaapa tällaisen talon apulainenkin päästä pitkälle, hän myönsi. — Mutta ei se ollut Laiho vaan Raito. Se on tohtori ... ihmislääkäri, tuolta kaupungista.

— Katsos, ihan tohtori! ihasteli Aukusti. — Kukas lie ollut toinen?

Autonohjaaja niiskautti nenäänsä tietävästi.

— Se oli paljon suurempi herra, hän selitti asiantuntevasti. — Minä olen nähnyt sen kuvan sanomalehdessä, vaikka ei siitä näkynyt, että se tällainen koljatti olisi ollut. Muistelin ja muistelin nyt matkalla, enkä olisi kai muistanut, ellei se tohtori olisi kerran sitä tituleerannut rohvessööriksi. Se on rohvessööri Vairi, se kuuluisa lääkäri. Tässä talossa taitaa olla sairaita?

— On, on, vakuutti Aukusti. — Molemmat rouvat ... tämän talon omistajat, ovat olleet sairaina jo monta vuotta ... rullatuoleissa vain liikkuvat.

— No, sanoi autonohjaaja luottavasti, — Vairi kai heidät nyt parantaa. Olen kuullut kerrottavan, ettei tämä rohvessööri tee mitään puolinaista työtä. Se joko parantaa tai tappaa. Joko laittaa ihan terveeksi ja vaivattomaksi taikka sitten saa hänen käsissään olleen ihmisen jätteet haudata.

— Sepäs on selvää peliä! innostui Aukusti.

— Selvää tietysti. Eihän niillä rohvessööreillä ole aikaa tuhrustella puoliluomaisesti niin kuin näillä tavallisilla tohtoriloilla.

Aukusti nyökäytti päätään ja päätteli, että autonohjaaja oli kotoisin Itä-Suomesta. Hän jatkoi juttelua samaan tuttavalliseen ja rauhalliseen sävyyn, mutta Helinä olisi ollut kaikkea muuta kuin rauhallinen, jos olisi kuullut vihjeenkin keskustelusta.

Mutta sehän oli häneltä kerralla salattua.

XIV

VAIKEA RATKAISU

Helinä ja Anni odottivat yhä lääkäreitä. Oli kulunut jo puolisen tuntia, kun tohtori Raito ilmestyi käytävästä huoneeseen.

— Neiti Vuopio, teitä pyydetään yläkertaan! Anni, odota vielä hetkinen täällä.

Helinä nousi kiireesti ja lähti tohtorin perässä Annin jäädessä yksin edustamaan nelihenkistä seuruetta alttiina joka hetki vaaralle tulla paljastetuksi. Mutta Anni tuskin ajattelikaan sitä.

Tultuaan rouvien luokse, Helinä löysi heidät tavattoman kiihtyneinä, iloisina ja pelokkaina.

— Rakas ystävä! toivotti rouva Jully. — Ajatelkaa, professori, herra professori Vairi antaa meille toivoa ... enemmän, hän antaa meille varmuuden parantumisesta. Hän ei tahdo sanoa mitään muuta tohtori Vernerin hoitotavasta, kuin että se on ollut osittain vanhentunut. Nyt on keksitty uutta. Meidän pitäisi vain kestää leikkaus kummankin ... leikkaus ...!

— Leikkaus! toisti Helinä hätkähtäen ja samalla riemuissaan rouvien ilmeisestä ilosta.

— Toinen leikkaus kestää ehkä neljännestunnin ja vaatii nukutuksen, toinen ehkä viisi kuusi minuuttia ja vaatii paikallisen kuoletuksen, selvitti professori Vairi tyynesti. — Molemmat vakuutan hengenvaarattomiksi ja otan ne itse suorittaakseni, jos niin tarvitaan. Tapaus on niin ainutlaatuinen.

Tohtori Raito seisoi kunnioittavan äänettömänä. Helinä puhkesi puhumaan.

— Mutta sittenhän on kaikki hyvin! Miksi ei . . . ?

— Voi! valitti äkkiä rouva Jully ja hänen kasvonsa saivat tuskallisen ilmeen. — Herra professori vaatii, että asia ilmoitetaan tohtori Vernerille, ja että vaaditaan neuvottelua hänen ja tohtori Raidon kanssa. Eihän leikkausta voisi salassa suorittaa, eikä sitä täällä voida lainkaan toimittaa. Mutta kuinka . . . kuinka me voimme ilmoittaa tohtori Vernerille, että olemme näin salaa ja hänen selkänsä takana toimineet? Hän ei ole ainoastaan lääkärimme, hän on myös ystävämme. Hänen ainoa vikansa on se, että hän on vanhentunut . . . niin kuin me kaikki vanhenemme. Hän on tehnyt kaiken, mitä on osannut ja enemmänkin ja nyt hän joutuu häpeään. Hän tulee huomenna ja huh, minua kammottaa ajatellakin, että meidän pitäisi hänelle kertoa kaikki . . . En uskalla päättää nyt mitään.

Professori suhtautui tilanteeseen suurenmoisen rauhallisesti ja kärsivällisesti.

— Kunnioitan tunnettanne tohtori Verneriä kohtaan. Se olisi kunniaksi kaikissa tapauksissa, vaikka en voikaan sitä sinänsä hyväksyä. Tietysti voin myöntää lykkäyksen, mutta mitä se hyödyttää? Teidän on tehtävä ratkaisunne joka tapauksessa varsin pian, sillä yleisvointinne ja eräät muut vaikuttavat seikat ovat juuri nyt niin suotuisat, ettei leikkausta sovi viivytellä. Voi käydä niinkin, että jos olosuhteet muuttuvat ja tilaisuus jää käyttämättä, sellaista ei enää uudelleen ilmene. Teillä on vaa'assa toiselta puolen terveys ja elämä, toiselta puolen ehdottomasti liioiteltu hienotunteisuus ja kunniantunto.

Tämä oli harvinaisen pitkä lausunto professori Vairin puheeksi yksityisessä tilaisuudessa. Rouva Jully tarrautui epätoivoissaan eräihin professorin sanoihin.

— Te sanoitte voivanne myöntää lykkäyksen. Tehkää niin. Meillä on siten aikaa edes hiukan harkita ja . . . ja valmistella tohtori Verneriä. En tahdo, että hän saa kokea kaiken täytenä yllätyksenä. Vihaan tällaisia yllätyksiä. Yllätyksiä voi olla, mutta niiden on oltava hauskoja. Eikä tämä ole tohtorista varmastikaan hauskaa. Tietysti meidän on taivuttava teidän ohjeisiinne, herra professori, kullekin on elämä ja terveys kallis, mutta emme tahdo, emmekä voi menetellä tahdittomasti vuosikautista ystäväämme kohtaan. Apulaisemme, neiti Vuopio, voi toimittaa teille tiedon ratkaisustamme. Siihen mennessä vilpittömin kiitoksemme ja siunauksemme. Näkemiin, herra professori, näkemiin, herra tohtori! Helinä, ah niin, sinunhan on saatettava vieraamme ulos. Mutta tule sitten heti tänne meidän luoksemme.

Hän ojensi kätensä vieraille, mutta rouva Heddy, itkien runsaita ilon ja mielenjärkytyksen kyyneleitä, tyytyi vain nyökkäämään päällään.

Helinä saattoi vieraat näiden auton luo. Aukusti avasi oven ja viittasi sitten huolettomat jäähyväiset autonohjaajalle, jonka kanssa hän oli ennättänyt puhella puolista asioista maailmassa.

XV

MYRSKY NOUSEE

Helinä viipyi illalla pitkään ylhäällä rouvien luona, joiden tyynnyttä-misessä hänellä oli täysi työ. Molemmat he olivat järkytettyjä. He ei-vät kyllä hetkeäkään epäilleet professorin sanoja, mutta ne tuntuivat heistä aivan erikoiselta, heihin itseensä kohdistetulta ihmeeltä. Ja tohtori Verneriä he surkuttelivat vilkkaasti ja sydämellisesti.

— Tietysti hän on nyt ollut täällä pienessä kaupungissa ja täällä maalla niin pitkään, ettei ehkä ole voinut täysin seurata tieteensä ke-hitystä, myönsi rouva Jully.

— Niin, niin, ja hän on sentään vain tohtori, tuo toinen professo-ri, liioitteli rouva Heddy Vairin virka-asemaa.

Mitään päätöstä eivät rouvat yrittäneetkään tehdä. He tiesivät, että heidän tuli alistua leikkaukseen, ja niin paljon kärsineinä ja tot-tuneina ruumiillisiin vaivoihin ei tuo pakko heitä pelottanut. Mutta asian ilmoittaminen tohtori Vernerille — se oli toista ja molemmat iäkkäät naiset tunsivat todellista kauhua.

Helinä ei voinut tehdä muuta kuin puhella heille rauhoittavasti ja pakottaa heidät ottamaan tohtori Vernerin määräämää lääkettä täl-laisten kiihoitustilojen varalta.

Saateltuaan rouvat nukkumaan Helinä laskeutui omaan huonee-seensa ja rupesi levolle. Aluksi tuntui niin kuin olisi uneen täysin mahdotonta päästä. Levottomat, iloiset ja jännittävät ajatukset täyt-tivät pakostakin hänen mielensä ja hän heittelehti rauhattomana vuoteellaan. Hän kuuli ruokasalin ja takahallin kellojen lyövän ja vasta puoliyön jälkeen hän vaipui horrosmaiseen uneen. Sen täyttivät vilkkaat ja raskaat unennäöt, ja hän tajusi unissaankin, että juuri tällaista hän oli ennustanutkin itselleen. Tämä oli tummien unien moisio. Vasta aamupuolella hänen unensa tasaantui ja noustessaan kello kuudelta ja vetäistyään verhot syrjään, hän näki luonnon kylpevän hienossa, lauhassa kevätsateessa ja hän tunsi itsensä levänneeksi ja virkistyneeksi, vaikka ei ollutkaan nukkunut kuin muutamia tunteja.

Tohtori Verner saapuisi tänään. Saisiko hän tietää jotakin epäilyttävää?

Helinän sydäntä kouristi. Hän tunsi omantuntonsa oikeastaan puhtaaksi. Hän ei tiennyt tehneensä mitään väärää tai pahaa. Ja kuitenkin, koska hän oli toiminut salassa tohtorin selän takana, häntä painoivat levottomat ja aavistelevat ajatukset.

Rouvat hän löysi pirteinä, aika rauhallisina, mutta samalla niin iloisina ja jännittyneinä, että hänestä näytti mahdottomalta, ettei tohtori tuonkin perusteella alkaisi epäillä jotakin sattuneen hänen poissaolonsa aikana.

Kohta puolen päivän jälkeen pujahti tohtorin myrkynvihreä auto moision pihalle ja autosta astuivat ulos sekä tohtori Verner että varatuomari Rask.

Helinä näki heidän tulonsa hallin ikkunasta ja hänen silmissään lenteli ikäänkuin tulisia kipunoita. Hän ajatteli rouvia ja itseään.

Mutta kaikki tuntui sujuvan hiljaa ja rauhallisesti. Tohtori tervehti häntäkin niin iloisesti ja ystävällisesti kuin se hänen pidättyvälle luonteelleen oli mahdollista. Sitten herrat hävisivät tohtorin käyttämään työhuoneeseen, josta tohtori kuitenkin aivan pian lääkärinviittaansa pukeutuneena nousi potilaittensa luo yläkerrokseen.

Helinä liikuskeli oman huoneensa, hallin ja keittiön väliä ulkonaisesti täysin ennallaan, mutta sisäisesti jännittyneenä. Tosin oli rouvien kanssa sovittu, etteivät he vielä mitään sanoisi, mutta siihen ei ollut ehdottomasti luottamista, jos keskustelu sattuisi saamaan vaarallisen käänteen.

Mutta Helinä ei voinut tehdä mitään. Oli vain odotettava. Ja hän huokaisi todella syvästä helpotuksesta nähdessään tohtorin vajaan tunnin kuluttua laskeutuvan portaita alas tyynenä ja kylmänä kuten aina.

Hetken kuluttua, heitettyään pois lääkäriviittansa, hän siirtyi yhdessä tuomari Raskin kanssa ruokasaliin, minne Helinä tarjosi heille runsaan lounaan neiti Karvosen huolehdittua, että myöskin viinikellarin antimet olivat edustettuina pöydässä. Tohtori ei niihin juuri lainkaan kajonnut, mutta tuomari Rask antoi viinin maistua itselleen.

Helinä käsitti, että vaara oli toistaiseksi ohi. Tohtori ei, ihme kyllä, ollut huomannut potilaissaan mitään, mikä olisi herättänyt hänen epäluuloaan. Siitä seikasta taas, että hänen, Helinän, luona oli käynyt vieraita, ei kukaan puhuisi tohtorille, sillä sehän ei koskenut tätä, eikä tohtorin kanssa yleensä puheltu vain puhelemisen itsensä takia.

Helinän olemukseen tuli uutta varmuutta ja katsomatta tuomari Raskiin hän suoritti tarjoilunsa moitteettomasti. Herrat puhelivat joistakin yleisistä asioista, jotka eivät häntä vähääkään kiinnostaneet.

Lounaan loputtua varatuomari palasi tohtorin huoneeseen. Helinä tiesi, että siellä oli whiskyä ja soodaa, ja ilmeisesti janoisella tuomarilla oli kiire niiden pariin, koskapa lounaan aikana hänen täytyi pakostakin noudattaa jonkinlaista kohtuullisuutta. Tohtori, hakien hattunsa, pistäytyi ulos takkisillaan. Aamuinen sade oli lakannut jo aikoja sitten. Tohtori käveli autonsa luo, joka oli aika pahasti likainen, ja nähtyään Aukustin maleksivan sen läheisyydessä, viittasi tälle ja pyysi, että Aukusti koettaisi huuhdella pahimman lian autosta. Hän itse jäi seisoskelemaan viereen ja katselemaan Aukustin toimia.

Aukusti oli hyvinkin vähäpuheinen tavallisten toveriensa joukossa, eikä hänen ääntään paljonkaan kuultu keittiössä, mutta vieraitten ja isäntäväen kanssa hän haasteli halukkaasti, milloin siihen tilaisuus sattui. Niinpä hän nytkin aloitti keskustelun kevyeeseen tyyliin.

— No nyt kai ne meidän rouvat piankin taitavat parantua, hän arveli autoa huuhdellessaan.

— Mistä Aukusti sellaista on saanut tietää? kysyi tohtori aavistuksen verran kiinnostuneena ja muutenkin tarkkaillen miestä, jonka älynlahjat hän tiesi rajoitetuiksi.

— Ka kun täällä nyt on alkanut käydä niitä lääkäreitä ... rohvessöörikin kun pistäytyi ja se autonohjaaja sanoi, ettei se mies tee mitään puolinaista ... Se vain parantaa tai tappaa ...!

Tohtorin savuke lensi pitkässä ja kiivaassa kaaressa kauas. Hän liikahti hiukan Aukustiin päin.

— Mitä ihmeen lääkäreitä ja professoreja täällä on muka käynyt? Mistä Aukusti sellaista tietää? hän kysyi tiukasti ja hiukan levottomasti.

— Näin, itse näin, vakuutti Aukusti varmana ja huomaamatta lainkaan, että hänen tietonsa olivat tohtorille yllätys. — Tässä jo muutamia päiviä sitten helssasi sen neiti Vuopion, sen Karvoskan apulaisen, sulhanen tätä ... ja se sulhanen on tohtori, tohtori Raito tuolta kaupungista, niin se autonohjaaja sanoi ja se tunsi sen toisenkin, joka kävi täällä eilen ... se kävi se tohtori Raito ja se rohvessööri Vairi ...!

Sihahtava kirous kuului tohtorin huulilta, mutta muuten hän sai hillityksi itsensä, eikä Aukusti olisi voinut aavistaakaan, että hänen uutisensa olivat saattaneet tohtori Vernerin ilmiraivon partaalle. Hän kertoi edelleen, tohtorin kysellessä, ja siten selvitti täydelleen sekä tohtori Raidon että professori Vairin salamyhkäiset käynnit.

— Vairi! Vairi! toisteli tohtori itsekseen synkän raivon täyttäessä hänen kiihkeän mielensä. Tuo nimi pelotti ja suututti. Hän aavisti ... hän aavisti syyt ja yhteydet, ja hän aavisti melkein kaikki ...

Ajatella, että professori Vairi oli käynyt täällä! Ja tohtori Raito, tuo keltanokka ... ja hänen, vakinaisen lääkärin, tietämättä!

Mutta hänen raivossaan oli jotakin, joka samalla hillitsi häntä. Sytytettyään uuden savukkeen hän hitaasti asteli moision päärakennusta kohti.

Huoneeseensa tultuaan hän löysi varatuomari Raskin syventynee-
nä valtavan grogilasin tyhjentämiseen samalla kun tämä tutkiskeli jo-
takin komeasti kuvitettua taidehistoriallista julkaisua.

Täysi ärtymys pääsi irralleen tohtorissa.

— Korjaa luusi täältä! hän sanoi töykeästi, mutta muuten äänellä,
joka sai tuomarin tottelemaan. — Ja pidä vaikka pieni paussi nautin-
nollesi. Minulla on nyt asioita, joista sinäkin vielä kuulet. Aion kes-
kustella erään henkilön kanssa.

Tuomari lähti, sanaakaan sanomatta, huoneesta, samalla kun toh-
tori, soitettuaan sisäkön luokseen, käski tämän tuoda neiti Vuopion
hänen puheilleen. Lyhyt harkinta oli selvittänyt hänelle, että juuri
neiti Vuopio oli se, joka asiasta varmasti eniten tiesi. Hän aavisti, että
tämän nuoren neitosen hallussa oli montakin salaisuutta.

XVI

HELINÄ TAISTELEE

Kun sisäkkö oli Helinälle ilmoittanut tohtorin kutsun, tuntui niin kuin sydän olisi hetkeksi pysähtynyt ja Helinä tiesi kalpenevansa aivan valkeaksi.

Mutta varsinainen järkytys kesti vain hetken. Helinä kohentautui. Hän tunsi omantuntonsa lopultakin rauhalliseksi. Mitään väärää tai pahaa hän ei ollut tehnyt. Jos hän oli osallistunut pieniin juoniin, niin sekin oli tapahtunut hänen avuttomien emäntiensä pyynnöstä, eikä noiden salajuonienkaan lopullinen tarkoitus ollut paha. Tosin hän ei mistään hinnasta tahtonut syyttää rouvia, mutta täytyihän tohtorin itsensäkin älytä, että hän oli ollut vain väline heidän käsissään.

Hän vilkaisi kuvastimeen, näki veren jälleen palaavan kasvoilleen ja lähti vaikeaan koetukseensa, niin kuin hän oletti. Hän oli nähnyt tosin Aukustin ja tohtorin seisovan vierekkäin, mutta ei osannut mitenkään asettaa tätä seikkaa oman paljastumisensa yhteyteen. Tohtori oli päässyt asioista perille. Yksinkertaisesti. Ja nyt tohtori tietysti purkaisi raivonsa häneen.

Hänen oli vastattava niin hyvin kuin osasi.

Kun hän avasi oven tohtori Vernerin huoneeseen, tämä istui tuolissa ison pöydän takana ja hänen katseensa, synkkä ja kovin piirtein, ei kohonnut tervehtimään tulijaa. Hän leikki kynänvarrella katsomatta Helinää.

Vastaanotto oli vähintään tyly ja Helinä tunsi punastuvansa niin kuin aina, milloin hän tiesi loukattavan itseään tahallisesti.

86

— Tohtori on pyytänyt minua puheilleen, hän huomautti hiljaa, mutta lujasti.

Kynänvarsi kolahti jonnekin muiden esineiden joukkoon, joita oli pöydällä, ja tohtori Verner loi syväuurteiset, vihastuneet kasvonsa nuoreen neitoseen.

— Niin olen, hän vastasi töykeästi, — ja te kai tiedätte miksi?

Helinä tunsi taistelun alkaneen, mutta hän ei vastannut. Tohtori sai syyttää ensin. Hän puolustautuisi sitten.

— Mikä ja kuka te oikeastaan olette? jyrähti äkkiä tohtorin ääni.

— Valepukuinen prinsessa, vai? Kun minä palkkasin teidät tänne moisioon, te esititte minulle vähäisen talouskoulun todistuksen. Se riitti niihin tehtäviin, joita varten teidät palkattiin. Oliko tuo todistus oikea?

— Varmasti, herra tohtori, myönsi Helinä ja hän ei voinut sille mitään, että heikon heikko, vaaran loihtima hymy tuli hänen huulilleen.

— Mutta siinä ei kai ollut kaikki? Minusta tuntuu, että teillä on tietoa ja taitoa enemmän kuin pelkässä talouskoulussa oppii.

— Hiukan enemmän ehkä, vastasi Helinä vaatimattomasti. — Olen ylioppilas ja olen käynyt myös kauppakoulun. Näinä aikoina täytyy olla hyvin varustautunut.

Tohtori päästi puolittaisen kirouksen, mutta hillitsi vielä itsensä muistaen olevansa tekemisissä, joskin petollisen, niin kuitenkin sivistyneen nuoren naisen kanssa.

— Ja miksi? kysyi tohtori uhkaavasti. — Miksi ette esittänyt muita ansioitanne? Miksi salakähmäisyys? Miksi petollisuus?

— En käsittänyt menettelyäni varsinaisesti petolliseksi, vastusti Helinä virkeästi. — Huomasin, että toimeni tulisi olemaan sellainen, missä ei oppikoulutietojani ja vielä vähemmän liike-elämän tuntemustani tarvittaisi. Päinvastoin, aavistelin, ettei minua kaikkine tietoineni ehkä hyväksyttäisikään. Kuitenkin, jos minulta olisi kysytty, olisin luonnollisesti kertonut koko totuuden. Ei ole minun vikani ja syntini, että satun olemaan ulkonaisesti hieman liiaksi sivistynyt taloudenhoitajattaren apulaiseksi. Mutta minulta ei kysytty mitään. Se voi olla harhaan johtaminen, mutta ei petos, ja sekin tapahtui äärimmäisessä pakossa. Ei ole ollut hauskaa olla työttömänä kaikkine tietoineen ja taitoineen, ja jos tietoni olivat liikaa, niin katsoin itseni oikeutetuksi ne salaamaan. Tämä on totuus.

— Te kai osaatte ranskaa myös? kysyi tohtori silmien loistaessa pisteliäinä.

— Kyllä, se on ainoa vieras kieli, jota uskallan sanoa osaavani joltisestikin.

— Ja ensimmäisessä sopivassa tilaisuudessa kuiskasitte rouville, että osaatte sitä? nauroi tohtori vahingoniloisesti.

— En ole kertonut mitään, väitti Helinä. — He itse paljastivat minun salaisuuteni hyvin hienolla ja hauskalla tavalla. Ja kun he kysyivät, en tietysti valehdellut.

— Aivan niin, virkahti tohtori myrkyllisesti. — Valehteleminen sopii kohdistaa vain minuun. Ja kenen päässä syntyi salajuoni tohtori Raidon ja professori Vairin kutsumiseksi? Tunnustakaa! Tiedän jo kaikki.

— Olen toiminut vain emäntieni käskystä, vakuutti Helinä tiukasti, — ja heidän motiivinsa ovat olleet hienot ja jalot. Juuri siksi, etteivät he tahtoneet tohtoria mitenkään loukattavan, he turvautuivat siihen keinoon, mitä on käytetty.

— Miksi valitsitte juuri tohtori Raidon?

— Se kävi sattumalta. En tosiaankaan tiennyt, kenelle esittää niin kummallista pyyntöä, ja ystävättäreni kehotti kääntymään hänen puoleensa. Hän on vielä nuori, vilkas ja häntä sanotaan eteväksi.

— Aivan niin, eteväksi ainakin polkemaan alkeellisimpiakin virkatoverioikeuksia, huomautti tohtori Verner purevasti. — Ja kuka keksi kutsua professori Vairin? Hän ei muuten ole niinkään kutsuttavissa?

— Se on kokonaan tohtori Raidon ansio. Hän on ollut professorin oppilaana, ja hänestä tapaus oli niin kiintoisa, että hän selosti sen opettajalleen ja tämä halusi itse tutustua tapaukseen.

— Ja mikä, jos minun sallitaan kysyä, oli nuoremman virkaveljeni tohtori Raidon ja hänen innokkaan opettajansa lausunto? kysyi tohtori Verner jännittyneen uteliaasti.

— Professori suositteli leikkausta ... kahta helppoa leikkausta, niin kuin hän sanoi. Mutta rouvat eivät halunneet asiasta päättää, ennen kuin olisivat neuvotelleet herra tohtorin kanssa!

— Äärettömän hienotunteista! ivasi tohtori. — Minä olen heitä hoitanut vuosikausia ... ja nyt ... tietämättäni, he turvautuvat äkkiä muihin ja asettavat minut tapahtuneen tosiasian eteen ... hienotunteisuudesta muka! Tämähän on ennen kuulumatonta!

Ja tohtori hyppäsi pystyyn lyöden sitten nyrkillään pöytää ja huudahtaen jotakin, mikä Helinästä kuulosti aivan kuin »hupsut ämmät», eikä hänen äänensävyssään ollut hituistakaan sitä kohteliasta arvokkuutta, jolla hän oli esiintynyt vanhoja rouvia kohtaan. Helinä hätkähti sitä raakuutta ja sivistymättömyyttä, jonka nuo varomattomat sanat ilmaisivat, ja jotka osoittivat, ettei tohtori sentään ollut niin hiottu maailmanmies, jollaisena oli tahtonut esiintyä.

Sitten hän pysähtyi kiivailussaan ja sanoi tyynemmin:

— No niin, minä selvitän asiani tuolla ylhäällä.

— Mutta, herra tohtori, ajatelkaahan, että he ovat vanhoja naisia, joille mielenliikutus voi olla turmioksi! hätääntyi Helinä todella emäntiensä puolesta.

— Oh, minä tulen olemaan kuin salonkikeikari, hän vakuutti. — Ja siksi toiseksi tästä lähtien saa tohtori Raito, ehkä professori Vairin avustamana huolehtia heistä. Minä olen, totta vie, jo toimeeni kyllästynyt.

Helinällä oli kaikesta tohtorin raivosta huolimatta se tunne, ettei tohtori täyttäisi uhkaustaan. Hän liikahti ikäänkuin lähteäkseen.

— No niin, käsitättehän, neiti Vuopio, että teidän kohdaltanne on asia selvä! huomautti tohtori sitten jo täysin kylmästi.

— Kuinka niin? tiedusteli Helinä ikäänkuin aavistamatta tohtorin sanojen merkitystä.

— Olette vapaa tämän moision palveluksesta tästä hetkestä lähtien. Voitte tunnin kuluttua hakea palkkanne minulta, ja sitten toivon teidän jättävän tämän talon ainiaaksi.

Jotakin kuohahti Helinän sisimmässä. Milloinkaan häntä ei oltu kohdeltu tällä tavalla. Tämä oli sekä väärin että epäkohteliasta. Hän ei kyennyt enää hillitsemään itseään.

— On kyllä totta, että te, herra tohtori, palkkasitte minut tänne, mutta olenkin huomannut olevani toisten palveluksessa, enkä lähde tästä paikastani, johon olen mieltynyt, muuta kuin rouva kreivittären ja rouva paroonittaren nimenomaisesta käskystä. Eroni on heidän vallassaan.

— Jaha, jaha! murahteli tohtori raivon jälleen kohotessa. — No niin, saatte kyllä pian eronne heiltäkin — suullisesti tai kirjallisesti.

XVII

ROUVA JULLY ON JYRKKÄNÄ

Itse asiassa oli Helinän ensimmäinen ajatus syöksyessään halliin, juosta omaan huoneeseensa, koota tavaransa ja lähteä moisiosta jälkeensä katsomatta.

Mutta tuo epätoivoinen ajatus ei päässyt kehkeytymään teoiksi. Hänen seuraava ajatuksensa oli, että rouvia oli varoitettava. Tohtori oli siinä mielentilassa, jollaiseen tuntuva harmi voi saattaa voimakkaat ja ulkonaisesti kylmät luonteet, ettei hänestä ollut takeita vaikka hän pelästyttäisikin potilaansa.

Ja siksi, enempää ajattelematta, Helinä pujahti tuohon entiseen kirjastohuoneeseen, työnsi kaapin paikaltaan, avasi oven, vetäisi kaapin sijoiltaan ja oven suljettuaan kiiti vanhoja portaita pitkin ylös.

Hän ehti ensiksi. Tohtori ei ollut vielä saapunut.

Helinä koetti niin paljon kuin suinkin jaksoi hillitä itseään, mutta kuitenkin hänen silmänsä ja punehtuneet kasvonsa kielivät vanhoille rouville, että jotakin on tapahtunut.

— Tohtori tietää kaiken ja on hyvin vihainen, hän kuiskasi kreivittärelle ja paronittarelle, joiden silmät voipuneesti sulkeutuivat. — Hän on saanut jostakin tietää ... ja hän kuulusteli minua ... en minä tietysti valehdellut ... Hän on erottanut minut, mutta sanoin, että rouvat itse saavat minut erottaa ... Hän luultavasti tulee aivan heti ...

Lempeä rouva Heddy pudisteli päätään epätoivoissaan, mutta tarmokkaampi Jully yritti terästää itseään.

— Hyvä on, hyvä on, hän lausui kiireesti. — Oli hyvä, että ilmoititte. Vai on tohtori vihainen … no niin, siihen hänellä on oikeus … Mutta, että erottaa teidät, rakas lapsi … Ei, siihen me emme suostu … meilläkin on vielä oma tahto … Oh, joutukaa pois! Hän näkee teidät täällä ja vihastuu uudelleen … Mutta muuten olkaa rauhassa … Oh, rakas lapsi, tehän voitte kuunnella tuolla käytävässä … ja jos … jos tohtori Verner kiivastuu liiaksi, te voitte tulla apuun. Mutta menkää nyt, menkää!

Rouva Jully oli hätäinen hänkin ja Helinä noudatti käskyä syöksyen takaisin käytävään. Hän ei ehtinyt sinne lainkaan liian aikaisin, sillä melkein samassa kuuluivat tohtorin tarmokkaat askeleet, vaikka pehmeät matot vaiensivatkin hänen astuntaansa. Rouvien pyytämänä, kiihkoissaan ja ajattelematta, että hän taaskin oli salapoluilla, Helinä jäi kuuntelemaan kuvastinoven luo.

— Olen kuullut kauniita asioita tapahtuneen täällä poissaollessani, hyvät rouvat! aloitti tohtori sointuvalla äänellään, josta kuulsi harmistunut iva. — Pyytäisin kohteliaimmin selitystänne. Neiti Vuopio, herttainen apulaisenne, on tehnyt täydellisen tunnustuksen, jos niin saa sanoa, mutta luonnollisesti te itse voitte asian kertoa parhaiten. Luulen, että minulla on oikeus saada tietää kaikki, mikä tavalla tai toisella koskee lääkärintointani tässä talossa.

Tohtori oli tyyni ainakin toistaiseksi. Helinä kuuli rouvien liikahtelevan tuoleissaan ja vaatteiden kahisevan. Sitten rouva Jully vastasi. Hänen sävynsä oli hyvin rauhallinen siihen nähden, kuinka hänkin sisarensa kanssa oli pelännyt tohtoria. Ja hänen sanoissaan oli hyökkäys, jota tohtori tuskin oli odottanut.

— Hyvä herra tohtori! Jos olette saanut kuulla jotakin uutta, niin olisimme odottaneet, että olisitte suoraa päätä tulleet meidän luoksemme tiedustelematta asioita ensin palveluskunnaltamme. Ettehän ole voineet olettaa, että koettaisimme kiertää totuuden.

— En tiedä, mitä ajatella tästä kaikesta, vastasi tohtori melko lauhkeasti. — Enkä ole voinut tulla luoksenne saamatta tiedoilleni vahvistusta ainakin niin paljon, että yleensä uskallan ne esittää.

— Se myönnetään osaksi, vastasi rouva Jully armollisesti. — Siis: mitä haluatte tietää? Hyvä, me olemme menetelleet ehkä epäsuorasti teitä kohtaan. Vuosikausia sairaina oltuamme on meitä alkanut vaivata sama pelko ja toivo kuin muitakin kaltaisiamme, että joku toinen ehkä voisi meidät paremmin parantaa, keksiä jotakin uutta. Se ei ole kaunista, tietysti, mutta meillä on siihen oikeus. Ja vain siksi, ettemme tahtoneet aiheuttaa loukkausta, toimimme salassa. Saattoihan olla, että toiset sanoisivat samaa kuin tekin, joka olette ollut ystävänämme ja lääkärinämme nämä monet vuodet. Ja siitä, jos kerran tahdotte syyttää, ette saa moittia todellakin herttaista ja hyvää apulaistamme, johon turvauduimme, vaan teidän on moitittava meitä itseämme! Siis: herra tohtori, me olemme olleet hiukan tottelemattomia. Mitä aiotte tehdä?

Vanhan rouvan äänessä oli niin hilpeä ja valloittava sävy, että Helinä olisi tohtorin asemassa ollen tuntenut itsensä kokonaan aseista riisutuksi. Tohtori tunsi kai samaa, sillä hänenkin sävynsä pysyi matalana.

— Ettekö tulleet ajatelleeksi, että olipa tulos millainen hyvänsä, se asettaisi minut, teidän tunnetun kotilääkärinne, mitä omituisimpaan valoon? hän kysyi tavalla, josta saattoi aavistaa hänen mielenkuohunsa.

— Emme itse asiassa, rouva Jully tiedotti reippaasti, — sillä suoraan puhuen luulen, että meitä, minua ja sisartani, pidetään kaukana maailmassa hieman höpsähtävinä, ehkäpä enemmänkin, ja eikähän vanhojen, sairaiden naisten jokaista tekoa arvostella niin ankarasti kuin te yritätte, parahin tohtori. Tämä asia on ollut meille oikku, päähänpinttymä ... ja siksi emme uskaltaneet turvata teihin ... pelkästä kunnioituksesta ja arvonannosta, mutta loukkausta, epäilystä taikka sellaista emme ole hetkeäkään tarkoittaneet. Ja kun salajuonemme johti niin pitkälle kuin se johti, ja professori Vairi, alansa kaunistus, vaivautui luoksemme, emme hänenkään pyyntönsä takia tahtoneet päättää mitään, ennen kuin olisimme neuvotelleet teidän kanssanne, herra tohtori Verner. Siinä on mielestämme kaikki ja toivomme hartaasti, ettette loukkaudu enemmän kuin on kohtuullista, vaan päinvastoin, neuvoteltuanne professorin kanssa, edelleenkin annatte meille korvaamatonta apuanne.

— Haluan joka tapauksessa, ja tohtorin ääni sai synkemmän vivahduksen, — että tuo, niin kuin niin kauniisti sanotte, herttainen apulaisenne eroitetaan. En luota häneen, enkä voi olla varma, että hän toimisi hyväksenne täsmälleen niin kuin lääkärintietoni velvoittavat minut häneltä vaatimaan.

— Hyvä herra tohtori, ajatelkaahan toki! puhkesi rouva Heddy puhumaan vilkkaasti. — Hänhän on ollut pelkkä apulaisemme ... ja olen varma, että hän vain vastahakoisesti on alistunut kaikkeen siihen salaperäisyyteen, jota olemme häneltä vaatineet. Nyt on kaikki tuo ohi. Me emme aio pyytää häneltä mitään luvatonta, mutta emme tahdo hänestä luopuakaan. Hän on iloinen ja herttainen ja meille suureksi iloksi. Sitä paitsi hän on viaton kaikkeen tähän epämiellyttävään. Onhan hän palvelijattaremme, emmekä me olisi tyytyväisiä, elleivät palvelijattaremme tekisi, mitä pyydämme, kun nuo teot eivät millään tavalla ole pahoja ja vääriä.

— Te puolustatte häntä! virkahti tohtori äkkiä kiivaasti. — Ja kuitenkin hän on ollut se, joka yleensä on tehnyt mahdolliseksi kaiken tämän seläntakaisen toiminnan. Sanon vielä kerran, etten luota häneen ja hän on kuitenkin lähin apulaisenne, johon minunkin lääkärinä olisi luotettava. Olen jo sanonut hänet irti, mutta hän ei välitä minun sanoistani. Voin peräänțyä sen verran, että hänen lähtönsä syy ja aihe pidetään salassa. Hän saa muodollisesti erota itse ja hänelle voidaan hyvitykseksi antaa vaikka kuukauden palkka.

— Mutta tohtori, tohtori! huudahteli rouva Jully jo iloisena ja rauhallisena otaksuen pahemman vaaran menneen ohitse ja tahtoen tässä asiassa välttämättömästi pitää päänsä. — Mitä ihmeen pikkumaisuuksia te esitätte! Ajatelkaahan toki: köyhä ja työtön neitonen, joka sysätään paikasta, josta hän pitää, ja jossa hänestäkin pidetään!

94

Eihän sellainen sovi.

Tohtori Verner oli hillinnyt itseään pitkään. Mitkään rouvien sanat eivät olleet häneen tehonneet. Hän tunsi itsensä äärettömän loukatuksi. Hän ei voinut kostaa rouville. Nämä olivat liian kaukana hänen ulottuviltaan. Mutta jokin naisellisen pikkumainen piirre hänen luonteessaan vaikutti, että hänen täytyi pysyä vaatimuksessaan tuon epäluotettavan ja kavalan apulaisen eroittamisesta.

— Te voitte valita, hyvät rouvat! hän lausui vihdoin juhlallisesti. — Joko hän tai minä. Katson voivani minäkin lähteä ilman muuta. Tällaisen loukkauksen jälkeen se on luonnollistakin.

Rouva Heddy rupesi hiljaa itkemään, mutta rouva Jully, menettäen hänkin itsehillinnän, puhkesi kiivaisiin sanoihin:

— Mutta tohtori, tämähän on ihan muodotonta! Te rinnastatte itsenne talousapulaiseemme! Te alennatte itsenne! Jos tytössä olisi mitä hyvänsä syytä, teidän pienin toivomuksennekin täytettäisiin, mutta nyt ... kun hän on vain totellut meitä, nyt se olisi kunniatonta, ja kunniatonta eivät von Ringer -suvun naiset tieten tahtoen tee.

Vanhan rouvan äänessä soinnahti samanlainen teräs kuin aikoinaan hänen isänsä, joka ei siekaillut sanojaan enempää suurille kuin pienillekään.

— Minulla on täällä kartanossa asioita, sanoi tohtori taas muuttuneella äänellä. — Viimeisen sanani sanon huomenna. Siihen mennessä näkemiin, hyvät rouvat!

Ja hän poistui hiljaisin askelin huoneesta.

Helinä, joka oli kuullut kaikki, ei jaksanut malttaa itseään, vaan pujahti uudelleen rouvien luo.

— Minä lähden itse, erottamatta ja ajamatta, hän nyyhkytti vanhoille naisille siitä huolimatta, että hän vasta nyt tunsi ikäänkuin tänne kuuluvansa, tunsi, että nuo hänen emäntänsä olivat ikäänkuin vanhoja, hyviä ystäviä, jotka myös häntä kaipaisivat.

Mutta rouva Jully tarttui rauhoittavasti hänen käteensä.

— Ei, ei! hän vastusti päättävästi. — Ette lähde mihinkään. Ihmisethän ovat tulleet hulluiksi, eikö totta. Heddy? Me, raihnaat sairaat, saamme heitä rauhoitella. Ja eikö olla itsekkäitäkin! Tohtorinkin tulisi iloita hoidettuaan meitä niin pitkään, että meillä on tilaisuus parantua! Mutta ei! Hän vain loukkautuu. Ja te, rakas lapsi, tekin tahdotte jättää meidät! Ei, ei, tohtori on ollut kyllä töykeä ja unhoittanut olevansa herrasmies, mutta häntäkin pitää ymmärtää! Ei hän mitään tarkoita, pahaa ainakaan. Odottakaamme huomiseen. Me emme tahdo menettää tohtoria emmekä teitä. Tohtori malttaa mielensä. Te molemmat olette auttaneet meitä. Kas niin, olkaa rauhassa!

Ja vanhan naisen kädessä oli sellainen salaperäinen voima, että kiusattu Helinä tunsi todellakin tyyntyvänsä. Silmät kosteina hän ryhtyi tavallisiin askareihinsa ja saattoi rouvat levolle.

XVIII

RIITAISET YSTÄVYKSET

Toivotettuaan rouville hyvää yötä, Helinä pujahti tuohon vanhaan käytävään, jota hän viime päivien aikana oli tottunut käyttämään ja laskeutui alas. Hän oli juuri avaamassa ovea, kun muuan ääni naulitsi hänet paikalleen.

Hän kuuli selvästi lasin kilahduksen ja tuo ääni kuului aivan läheltä. Kirjastohuoneessa oli joku, ja tuo joku kaatoi kai lasiin, koska seuraava ääni oli juuri sellainen, minkä pullo aiheuttaa, kun se asetetaan puualustalle.

Sitten hän erotti tyytyväisen maiskauksen ja käsitti kaiken. Varatuomari Rask oli majoittunut kirjastoon saadakseen häiritsemättä nautiskella ja kai selailla jotakin vanhaa kirjaa. Pääsytie oli suljettu. Rouvien huoneistonkaan kautta hän ei halunnut kiertää. Rouvat häiriintyisivät hänen paluustaan ja hänen olisi kerrottava heille, miksi hän niin teki.

Hän nojasi seinään ja oli vihoissaan tuolle vanhalle käytävälle, joka oli osaltaan ollut auttamassa hänen salajuoniaan. Tosiaankin, se mahtoi muuten olla ainoa seikka, jota tohtori ei ollut huomannut paljastaa.

Samassa hän kuuli juuri ajattelemansa henkilön äänen. Tohtori Verner puhui ovelta samealla äänellä.

— Kas niin, tännekö sinä olet piiloutunut pulloinesi! Mutta sama se. Tämä huone on lujaseinäinen. Minulla on sinulle asiaa, Tiedä, että aion jättää nuo akat rauhaansa ja lähteä omille teilleni.

Hämmästynyt ähkäisy kuului varatuomarin suusta ja Helinä painoi kädellään sydänalaansa. Oliko hän ...? Tämäkö oli maailmanmies ja tohtori, joka nimitti potilaitaan akoiksi? Helinä olisi tahtonut paeta, päästä kuulemasta enemmän, mutta hän tuntui menettäneen liikuntakykynsä.

— Mitä ... mitä sinä tarkoitat? kysyi varatuomari epäröivällä äänellä, mistä eroitti hänen nauttineen omia virvoituksiaan jo aika tavalla.

— Tarkoitan, mitä sanonkin, murahti tohtori lähempänä. — Niin, jätän kaiken tohtoroimisen täällä ja lähden. Nuo ... tuolla ylhäällä ... ovat ruvenneet koukuttelemaan. Nyt, sillä aikaa kuin olin poissa, he olivat kutsuttaneet tänne luokseen tuon neropatti-Raidon ja tämä taas itsensä Vairin.

— Professorinko? ähkyi varatuomari.

— Tietysti. Ja: juttu on todettu helpoksi, pari pientä leikkausta ja potilaat pian vaikka tanssivat.

Pitkä, hillitty, kaunopuheinen vihellys oli varatuomarin ainoa vastaus.

— Niin, niin ovat tehneet. Minun johtopäätökseni ovat lyhyet. Minä lähden huomenna.

Varatuomari hihitti, hyvin epämiellyttävästi ja hyvin ylimielisesti.

— Ei, paras tohtori, et lähde, jos minulla on mitään sanomista. Sinä aina väität, että whiskyn ja soodan sekoitus haittaa järkeäni, mutta nytkin tiedän olevani viisaampi. Ethän sinä voi lähteä. Mitä me sitten tekisimme? Hyljätä kultakaivos ... kun ei ole toista näkyvissäkään ... sellaiseen typeryyteen et ryhdy. Etkä sinä voikaan. Sinä pysyt täällä, teet happaman sovinnon ... olet kylmä ja pidättyväinen vähän aikaa ja sitten ... no niin, suunnitelmamme on mietitty ja hyväksytty.

— Sinä et voi estää minua, huomautti tohtori terävästi.

— Voin kuin voinkin! Ja muista neiti Strömiä ...!

Nuo viimeiset sanat lausuttiin aivan hiljaa ja kuiskaten, ja kuitenkin oli Helinänkin pakko ne kuulla. Ne kourasivat hänen sydäntään.

Mitä nuo miehet juttelivat? Kultakaivos ... suunnitelma ... neiti Ström! Hän ei siitä käsittänyt mitään muuta, kuin että ne eivät olleet oikeita asioita.

Hän kuuli vielä tohtorin epäinhimillisen murahduksen, mutta sitten hän pakeni. Hän hiipi varovaisesti rouvien huoneistoon. Ovi ei narahtanut. Hän hiipi edelleen, kunnes tuli ylähalliin ja portaille, jotka johtivat alas.

Portaitten päässä alhaalla hän kohtasi neiti Karvosen, joka katsoi häneen kummissaan. Ehtimättä harkita tai kierrellä, Helinä riensi hänen luokseen. Hänen täytyi saada itselleen joku uskottu, joku toinen kuin nuo avuttomat rouvat. Ja itse asiassa: neiti Karvonen kelpasi siihen hyvin. Hän tarttui vanhemman naisen käteen.

— Minulla on teille asiaa, hän sanoi kiireisesti ja matalasti. — Menkäämme teidän luoksenne, jos se teille vain sopii.

— Paratkoon! sanoi vanha taloudenhoitajatar, mutta koska hän oli nähnyt paljon tässä maailmassa, hän ei liiaksi hämmästynyt. Minuutin kuluttua neiti Karvonen istui omassa huoneessaan ja hänen edessään Helinä, ja se kertomus, jonka neiti Karvonen nyt sai kuulla, oli niin kiintoisa, että tuskin tohtorinkaan tulo olisi voinut häntä saada päätään kääntämään. Hän tunsi oikeutettua harmia Helinää kohtaan, mutta Helinän oma tunnustus ja se perinpohjaisuus, jolla Helinä perehdytti hänet uuteen tilanteeseen, lievensivät sitä suuresti. Ja kun hän sai tietää, että rouvien paranemisesta oli olemassa hyviä toiveita, hän ei enää omaa harmiaan liikoja muistellut. Hän oli luottanut tohtoriin rajattomasti, eikä hän omasta puolestaan olisi milloinkaan uskaltanut antautua Helinän seikkailuihin, mutta hän oli sittenkin mielissään, että rouvat paranisivat. Tohtori, hänen epäjumalansa melkein, oli menettänyt hiukan loistettaan, mutta siinä olikin kaikki.

Helinä kertoi itse rauhoittuakseen vanhalle neidille kaikki paitsi tohtorin ja päihtyneen varatuomarin äskeistä keskustelua, josta hän ei itsekään toistaiseksi paljon ymmärtänyt. Ja vihdoin myöhemmin illalla neiti Karvonen saatteli hänet nukkumaan. Hän nauroi makeasti, eikä loukkaantunut Helinän selostukselle »sulhasen» käynnistäkään. Tohtori Raito oli siis hirveän poikamainen ja vallaton. Pahempaa arvostelua ei vanha neiti mitenkään antanut.

XIX

TOHTORI ON SITTENKIN MAAILMANMIES

Helinän mielentila, hänen herätessään seuraavana aamuna, oli mahdollisimman sekava, eikä sitä ollut omiaan parantamaan kylläkin lämmin, mutta lohduton ja sumuinen sadeilma, joka ulkona vallitsi.

Kuitenkin hän pukeutui kiireesti ja lähti potilaittensa luo, joiden mielentilan hän arvasi lähentelevän omaansa niinkin paljon kuin sellainen oli mahdollista.

He eivät sinä aamuna paljonkaan jutelleet, rouvat ja heidän näppärä auttajansa. Helinä koetti kiirehtiä askareitaan. Hänestä vaikutti nyt tunnelma yläkerrassa painostavalta.

He kaikki odottivat tohtorin ratkaisua.

Laskeutuessaan alakertaan sivuutti tohtori Helinän. Hänen tervehdyksensä oli lyhyt ja hillitty, mutta siinä ei ollut jälkeäkään epäkohteliaisuudesta, johon Helinä oli melkein valmistunut. Hänestä tämä pieni merkki oli hyvä enne. Tohtori oli kiivas, se tiedettiin, mutta ehkä hän malttaisi mielensä ...

Parinkymmenen minuutin kuluttua kutsuttiin Helinä jälleen yläkertaan. Siellä hän kohtasi ilosta säteilevät rouvat ja kohteliaan, tyynen tohtorin, joka vaikutti vastahakoiselta pojalta nieltyään epämiellyttävän lääkkeen.

— Voi, neiti Helinä! huudahti Heddy niin iloissaan, että ehätti ennen vanhempaa sisartaan. — Väärinkäsitykset ovat hälvenneet. Tohtori Verner on suurenmoinen. Hän antaa anteeksi sekä meille että teille. Nyt on kaikki jälleen hyvin.

Ja rouva Jully nyökäytti päätään. Helinä aivan vilkastui ilosta ja tyytyväisyydestä, ja hän loi nopean katseen tohtoriin, jonka huulilla väikkyi suopean pilkallinen hymy. Tosin ei tohtori esittänyt mitään anteeksipyyntöä, joka olisi Helinän mielestä ollut erittäin paikallaan, mutta hän ajatteli laihankin sovinnon olevan paremman lihavaa riitaa.

Seuranneen lyhyen keskustelun aikana tohtori kuitenkin esiintyi kuin mies, joka on ehkä ylittänyt sopivaisuuden rajat kiivastuessaan aiheettomasta loukkauksesta, mutta joka malttinsa saavutettuaan ei enää halua lainkaan kosketella epämiellyttävää tapaussarjaa.

Sitten tohtori ilmoitti rouville asettuvansa yhteyteen professori Vairin kanssa, sopiakseen leikkauksiin suotuisasta ajasta ja muista tähän tärkeään tapahtumaan liittyvistä yksityisseikoista.

— Kunnia ja voitto! huudahti rouva Jully tohtorin lähdettyä. — Mutta sehän on pientä. Pääasia on, että tohtori on kultainen mies! Nyt hän on sen jälleen osoittanut. Nyt on kohta kaikki hyvin. Heddy ... Heddy ... ehkäpä jalkamme piankin kelpaavat muuhunkin kuin olemaan jonkinlaisina koristuksina!

Helinä ei puhunut mitään tohtorin ja varatuomarin kummallisesta keskustelusta. Hän ei voinut mitenkään sumentaa rouvien iloa. Ja eikö, loppujenkin lopuksi, koko keskustelua voitu pitää raivostuneen ja päihtyneen miehen mielenpurkauksena?

XX

HELINÄ SIVUUTTAA VAARAN

»Anni hyvä! Sen jälkeen kuin tapasin sinut pikimmältään kertoakseni tohtorin paljastuksen ja sitä seuraavat dramaattiset kohtaukset, ei täällä ole tapahtunut mainittavia. Mikäli tiedämme, on tohtori Verner ollut neuvotteluissa professori Vairin kanssa leikkauksista, ja tohtori on tällöin vaatinut niitä lykättäväksi myöhemmin keväällä suoritettaviksi. Tähän lienee professorikin ollut suostuvainen. Tohtori on nimittäin pelännyt kylmiä kevätilmoja. Rouviemme, jotka ovat vuosikausia oleilleet sisällä, siirto kaupunkiin ei ole suinkaan vaaratonta. He ovat nyt odottavan iloisia ja heidän kanssaan on sula nautinto seurustella.

Muuten on minua uhannut vaara. Se pehtoori, josta olen maininnut, Oiva Salla, yritti nimittäin kosia minua. Ja koska tämä on ehdottomasti ensimmäinen tämänlaatuinen tilaisuus, joka on osakseni tullut, voit kai kuvitella järkytystäni. Voi, miehiin ei ole luottamista. Päättele itse.

Minulla, jolla on herkät vaistot ja tunteet — jotakin sellaista olet itsekin väittänyt — ei olisi voinut olla aavistustakaan tapahtuvasta. Juttu kävi näin:

Kirkonkylän seurojentalolla antoi muuan laulajatar konsertin. Hän ei ollut ehdoton tähti, mutta täällä, missä musiikki on harvinaisempaa kuin vesi Saharassa, hän herätti poikkeuksellista huomiota. Päätimme lähteä sinne kaikki: mainittu herrasmies, neidit Rantonen ja Valli sekä minä. Ilta kului hupaisesti ja hauskasti. Konsertti loppui, mutta kuinka ollakaan, jotkut laulajattaren tuttavat järjestivät konserttipaikalle pienen iltaistunnon tansseineen ja vaatimattomine tarjoiluineen. Mekin jäimme sinne, tanssimme, lauloimme ja pidimme hauskaa. Ja niin tapahtui, että pieni seurueemme hajosi. En rupea selittelemään yksityiskohtia: lopputulos oli, että tapasin itseni kävelemässä kuulaana kevätyönä pehtoorin rinnalla kohti moisiota, jonne matkaa kertyi neljättä kilometriä. Ilma oli ihana, raikas ja tuoksuva, aivan tyyni ja taivaalla tuo ihmeellinen sinen ja harmaan sekoitus, mikä tekee öisen kevättaivaan niin pohjattoman alakuloiseksi, vienoksi ja runolliseksi.

Tämä on nyt tarpeettoman yksityiskohtaista, mutta en halua pyyhkiä yli. Saisin sen kuitenkin tavatessamme kertoa sinulle uudelleen. No niin, puhelimme kaikenlaista, mitä voi otaksua nuoren pehtoorin ja nuoren taloudenhoitajattaren puhelevan kevätyönä. Mutta ehdittyämme kävellä vajaan kilometrin, pehtoorin käytös ja äänensävy muuttui. Siihen tuli jotakin runollista ja minä pelkään runollisuutta sellaisissa tapauksissa. Hän alkoi tulla avomieliseksi ja kertoili itsestään. On varma merkki, että mies ryhtyessään puhelemaan itsestään — ellei hän ole runoilija tai pohjattoman itserakas — sillä ilmaisee rakastuneensa. Sen, jolle hän siten puhelee ei kyllä tarvitse olla se ainoa, vaan voi olla syrjäinenkin. Niin kuin huomaat, olen tehnyt itsenäisiä sielutieteellisiä huomioita. Hän puheli ensiksi Esteristä ja Raijasta ja minä arvelin, että hän aikoi ottaa minut uskotukseen, mutta kun hän sanoi, että minä olin ihan erilainen kuin he, jopa ihan erilainen kuin kaikki, mitä hän oli kohdannut, tulin todella levottomaksi ja koetin kääntää puheen muualle. Oh, minua naurattaa! Hän on iso, vahva ja voimakas mies, mutta hän tuskin älysi viekkauttani. Aloin kysellä häneltä puita, kiviä ja kuloisia kasveja, tiedustella maatöitten joutumista, ja minä näin selvästi hänen taistelevan oman kiinnostuksensa ja kohteliaisuuden välillä ja kohteliaisuus voitti. Hän alkoi minulle selostaa ja ollakseen yksinkertainen pehtoori, hän tiesi hyvin paljon.

Ja minä kuljin koko matkan hänen vierellään ollen kuin tulisilla hiilillä tai terävillä neuloilla taikka miten sen kuvaisi. Hänen selostuksensa eivät olleet innostuneita, ja hän vaani ilmeisesti tilaisuutta päästäkseen omalle alalleen. Nuo kilometrit olivat jännittäviä.

Vihdoin hän aivan julkeasti alkoi puhua itsestään ja elämästään. Sain tietää, että hän oli kaikkea muuta kuin tyytyväinen oloonsa Tamminiemessä, ja hän ilmaisi avoimesti, ettei tohtori Verner ollut hänen ystävänsä. Hän ei moittinut palkkaa taikka muita etuja, vaan sitä, että tohtori pakotti hänet hoitamaan tätä ensiluokkaista tilaa niin kuin joku epätoivoinen mies olisi hoitanut omaansa, tietäen sen päivän parin kuluttua joutuvan pakkohuutokauppaan.

— Hän ei luovuta penniäkään välttämättömiin korjauksiin, uudistuksista puhumattakaan, hädin tuskin saamme tänäkin keväänä edes siemenen. Viime vuonna jäi kesannoksi muuankin pelto, kun ei ollut — siementä. Maasta imetään kaikki, mitä se voi antaa, ja enemmänkin, mutta maalle ei anneta mitään. Tohtori Verner voi olla oivakin kurkunleikkaaja, mutta maan tohtoroimisesta hän ei ymmärrä mitään, eikä anna niidenkään toimia, jotka jotakin ymmärtävät. Vain puutarhaa hoidetaan joltisestikin, ehkä siitä syystä, että rouvat näkevät osan siitä ikkunoistaan. On oikeastaan häpeä ammattimiehen sallia tällaista. Mutta tohtorille ei uskalla sanoa mitään ja rouvia ei taas meikäläinen saa nähdäkään, eikä heille osaisi puhuakaan, vaikka saisikin.

Niin nurjalla mielellä oli pehtoorimme tohtoria kohtaan ja minä koetin yllyttää hänen nurjamielisyyttään, en siksi, että ymmärtäisin asiasta mitään, vaan saadakseni kulumaan nuo pitkät kilometrit.

Hän kertoi edelleen ja pääsi kuvailemaan suunnitelmiaan ja minä tiesin hetken lähenevän, jolloin hän sijoittaisi minut niiden keskelle. Se oli vaistoa, mutta sellaista, josta olisin voinut mennä vaikka valalle.

Olin epätoivoissani. Hän on hyvä poika, mutta onhan mieletöntä kosia tyttöä, jonka on tuntenut vasta kuukauden verran. En tahtonut laskea häntä niin pitkälle, että hän olisi pakottanut minut ratkaisuun. Ja sitten keksin keinon. Se oli yksinkertainen ja nerokas, ainakin omasta mielestäni. Sanoin, että oli kylmä. Jos kyseessä olisi ollut vanha mennyt aika, olisi huomautukseni ollut vaarallinen itselleni. Hän olisi tietysti yrittänyt pukea minut takillaan ja puristanut syliinsä. Mutta elämme uutta aikaa ja niinpä ehdotinkin heti tuon ilmoituksen jälkeen, että juoksisimme kilpaa. Nyt tiedän, että kosinta voidaan suorittaa mitä erilaatuisimmissa tilaisuuksissa, mutta en usko olevan sellaista miestä, joka kosisi juostessaan kilpaa. Hän meni ansaan ja me juoksimme. Minä luulen, että juoksimme lähes puoli kilometriä. Se lämmitti ja samalla se hävitti kaiken runollisen tunnelman, ja sitten me kävelimme ja läähätimme, minä enemmän, hän vähemmän ja saimme näkyviimme moision portin. Suoritin jäähyväiset perin nopeasti ja livahdin karkuun — täysin onnistuneena.

Niin kuin näet, Anni, on täällä mielenkiihoketta tarpeeksi. Milloin ei ole suoranaisia murhenäytelmiä taikka salajuonia tohtoria vastaan, silloin on romanttista keväistä rakkautta. Olen nyt varoitettu ja tiedän rajat, joissa pehtooriamme on käsiteltävä.

Tulen muuten kai piakkoin kaupunkiin. Näkemiin siihen mennessä.

Helinä.»

XXI

OMITUINEN HUOMIO

Helinä oli jälleen kaupungissa vanhojen rouvien asioilla ja lähti tapaamaan Annia, jonka hän vain pikimmältään oli nähnyt professoriseikkailun jälkeen.

Anni oli kotonaan ja hänen luonaan vieraana myös tohtori Raito. Helinä tervehti innokkaasti molempia ja keskustelu solui luonnollisesti piankin yhteisiin tuttaviin moisiossa.

Tohtori Raito kertoi professori Vairin ja tohtori Vernerin kohtauksesta, jonka hän oli välittänyt.

— Oikeastaan minua se nauratti, mutta tietysti olin vakava kuin juhlamenojen ohjaaja. Professori suhtautui asiaan niin kuin tiedemies, jolle tapaus sinänsä on kiintoisa, eikä muu merkitse mitään. Tohtori Verner yritti olla ylväs ja loukkaantunut, mutta en luule professorin tuota asennetta edes huomanneen. Kuitenkin professori menetteli suurenmoisesti. Hän suostui tohtori Vernerin ehdotuksiin ja lykkäsi leikkaukset, vaikka en voi nähdä mitään pätevää syytä siihen. Ja hän myöntyi siihenkin, että leikkaus suoritettaisiin tohtori Vernerin yksityissairaalassa, vaikka se ei olekaan niin hyvin varustettu kuin yleinen sairaala tällaisia tapauksia varten. Mutta käsitän professorin kiinnostuksen siksi suureksi, että hän kai suostuisi paljoon muuhunkin, kunhan vain leikkauksista tulee tosi. Kuitenkin olen varma siitä, että professorilla on omia ajatuksia koko asiasta, mutta en uskalla lähteä niitä arvailemaan edes tällaisessa yksityisseurassa.

Tohtorin lähdettyä syventyivät molemmat nuoret naiset omiin

yksityisiin asioihinsa, kunnes Helinä otti käsilaukustaan rasian ja avaten sen näytti rouvien lahjoittaman helmikorun ystävättärelleen.

— Sille sattui vahinko, hän valitti. — Se oli ylläni tuossa konsertissa, josta kirjoitin, ja irroittaessani sitä ennen nukkumaan menoani oli muuan hius tarttunut siihen. Nykäisin kai liian voimakkaasti ja ketju katkesi juuri tuosta lukon kohdalta. Aion sen nyt korjauttaa.

Anni tutkiskeli korua innokkaasti. Ja sitten hän nauroi.

— En todellakaan ymmärrä tällaisista, hän sanoi. — Minusta tämä vaikuttaa aivan sellaiselta kuin tavallinen tekohelminauha, joita saa ostaa mistä rihkamakaupasta tahansa. En huomaa juuri mitään eroa. Ja kuitenkin tämä tietysti on huikean paljon kalliimpi. Hupsuutta, hupsuutta ... mutta epäilemättä siroa hupsuutta!

Lähdettyään sitten kaupungille nuoret naiset poikkesivat kultasepälle, jossa Helinä näytti korunsa pyytäen ketjua korjattavaksi.

Hän naurahti sitten hiukan hämillään.

— Muuten, voitteko sanoa, minkä arvoinen tämä koru on? Ei se kyllä niin tärkeää ole ... olen saanut sen lahjaksi, mutta en osaa suunnilleenkaan arvioida sen hintaa.

Kultaseppä hymähti lyhyesti ja vei sitten korun vieressä olevaan työhuoneeseensa, joka näkyi lasioven takaa. Hän kumartui kirkkaan valon puoleen ja silmäili koristetta muutamia sekunteja. Sitten hän palasi myymälään, otti isohkon laatikon huokeita helminauhoja ja asetti ne naisten eteen.

— Me myymme näitä, koosta ja vähän muusta riippuen, noin neljästäkymmenestä sataan markkaan kappale. Teidän korunne on jokseenkin samanlainen, mutta koska ketjun kultaus näkyy olevan aika hyvä, voisin arvioida tämän nauhan siinä noin seitsemän- tai kahdeksaankymmeneen markkaan. Se on kyllä muuten harvinaista työtä, ollakseen silti tusinatyötä.

Molemmat naiset sävähtivät. Helinä tuijotti hetkisen kultaseppään, mutta sitten asian koomillinen puoli kirkastui hänelle ja hän purskahti raikkaaseen nauruun.

— Voi minua! Ja minä kun olin kuvitellut ...

— Ettäkö nämä helmet olisivat oikeita! nauroi kultaseppäkin. — No niin, siinä tapauksessa se olisi ollutkin sievoinen lahja, ehkä aina pariin kymmeneen, mutta joka tapauksessa noin kymmeneentuhanteen markkaan nouseva. Nyt oikeastaan tuon ketjun korjauttaminen on kallis asia koko korun arvoon nähden.

— Korjatkaa vain joka tapauksessa! pyysi Helinä ja poistui Annin kanssa liikkeestä.

Hän kulki hetkisen ystävättärensä rinnalla puhumatta mitään. Mutta sitten hän alkoi äkkiä kiivaasti:

— Ymmärrä minut oikein, Anni! En lopultakaan välitä lainkaan siitä, onko tuo koru kallis vai huokea. Se on sivuseikka. Pääasia on, että se on tarkoitettu herttaisten ihmisten herttaiseksi lahjaksi. Uskothan sen? Enhän minä voinut kuvitellakaan, että minulle lahjoitettaisiin jotakin kallisarvoista — oikeastaan ei mistään.

— Ymmärrän ja uskon, myönsi Anni, mutta lisäsi sitten miettivästi ja tutkien: — Mutta etkö luullut, saadessasi sen, että se todellakin oli kallis?

— Luulin kyllä.

— Ja etkö uskonut noiden vanhojen rouvien myös luulevan, että he lahjoittivat sinulle todellakin jotakin arvokasta, hinnaltaankin arvokasta?

— Uskoin senkin. Tuossa lahjoittamisessa oli jotakin juhlallista. Sain sen vaikutuksen, niin kuin rouva Heddy olisi luopunut jostakin hänelle todella arvokkaasta.

— Ja minä luulen niin edelleenkin, vakuutti Anni kuivasti ja pistävästi. — Olen nyt itse ollut moisiossa ja olen nähnyt sen hyvinvoinnin ja rikkauden, joka siellä vallitsee. On mahdotonta ... aivan mahdotonta ajatella, että nuo rouvat, tietäen korun arvottomaksi, olisivat kiitollisuuden herkkänä hetkenä lahjoittaneet sinulle sellaisen ja vaikuttaen sinuun niin kuin olisivat luopuneet arvokkaasta. Eiväthän sellaiset rouvat ... vanhanaikaiset ja rikkaat ... tällaisia koruja tunnekaan … eihän sellaisia koruja säilytetä salalipastoissa ja hei! Nyt keksin kaikkein ihmeellisimmän … eihän sellaisia koruja säilytetä tuollaisissa rasioissa. Jos menisimme tuonne kultasepälle takaisin ja kysyisimme häneltä rasian hintaa, niin varmasti hän ilmoittaisi suuremman hinnan sille kuin itse korulle. Tämähän on ihan ihmeellistä! Sinua on tavallaan petetty. Mutta jos rouvat ovat sinua ikäänkuin pettäneet, on se tapahtunut heidän tietämättään ja huomaamattaan. He ovat olleet täysin vakuutettuja korun arvosta … Tämä … tämä on ihmeellistä ja tällaista sattuu kai vain vanhoissa herrasmoisioissa ja yleensä siellä, missä sinä liikuskelet!

Ja matkallaan Tamminiemeen illalla Helinä mietti huomiotaan ja Annin sanoja. Asiassa oli jotakin ihmeellistä.

Hän olisi mielellään myöhemmin puhunut siitä rouvien kanssa, mutta häntä hillitsi kaikesta sellaisesta mahdollisuus, että rouvat olivat sittenkin tienneet antamansa lahjan arvon. Hän joutuisi silloin mitä epähienoimmin väheksymään heidän lahjaansa. Olihan hyvä sydän joka tapauksessa ollut lahjoittajana.

XXII

Helinä tapaa vanhan tuttavan

Kevätpäivät kuluivat iloisesti moisiossa, jännityksen ja odotuksen merkeissä tosin. Leikkaus oli määrätty tapahtuvaksi toukokuun puolivälissä. Tohtori Verner oli siitä itse ilmoittanut ja hän katsoi ajankohdan erittäin sopivaksi, sillä ehdolla tietenkin, ettei rouvien yleisvoinneissa tapahtuisi mitään käännettä pahempaan päin. Rouva Jullyyn nähden, jonka käsittely vaati nukutuksen, ei ollut olemassa mitään takeita, sillä tuskien yllättäessä hän oli monesti kesken hilpeän leikinlaskun vaipunut aivan täydelliseen voimattomuuteen.

Helinällä oli monenlaista puuhaa valmisteluissa. Syrjäinen ei olisi osannut aavistaakaan, kuinka monenlaista huolta tuotti rouvien siirtäminen kaupunkiin, kun se kerran aiottiin suorittaa suurimmalla varovaisuudella.

Näissä oloissa Helinä joutui käymään kaupungissakin aika usein ja kerran sitten, huhtikuun lopulla, hän äkkiarvaamatta kohtasi siellä tanakan, pyylevähkön herrasmiehen, joka tuntui tutulta, mutta jota hän ei heti muistanut.

— Kas, neiti Vuopio! tervehti herrasmies. — Tämä tapaaminen on tosiaankin kaitselmusta. Aioin juuri onkia teidät käsiini Tamminiemestä.

Helinä säpsähti. Hän muisti nyt komisari Auerin. Ja hän muisti muutakin ... kuinka kaukaiselta kaikki tuntuikin!

Auer, kumartaen hiukan, liittyi hänen seuraansa. Hänen sävynsä ja ilmeensä olivat hilpeät, mutta hänen sanansa pelottivat Helinää.

— Olen poikamies, enkä voi siis kutsua teitä luokseni. En halua raahata teitä poliisilaitokselle. Kahviloissa ei ole rauhallista. Mutta kun minulla on teille asiaa ja kun penkki tuolla lammikon partaalla on tyhjä ja sopiva, ehdotan että istumme siellä.

Hän tuskin odotti Helinän vastausta kääntyessään puistikkoon johtavalle tielle. Helinä seurasi epäröiden. Mitä asiaa miehellä saattoi olla hänelle?

— Kas niin! sanoi komisario, kun he olivat istuutuneet. — Toivottavasti meitä ei luulla rakastuneeksi pariksi. Mutta senkin uhalla ... asiaan! Tämä on sellainen juttu, että se vaatii alkuvalmistuksen. Siis ensiksi: luotatteko minuun?

Helinä katsahti kummastuneena hyväntahtoisiin, mutta samalla lujiin kasvoihin, joiden ilmeessä kuvastui hillittyä voimaa.

— Luotan tietysti, hän vastasi tahtomattaan.

— Tarkoitan sellaista luottamista, jota ihminen voi tuntea toista ihmistä kohtaan, ajattelematta lainkaan, mikä tai kuka tämä on. No niin, hyvä, uskon vakuutuksenne, ja sanon omasta puolestani, etten suo teille muuta kuin hyvää. Tarvitsisin apuanne.

— Missä asiassa ja miten? huudahti nuori nainen hämmästyneenä.

— Asianhan oikeastaan tiedätte. Tavan voin selittää.

— Siis ... siinäkö ... siinä murhenäytelmässä? kysyi Helinä väristen koko olemukseltaan.

Poliisimies nyökkäsi vaitonaisena.

— Aivan niin.

— Mutta ... eikö tutkimuksia ole lopetettu? Olen kuullut, että komennuksenne on peruutettu?

— Sotajuoni vain. Ei, emme hellitä niin vähällä. Ja siksi toiseksi on meillä kyllä johtolankoja. Oikeastaan tiedän aika paljon, mutta todistaminen ... se on toista. Ilman todistuksia emme voi mitään.

— Neiti Ström ...? yritti Helinä.

— Hän on toistaiseksi poissa laskuista. Hän on sairaana, edelleenkin aivan heikkona sairaudesta. Olemme ottaneet siitä tarkan selon.

Ja voi käydä niinkin, ettemme milloinkaan pääse häntä kuulustele-maan. Hänen kuulustelemisensa muuttaisikin asiaa paljon, mutta näin ollen ... meidän on työskenneltävä ilman häntä.

— Mutta apua? Mitä apua minä voin antaa?

— Odottakaa vielä. Mitä pidätte, vilpittömästi puhuen, noista vanhoista rouvista siellä moisiossa?

— Kreivittärestä ja paroonittaresta? Mutta mitä yhteyttä heillä on asiaan?

— Vastatkaapa kysymykseeni.

— No niin, jos tahdotte sen välttämättömästi tietää, niin en ole kenestäkään vieraasta ihmisestä — muuatta ystävätärtäni lukuunot-tamatta — pitänyt niin kuin heistä. He ovat hyviä ja jaloja ihmisiä.

— Hauska kuulla. Sitä minäkin, mikäli olen kuullut. No niin, mi-tä sanoisitte, jos näitä rouvia uhkaisi vaara ... en osaa sanoa täsmäl-leen minkälainen ... mutta tuntuva vaara? Uskaltaisitteko auttaa heitä?

— Tietysti.

— Hyvä. Sanon siis, että auttaessanne minua ... toisin sanoen meitä poliisiviranomaisia ... te samalla autatte rouvia. Mutta luon-nollisesti tulee kaiken olla meidän keskistä.

Helinä puristeli käsiään epätietoisena ja pelokkaana.

— Mutta ... onko moisiolla ... onko siis moision väellä jotakin yhteyttä tuohon murhenäytelmään? hän tiedusteli hiljaa.

— Jäljet johtavat sinne, selvät jäljet, vakuutti komisario jyrkästi.

— Olen koko ajan miettinyt, etsinyt ja liitellyt asioita yhteen. Jäljet johtavat moisioon, eikä minun käsittääkseni tuo tapahtunut murhe-näytelmä kuitenkaan ole ollut kuin yksi ainoa sivukohtaus paljon suuremmassa näytelmässä. Enkä takaa sitäkään, etteikö uusiakin koh-tauksia voisi sattua. Ja juuri siksi tarvitsemme apuanne. Te olette val-pas, vilkas, rohkea ja älykäs, neiti Vuopio, anteeksi vain nämä kohteliaisuudelta kuulostavat sanani. Ja te olette yleensä ainoa, joka voi tulla kysymykseen. Minkä teette, teette rouvien, yleisen oikeuden ja itsenne hyväksi. Suostutteko?

Helinä oli aivan ymmällä. Hän ei saattanut käsittää komisarion tarkoitusta, mutta tämän vetoaminen rouvien hyvään oli hänet saanut pyyntöä ajattelemaan. Mitä hän saattoi tehdä?

— Mutta kuinka ... kuinka?

— Tapa ei ole vielä täysin selvä. Mutta sehän on sivuasia. Pääasia on, että teette jotakin, mitä teiltä pyydetään ... Se ei ole liian vaikeaa, vaarallista tai pahaa ... ja että luotatte siihen henkilöön, joka sitä teiltä pyytää. Hän voi olla joko minä itse tai joku apulaisistani. Meidän täytyy saada varmuus ja todistuksia, ennen kuin voimme lopullisesti iskeä ... Tämä on paljon suurempi juttu kuin mitä luulettekaan. Sen sanoo minulle vaisto ja aavistus. Mutta mitä kaikkea siinä on, siitä emme vielä tiedä paljonkaan. Me työskentelemme täydellä höyryllä ja haluaisimme luottaa teidän apuunne. Teiltä ei vaadita mitään ylivoimaista, olkaa huoletta, korkeintaan pientä vikkelyyttä. Katsokaas, minulla ei ole tapana uhata eikä liioitella, mutta uskallan sanoa, että suuria ikävyyksiä tapahtuu moisiossa, ellemme pääse jutun perille nopeasti. Ja siinä kohdin on teidän apunne meille erittäin tarpeellinen.

Helinä katseli puistikon nurmikoille ja pienelle lammelle näkemättä mitään. Hänen olemuksensa oli järkytetty pohjiaan myöten. Mitä nämä salaperäisyydet merkitsivät? Mitkä vaarat uhkaisivat rouvia? Ja mikä olisi hänen osansa?

Hän vaistosi, ettei voisi kieltäytyä. Tuo vetoomus rouvien puolesta ...!

— Minä koetan auttaa siinä, missä voin, hän lupasi alakuloisesti.

— Se on oivallista, innostui komisario. — Enempää emme pyydäkään. Ja minä takaan yksityisen miehisen kunniani nimessä, että me säästämme teidät jokaiselta ikävyydeltä, miltä säästäminen on vallassamme.

Helinä nyökäytti päätään ja avasi käsilaukkunsa ottaakseen sieltä nenäliinan. Hänen täytyi pyyhkäistä silmiään. Ne olivat kosteat.

114

Mutta nenäliinan mukana putosi maahan jotakin, jonka komisario ehti siepata. Se oli tuo helminauha, jonka Helinä oli äsken noutanut kultasepältä.

— Kaunis koru! sanoi komisario ojentaessaan sen Helinälle.

Tämä naurahti vaisusti.

— Niin, se on lahja rouvilta ... luulin sitä kalliiksikin, mutta se on ihan huokea ... en ole kyllä pahoillani, mutta olen ihmetellyt ...

Hän kertoi, johtaakseen puheen muualle, muutamin sanoin tapauksen. Hän ei nähnyt, että komisario tuijotti häneen hetkisen kuin ollen uskomatta hänen kertomustaan. Sitten hän äkkiä ähkäisi, löi kämmenellään reiteensä ja purskahti nauramaan.

— Tämähän ... tämähän on mainiota! hän puuskutti. — Tietysti tässä on kyseessä erehdys. Muuten, ken voi sanoa muuta, kuin että yhteistyömme, neiti Vuopio, on alkanut loistavasti. Sanon jäähyväiset tässä! Näkemiin! Tapaatte minut tai jonkun meistä.

Hän lähti. Ja Helinä jäi istumaan paikoilleen ja miettimään maailmaansa, jossa ei ollut mitään muuta kuin paranevia vanhoja rouvia ja menoa täysiksi pirstaleiksi. Siis ... siis komennusta ei oltukaan peruutettu ... moisio oli siis tapahtumien keskipiste ja hän, Helinä ... hän oli lupautunut poliisien salaiseksi avustajaksi, mutta ketä vastaan?

XXIII

YHTÄ JA TOISTA MOISIOSTA

Ne varjot, joista Helinä oli tietoinen, eivät kuitenkaan häirinneet elämää moisiossa. Rouvat elivät kuin maltamattomat, iloiset lapset.

Leikkausten aika oli määrätty toukokuun puoliväliksi. Ja kaikkien ajatukset keskittyivät siihen.

Tohtori Verner kävi kuten ennenkin moisiossa jokseenkin joka päivä. Hänen käytöksensä oli entinen, sama kylmä ja ylimielinen hymy väikkyi hänen huulillaan ja kohteliaisuus oli niukkaa, mutta riittävää.

Hän keskusteli rouvien kanssa paljon muustakin kuin näiden hoidosta. Vaikka Helinä ei ollutkaan läsnä näissä tilaisuuksissa, rouvat melkein aina selostivat keskustelunsa hänellekin toistaessaan keskenään, mitä oli sanottu ja mitä oli ehdotettu.

Täten Helinä sai nyt myös tietää rouvien laajakantoisen hyväntekeväisyyssuunnitelman. Paranemisen toivo ei ollut suinkaan tätä suunnitelmaa muuttanut, päinvastoin: rouvat olivat entistäkin innokkaampia, koska heillä oli toivoa päästä itsekin asioita järjestämään.

Lyhyesti sanoen oli kysymys naisten huoltokodista. Kreivittären ja paroonittaren tarkoituksena oli lahjoittaa moisio rakennuksineen ja maineen perustettavalle huoltokodille, samoin muu omaisuutensa sen ylläpitämistä varten. Sairaat, avuttomat naiset saisivat sairautensa ajaksi siellä hoivaa ja suojaa, vieläpä niin, että voisivat pitää, milloin olisi tarpeellista, lapsensakin lähistöllään. Omina pitkinä sairasvuosinaan olivat rouvat kokonaan eläytyneet tähän ajatukseen. Moision päärakennus tulisi olemaan varsinainen koti; lähistölle rakennettaisiin pieni sairaala. Rouvat kuitenkin pitäisivät hallussaan kuolemaansa asti nykyisen huoneistonsa sekä itselleen välttämättömät taloushuoneet. Oli tarkoitus, että huoltola maasta ja metsästä saatavilla tuloilla sekä omaisuuden koroilla turvaisi juoksevat menonsa.

Tohtori Verner oli kehittänyt ylimalkaisen suunnitelman yksityiskohtaiseksi ehdotukseksi, jonka rouvat olivat hyväksyneet. Hän itse tulisi huoltolan ylivalvojaksi ja lääkäriksi. Rouvat olivat tahtoneet niin ja tohtori suostui.

Rouvat olivat aikoinaan halunneet lahjoittaa kaiken tohtorin nimiin, mutta tohtori Verner, joka oli käytännöllinen mies, epäsi suunnitelman huomauttaen, että koska kyseessä oli iso, arvokas maatila monine rakennuksineen ja suuret summat, nousisi lahjavero kohtuuttoman suureksi. Ja varatuomari Anton Rask, jonka mielipidettä oli tiedusteltu, esitti omana ehdotuksenaan, että rouvat myisivät moision kaikkine kiinteistöineen ja irtaimistoineen pienemmästä summasta tohtorille, jonka kanssa oli tehtävä lisäsopimus tämän näennäisesti myydyn omaisuuden tulevasta käyttämisestä. Varatuomari oli nauraen selittänyt, että tämä oli tosin lain kiertämistä, mutta että koska tarkoitus, huoltolan tulevaisuus, oli hyvä ja kannatettava, ehdotusta sietäisi miettiä sen tarjoamien suurien etujen vuoksi.

Rouvat keskustelivat vilkkaasti tästä Helinän kanssa, vaikka he kaikki olivat jotenkin kokemattomia ja ymmärtämättömiä tällaisissa asioissa. Helinä käsitti kyllä, että jos lahjoituksesta kerran perittäisiin lahjavero, menisi huomattava summa hukkaan huoltolalta, vaikka häntä ei taas toiselta puolen miellyttänyt lain kiertäminenkään. Kuitenkin hänestä näytti tämä muodollisuus — sillä sellaisena hän sitä piti — vähemmän tärkeältä sen seikan rinnalla, että lisäsopimus takaisi omaisuuden oikean käytön, vaikka se näennäisesti myytäisiinkin ilman mitään ehtoja.

— Tämä on pelkkää juristisaivartelua! huokaisi rouva Jully. — Oikeastaan ei mitään papereita tarvittaisikaan. Tohtori Verner on kunnian mies, ja minkä hän lupaa, sen hän pitääkin. Mutta jos hän haluaa paperit, niin olkoon menneeksi. Allekirjoitamme kaikki. Tämä on liikaa varovaisuutta, mutta tehkäämme tohtorin mieliksi. Hän väittää, että tunnemme itsemmekin rauhalliseksi leikkauksen lähestyessä, kun olemme tehneet kaikki, mitä voimme tuon suunnitelmamme turvaamiseksi siinäkin tapauksessa, ettei kaikki sujuisi ... onnellisesti.

Niin tapahtuikin sitten. Eräänä päivänä saapuivat tohtori Verner ja varatuomari Rask moisioon. Jälkimmäinen esitti vanhoille rouville kirjoittamansa sopimusluonnoksen sekä kauppakirjan. Neiti Karvonen ja Helinä kutsuttiin todistajiksi, ja heidän läsnäollessaan vanhat rouvat allekirjoittivat kauppakirjan, jonka mukaan moisio kaikkine kiinteistöineen ja irtaimistoineen luovutettiin tohtori Vernerille vain 90,000 markan hinnasta, sekä sopimuksen, jossa tohtori Verner sitoutui yksityiskohtaisin ehdoin käyttämään täten saamansa omaisuuden kokonaan tulevan huoltolan perustamiseksi ja ylläpitämiseksi.

Rouva Jully huokaisi hilpeästi.

— Huh, meillä ei siis ole enää moisiota! hän sanoi pilaillen. — Te, herra tohtori, olette siis nyt omistaja ja valtias! Mutta uskomme, ettei meitä häädetä ilman irtisanomista!

Tohtori nauroi hyvätuulisesti ja vakuutti, että myyjät saisivat kuolinpäiväänsä asti menetellä talossaan ja tilallaan ihan niin kuin tahtoivat.

— Pelkkä muodollisuus! hän lausahti. — Mutta se säästää monta ateriaa, monta lääkeannosta noille sairaille naisille ja heidän lapsilleen.

Ja myyjät, ostajat, lakimies ja todistajat nauttivat sitten komeasti kahvitarjoilusta yhdessä.

Vain Helinän mieltä kaivoi muuan kysymys: oliko tämä kaikki ehdottoman välttämätöntä? Oliko tämä valekauppa tarpeellinen?

XXIV

HILPEÄ VIERAS MOISIOSSA

Kun tohtorin myrkynvihreä auto sinä päivänä pysähtyi moision pää-
rakennuksen eteen, hypähti siitä pieni, huolellisesti puettu mies,
puhjeten vilkkaaseen sanatulvaan, jota tohtori kuunteli erikoisesti
kiinnostumatta. Sen jälkeen tohtorin vieras alkoi purkaa autosta isoja
kääröjä, litteitä laatikoita, omituisia telineitä ja hän puhui koko ajan.
Keittiö-Aukustikin oli ilmestynyt paikalle, ja antaen käskyjensä sataa
tulokas sai miehen kantamaan tavaroita sisään.

Mies oli täynnä touhua ja tulta. Helinä oli nähnyt tohtorin tulon
ja tiesi, kuka tuo vieras oli. Hän oli Jaakko Volmarson ja hän sanoi it-
seään taiteilijaksi. Hänen oli määrä maalata jäljennös muutamasta
galleriahuoneen vanhasta taulusta. Tämän jäljennöksen aikoi tohtori
lahjoittaa jollekin ystävälleen. Asiasta oli vaihdettu muutamia sanoja
tohtorin ja rouvien kesken. Jo aikaisemminkin oli moision tauluaar-
teista maalattu jäljennöksiä.

Helinä ei voinut olla sisäisesti hymyilemättä kohdatessaan tämän
taiteilijan. Herra Volmarson oli pieni, mutta hän oli erinomaisen ter-
hakka ja pirteä. Hän teki hiukan samanlaisen vaikutuksen kuin lap-
sien leikkikaluina käytetyt jalattomat kumiukot, jotka alaosassaan
olevan painon vaikutuksesta aina ponnahtavat pystyyn, pistipä ne
mihin asentoon tahansa. Herra Volmarsonin puku oli liioitellun kei-
karimainen, hänen kätensä ja jalkansa etsivät aina plastillisia asento-
ja, hänen suunsa oli alituisessa hymyssä ja hänen puheensa oli
taukoamatonta ja kohteliasta.

— Oh, mikä kunnia, parahin neiti! hän sanoi kohdatessaan Helinän. — Te siis lähinnä huolehditte minun maallisesta hyvästäni! Mainiota, en voisi joutua parempiin ... enkä kauniimpiin käsiin! Eikä huolta ... me taiteilijat olemme vaatimatonta väkeä.

Huvittava hupsu! ajatteli Helinä itsekseen.

Herra Volmarson sai oman huoneen, jonne hänen tavaransa kannettiin, hänet ohjattiin taulugalleriaan ja hän vaipui monisanaiseen hartauteen sen kalleuksien ja harvinaisuuksien edessä. Toisen päivän aamuna hän oli työssään. Hän oli pingoittanut ison kankaan kehykselle, sijoittanut sen staffille ja alkoi hahmotella erästä vanhaa alankomaalaista taidemaalausta, joka kuvasi hollantilaista hilkkapäistä tyttöä viiniruukkuineen ja taustalla näkyvine elonkorjuutansseineen. Tohtori Verner seurasi puolisen tuntia hänen työskentelyään ja lähti sitten kaupunkiin.

Tamminiemen moision taulukokoelma oli tunnettu ja arvostettu niissä piireissä, jotka näistä asioista ymmärsivät. Useamman sukupolven aikana oli sitä lisätty ja täydennetty. Siitä huolimatta, ettei se sisältänyt ainoatakaan todellisen suurmestarin käsialan näytettä, siinä oli joukko taidehistoriallisesti merkittäviä ja arvokkaita teoksia, suurten mestarien, ennen kaikkea alankomaalaisten ja ranskalaisten, lähimpien oppilaitten ja jäljittelijäin töitä, ja kaiken kaikkiaan se muodosti moision irtaimiston rahallisestikin arvokkaimman osan. Joukko pienempiä maalauksia, akvarelleja, pastelleja ja hiilipiirroksia oli sijoitettu rouvien huoneisiin, mutta arvokkaimmat taulut olivat kaikki samassa korkeassa ja valoisassa salissa, jota nimitettiin taulugalleriaksi. Huoneen valaistus oli laitettu juuri niitä varten varjottomaksi, sillä osin huoneen peitti lasikatto. Siten se soveltui myös jäljentäjän työhuoneeksi.

Helinä ei aikaisemmin ollut paljonkaan galleriassa oleskellut, mutta nyt, taiteilijan työskennellessä, hän pistäytyi siellä toisinaan. Herra Volmarson herätti hänessä huvittavaa kiinnostusta. Kun taiteilija oli aluksi huomannut, että hänen kukkeat ja persoonalliset kohteliaisuutensa vastaanotettiin hyvin kylmästi, hän muutti tapansa ja puheli aivan ylimalkaisista asioista taikka taidekysymyksistä häikäilemättä keskeyttäen työnsä milloin sattui mieleen johtumaan. Ja muutenkin, joskin hänen työintonsa oli ilmeinen, hänen työhalunsa oli vain puuskittainen. Hän käveli pitkin rakennusta ja teki tuttavuutta kaikkien kanssa, eikä häikäillyt iltaisin tulla istumaan avaraan keittiöönkään, jossa hän, naurettavan pientä piippuaan tai savuketta poltellen, tarinoi yhtä mielellään Aukustin kuin neiti Karvosenkin kanssa. Neiti Karvonen piti häntä pari päivää täytenä, joskin vaarattomana hupsuna, mutta kun herra Volmarsonin tiedot olivat suuret, hänen juttelutaitonsa oivallinen ja kohteliaisuutensa häikäilemättömiä, alkoi vanha taloudenhoitajatar pitää häntä todellisena, joskin peräti omituisena, herrasmiehenä.

Ja hän oli tyytyväinen, jopa suorastaan ihastunut kaikkeen, päivällisiin ja illallisiin, kahviin ja huoneeseensa. Neljässä, viidessä päivässä oli herra Volmarson tuttu ja hyvä ystävä kaikkien kanssa. Ja kun hän sai sitten kuulla tapahtuneesta murhenäytelmästä, kiinnosti se häntä ihan tavattomasti, samoin kuin vanhojen rouvien kohtalo ja nykyinen asema, eikä hän väsynyt kysymään kaikkia mahdollisia ja mahdottomia asioita, jotka vain jollakin tavoin saattoivat olla yhteydessä näihin kysymyksiin.

Jäljennös valmistui, ainakin Helinän mielestä, kovin hitaasti. Mutta eihän Helinä voinut arvostella, hidasteliko herra Volmarson ehkä.

XXV

Liittolainen ilmaantuu

Helinä oli ollut myöhään rouvien luona, joiden kanssa puhe niin kuin tavallisesti oli liikkunut pian koittavissa tärkeissä tapahtumissa.

Saateltuaan rouvat levolle Helinä pujahti, niin kuin hänen tavakseen oli tullut, toisinaan tuohon hyljättyyn käytävään. Hän kulki monasti sitä pitkin, vaikka ei olisi ollut tarviskaan. Käytävä oli pimeä, mutta Helinä tunsi sen jo niin tarkkaan, ettei hän tarvinnut valoa, vaan laskeutui taitavasti ja nopeasti kierteet.

Hän oli juuri saapumassa alas, kun tunsi jonkun tarttuvan itseensä ja jäntevät sormet laskeutuivat hänen suulleen puristaen sen kiinni ja tukahduttaen täten välttämättömän huudon.

Otteessa oli voimaa ja lujuutta, mutta ei erikoista väkivaltaa. Ja kun Helinä, välttyäkseen tukehtumasta, kiivaasti hengitti sieraimien kautta, kuuli hän tutulta vaikuttavan, matalan äänen sanovan:

— Hiljaa, kiltti neiti, hiljaa! Ystäviä ... ystäviä ... Komisario Auer! Älkää vain huutako. Ei mitään melua! No, joko jaksatte olla huutamatta? Sitten voimme lähteä. Kas niin, hiljaa ... vain hiljaa!

Aivan huumaantuneena ja tajuamatta mitään, Helinä tiesi käytävän ovea avattavan ja hänet talutettiin kirjastohuoneeseen. Sen hämärässä valossa hän tunsi — äärimmäiseksi hämmästyksekseen — suunsa sulkijaksi herra Jaakko Volmarsonin, joka teki kaikki mahdolliset eleet ja liikkeet pysyttääkseen hänet hiljaa ...

Helinä tukahdutti huudon ja vain pari kolme kertaa huokaisi syvään, tuijottaen suurin silmin yllättäjäänsä.

Mitä tämä saattoi merkitä?

Herra Volmarson ei antanut hänelle paljonkaan aikaa.

— Pukekaa yllenne ja menkää ulos, hän kuiskasi. — Ulkona on parasta. Kuljette purorantatietä. Minä olen luonanne parissa minuutissa. Minulla on asiaa ... Nyt heti!

Pienen miehen äänessä oli kohteliaan käskevä sävy. Vastaamatta hänelle mitään, Helinä pujahti halliin ja sitten omaan huoneeseensa, missä hän, ajattelematta sen tarkemmin, kokonaan ymmällään, puki ylleen ja pujahti sitten takaovesta ulos. Eipä silti, että hänen ulosmenonsa olisi herättänyt mitään erikoista huomiota, sillä ilta ei ollut vielä niin myöhäinen, ja ilma, vaikkakin pilvinen, oli muuten hyvä ja lämmin.

Ehdittyään pari, kolmesataa metriä pitkin purotietä, hän kuuli melkein vierellään askeleita ja kääntyessään huomasi herra Volmarsonin vierellään.

— Sepä oli sattuma! huohotti mies naurahtaen samalla kevyesti. — Olitte vähällä pilata kaikki, vaikka syy olikin minussa. Lähdin liikkeelle aivan liian aikaisin.

— Mitä ... mitä tämä kaikki oikein merkitsee? läähätti Helinä puoleksi peläten.

— Ei mitään muuta, kuin että minun täytyy ilmaista itseni teille aikaisemmin kuin oli tarkoitukseni. Mutta sehän ei merkitse mitään. Te keskustelitte muutamia päiviä sitten komisario Auerin kanssa?

— Niin, mutta ... Mitä tarkoitatte? Ja miten ...?

Helinän kysymykset olivat hyvin katkonaisia.

— Niin, minua ei kai juuri kukaan uskoisi salapoliisiksi ... tai siis rikospoliisiksi ... ja kuitenkin minä olen sellainen ... vieläpä minulla on silloin tällöin etuakin siitä, ettei minua ensimmäisenä poliisiksi epäillä ... Mutta olen todella sellainen ... ja nyt komisario Auerin alaisena ... hänen lähettämänään. Ja tässä on varmuuden vuoksi pieni kirjelippu komisariolta sekä valtakirjani ...

Hän näytti ne Helinälle, joka koetti tarkastaa niitä hämärässä. Epäilemättä oli kaikki oikein, varsinkin valtakirjan viralliset sinetit tehosivat häneen täydellisesti.

Herra Volmarson oli siis rikospoliisi … Tosiaankaan ei kukaan olisi saattanut ajatella mitään niin hassua …

— Ette siis ole taiteilija?

— Ei, salaperäisyys ja kaksinaisuus ei ulotu niin pitkälle. Minä olin … tai ainakin kuvittelin olevani taiteilija … ennen kuin löysin oikean alani. Ja nimenikin on oikea. Ja on pelkkä onnellinen sattuma, että pääsin omalla nimelläni ja entisen ammattini turvin tänne moisioon.

— Kuinka te löysitte … tuon käytävän? sopersi Helinä.

Herra Volmarson nauroi vapaasti.

— Oh, pitäähän minun sellaiset löytää. Ammattivaisto, niin sanoakseni. Olin juuri ylhäällä, oven takana, kun te sen avasitte ja minä syöksyin alas. Kun en olisi kuitenkaan ehtinyt päästä pakoon, oli minun pakko … hm … turvautua epämiellyttäviin otteisiin.

Tämä herra Volmarson, jonka Helinä nyt oppi tuntemaan, oli entinen vilkas taiteilija, mutta ei ihan niin suulas eikä keikarimainen. Hänessä oli asiallisuutta, joka tehosi.

— Oletteko … Oletteko keksinyt jotakin, mikä … mikä viittaisi siihen murhenäytelmään? tiedusteli Helinä arasti heidän astellessaan polkua pitkin.

— En oikeastaan, ja, suoraan puhuakseni, minun tehtäväni ei tarkoitakaan niin paljon sitä. Olen kyllä kuullut yhtä ja toista, joka ehkä sopii asioihin, mutta päätehtäväni on toisaalla. Tämä on merkillinen … hyvin merkillinen paikka, tämä moisio … Ja oikeastaan olisi hyvä, että kertoisitte minulle nyt, mitä on tapahtunut, mitä on puhuttu ja sovittu tuolla ylhäällä … rouvien ja teidän ja tohtorin kesken.

Helinä pysähtyi äkkiä.

— Taivaan nimessä, ketä te epäilette? hän huudahti hiljaa. — Ja mistä?

— Kaikkia kaikesta, vastasi Volmarson karttelevasti. — Mutta kertokaapa.

Helinä kertoi. Hänellä ei ollut muuta puhumista kuin rouvien lahjoituksesta, kauppakirjasta ja sopimuksesta. Volmarson ei sanonut mitään, hän vain kuunteli, ja Helinästä tuntui niin kuin hänen puhelunsa ei olisi lainkaan miestä kiinnostanut.

Sitten Volmarson kääntyi hänen puoleensa.

— Tiedättekö, että minulla on vakaumus, ettei syyllistä tuohon taannottaiseen murhenäytelmään saada milloinkaan sellaiseksi todistettua. Neiti Ström on kuollut.

Helinä hätkähti. — Neiti Ström? Ja milloin?

— Tänään iltapäivällä, vastasi Volmarson hiljaa. — Hän kuoli kyllä luonnollisen kuoleman ... hän oli riutunut hiljakseen ... ja oli jo vuorokauden verran tajuttomana. Hän olisi ollut ratkaiseva todistaja, mutta hän on nyt poissa ...

— Siis se asia jää ratkaisematta? tiedusti Helinä.

— Oikeudellisesti ehkä, mutta ei muuten. On jotakin, mikä auttaa meitä. Rikos vaatii melkein poikkeuksetta jonkun toisen rikoksen pysyäkseen salassa. Rikollinen ei voi pysähtyä. Hän tekee uusia rikoksia. Ja silloin voimme tavoittaa hänet.

Helinä värisi ja kauhu puistatti häntä. Hän vilkuili pelokkaana ympärilleen.

— Ettekö voi edes vihjaista, mistä päin vaara uhkaa? hän melkein rukoili seuralaiseltaan.

— En, en voi. Mutta me tiedämme, että se uhkaa täällä moisiossa. On oltava varuillaan. No niin, muuta en tiedä olevan itselläni sanottavaa. Pääasia oli, että ilmitulemiseni vältyi. Te tiedätte nyt, että olemme liittolaisia. Toivotan teille hyvää yötä! Käsitätte, etten poistu luotanne epäkohteliaisuudesta, vaan varovaisuudesta.

Herra Volmarson heilautti hilpeästi kättään ja katosi toiselle polulle.

Helinä puolestaan kääntyi ja lähti raskain mielin palaamaan moisioon. Hän tunsi olevansa uhkaavien vaaroja ympäröimänä, hän ja ehkä he kaikki moisiossa.

Ja mitä muuta hän koki vielä samana iltana, siitä antaa ehkä parhaan kuvan hänen oma kirjeensä Anni Raikkalalle, jonka hän kirjoitti seuraavana päivänä, ja jossa hän koetti häivyttää huoltensa painoa:

»Anni hyvä! On taas sattunut niin paljon, mutta lupaukseni estää minua siitä tarkemmin kertomasta. Joka tapauksessa pinnalla on kaikki rauhallista, mutta minä tiedän, että se on vain harhaa, ja että voi tapahtua mitä hyvänsä.

Eilen illalla oli minulla koomillisen järkyttävä kokemus. Täällä vierailee nykyisin muuan taiteilija Jaakko Volmarson maalaten jäljennöstä eräästä tauluistamme tohtori Vernerille. Jouduimme hänen kanssaan illalla yhdessä kävelemään ja keskustelimme ehkä tunnin verran, jonka jälkeen hän lähti — haaveilemaan luontoon, niin kuin hänen sanansa kuuluivat. Ja ajatteles, kun palasin moisiota kohden, niin eikö tullutkin oiva pehtoorimme minua vastaan. Hän oli nähnyt äskeisen kohtauksen ja voit uskoa, että hän oli kiihkoissaan. Mikään diplomatia ei auttanut, hän kosi minua, mutta niin mustasukkaisen vihaisesti, että saatoin lähettää hänet tiehensä ilman muuta ja ilman vastausta, ja hän lähti häpeissään ja raivoissaan ja niin herttaisen kiukkuisena, että minun olisi tehnyt mieli huutaa hänet takaisin. Ymmärrätkö siis, mitä ystäväsi saa kokea: huolet rouvista, heidän terveydestään, kaikki salaperäisyydet ja nyt lisäksi raivostuneen miehen rakkauden! Ei, minä lähden moisiosta, lähden heti leikkauksen jälkeen, ja pyrin vaikka astioitten pesijäksi kansankeittiöön. Siellä on ehkä enemmän melua ja työtä, mutta varmasti vähemmän salaperäisyyttä. Väsynyt, riutunut ja levoton

Helinä.»

XXVI

VOLMARSON TEKEE HUOMIOITA

Herra Volmarsonin jäljennös oli edistynyt ripein vedoin parina päivänä. Taulu alkoi uskottavan vastaavasti jäljentyä uudelle kankaalle. Kun tohtori Verner kävi sitä tarkastamassa, hän ilmaisi sekä ihmetyksensä että tyytyväisyytensä.

Helinän pistäytyessä taulugalleriassa, herra Volmarson iski hänelle iloisesti silmää.

— Tämä on merkillinen moisio! hän sanoi hiljaa. — Muuten, joko herra tohtori on lähtenyt?

— Jo, vastasi Helinä.

— Sepä hyvä, mutisi Volmarson. — Katsokaa, hän tekee oloni epävarmaksi. Hän on lemmon tarkkasilmäinen mies ja käteni käy tavallista kömpelömmäksi, kun hän tarkastelee työtäni. Huh, hän kyllä kykenee hypnotisoimaan ihmisen!

— Sepä omituista! virkahti Helinä. — Minullakin on hänestä aivan samanlainen mielipide.

— Tepä olettekin helmi naisten joukossa! imarteli Volmarson tavalliseen taiteilijatyyliinsä, jota hän noudatti, milloin vain oli pelko, että joku kuuli tai näki.

Sitten hän heittäen työnsä, kääntyi Helinän puoleen.

— Kuulkaapa, onko teidän aikananne maalattu täällä toisiakin jäljennöksiä?

Helinä pudisti päätään.

— Ei, mutta olen kuullut tohtorin niitä aikaisemmin maalauttaneen useitakin.

— Tiedättekö mistä tauluista?

— En tosiaankaan. En ole kysynyt. Ja pelkään, että tuskinpa muutkaan tietävät. Nuo työt eivät ole ketään kai niin paljon kiinnostaneet.

— Sepä vahinko. Muuten, mitä sanoisitte, jos kutsuisin muutaman ystävän tänne luokseni?

— Niinkö! Mutta eihän minulla ole mitään siihen sanomista. Viipyisikö hän pitkäänkin?

— Hm, eräitä tunteja kuitenkin. Olen jo muuten kyllä hänet kutsunutkin. Ehkä tiedättekin hänet? Hän on taidekauppias ja taiteentuntija Berg tuolta kaupungista.

— Hän on minulle vain nimi.

— Sepä riittääkin. Olen kutsunut hänet tänne saadakseni häneltä lausunnon eräistä tauluista. Muistakaa, että olen taiteilija ja taiteen tuntija. Täällä on herkkuja sellaisille. Ja Berg lienee täällä jo pian. Hänellä on oma auto.

Helinä katseli kiinteästi poliisimiestä koettaen mielessään arvailla, mitä hänen järjestämänsä vierailu tarkoitti. Volmarson alensi ääntään.

— Tietääkseni te olette tehnyt erään lupauksen komisario Auerille. Nyt on aika täyttää se. Minä tarvitsen apuanne.

Helinä jännittyi.

— Minkälaista?

— Hm, sanoi Volmarson alentaen vieläkin ääntään. — Tiedämme, että tuolla ylhäällä rouvien eräässä huoneessa on muuan salalokero.

— Sitten . . . ? kysyi Helinä henkeään pidättäen. Hänellä oli usvainen aavistus ikäänkuin mahdollisuudesta, jonne toinen pyrki.

— Ja siinä salalokerossa, jatkoi Volmarson — tiedämme rouvien säilyttävän korujaan. Niiden arvo on suuri ja tunnettu. Ainakin eräissä piireissä se tiedetään tarkalleen. Minun ja minun ystäväni pitäisi saada nuo korut huomaamatta tarkastettaviksemme.

— Mutta sehän on täysin mahdotonta! huudahti Helinä jyrkästi. — Minulla ei ole avainta ja vaikka olisikin, en millään ehdolla menisi ilman lupaa tuota lokeroa avaamaan.

128

Volmarson painoi päänsä alas.

— Niin, olette esimerkillisen uskollinen palvelija. En voi sanoa muuta. Mutta ottakaa huomioon, ettei noille koruille tapahdu mitään. Me vain tarkastamme ne. Ja ellemme saa niitä salaa tarkastaa, on meidän tai minun esitettävä valtakirjani, kerrottava epäilyni ja pyydettävä rouvilta lupaa. Siitä koituu sellainen järkytys, että heidän leikkauksensa voi rueta.

Ja pieni mies sulki huulensa tiukasti yhteen ja näytti surulliselta. Hän ei sanonut enää mitään, istui vain ja odotti.

Helinä tunsi olevansa kauheassa pulassa. Avoimet syytteet, poliisikuulustelut, epäilyt ... nehän voisivat järkyttää vanhat rouvat suunniltaan ... ja taas toisaalta, olla avullisena luovuttamassa kalleuksia oikeastaan täysin tuntemattomiin käsiin!

Sitten pieni mies katsahti Helinään ja hänen silmissään oli jotakin, joka sai Helinän luomaan katseensa alas.

— Mutta kuinka minä voisin? Helinä parahti.

— Missä rouvat säilyttävät avainta?

— Käsilaukussa ja käsilaukku on tavallisesti heidän lähettyvillään.

— Eikö ole mitään mahdollisuutta viedä käsilaukku syrjään siksi aikaa, että ehtisi ottaa avaimen, ja taas pannakseen sen takaisin?

Helinä huokaisi. — Oli, mahdollisuus oli kyllä olemassa.

— No niin, otatte tuon avaimen ja toimitatte sen minulle. Se on kohta numero yksi. Ja sitten seuraa kohta numero kaksi. Kun ystäväni saapuu — hän ei ole muuten poliisilaitoksesta, kuten jo mainitsin — ja minä teille siitä huomautan, menette rouvien luo ja koetatte heidän kanssaan ylläpitää keskustelua mahdollisimman kaukana siitä huoneesta, jossa on tuo lokero. Sanokaamme, että me tarvitsemme aikaa noin puoli tuntia. Silloin ovat korut jälleen paikallaan ja avain on lokeron suulla. Sen voi jättääkin siihen, sillä tuskin rouvat epäilevät mitään, vaan saattavat luulla itse sen siihen unohtaneensa. Siinä kaikki. Onko liian vaikeaa?

— Mutta mitä ihmeen tekemistä noilla koruilla on siinä murhenäytelmässä, joka tapahtui kilometrien päässä täältä?

— Kuulkaapa nyt, me olemme liittolaisia, pikkuneiti, mutta minä en voi kavaltaa päällikköni salaisuuksia. Hänellä ovat omat epäilyksensä, eikä hän niistä ole minulle kertonut. Minulla on ehkä omiakin aavistuksia, mutta niin kauan kuin minulla ei ole todisteita, en uskalla hiiskahtaakaan.

— Mutta minunhan on siten luovutettava koruja ties kuinkakin paljon ihan tuntemattomille henkilöille ... minulla ei ole mitään taetta, vaikeroi nuori nainen.

— Onpas yksi! vakuutti pieni mies vakavasti. — Katsokaapas minun naamaani! Voitteko huomata siinä aavistustakaan vilpistä?

Helinä katsoi vasten tahtoaankin. Ja tuossa Volmarsonin »naamassa», kuten tämä oli sanonut, hän erotti pelkkää voimaa, lujuutta ja hillittyä hilpeyttä.

— Onko se ihan välttämätöntä? hän tiedusti vielä.

— On.

Volmarson lausui sen ilman pienintäkään epäröintiä. Helinä oli voitettu. Hän tiesi sen. Hän oli ryhtynyt tähän kummalliseen peliin, ja jos hän yritti kieltäytyä, silloin se muuttui julkiseksi ja julmaksi.

— Minulla on määrättyjä epäilyksiä, selitti Volmarson. — En osaa itse ratkaista niitä täysin pätevästi. Ystäväni voi ja hänen tehtäväkseen jää joko kumota tai vahvistaa ne. Ja siihen me tarvitsemme noita kalleuksia.

XXVII

MOISIOTA TUTKITAAN SALAA

Kun taidekauppias Bergin auto saapui pihaan, oli Volmarson kaikessa rauhassa seisomassa portailla ja tervehti tuttavaansa kättään huiskauttamalla. Berg, erittäin hienosti puettu, vanhanpuoleinen laiha herra, astui hänen kanssaan sisälle.

Helinä oli siihen mennessä suorittanut ensimmäisen tehtävänsä. Hän oli mennyt rouvien luo ja työnnellessään heidän rullatuolejaan »puutarhahuoneeseen», hän huomasi tuon käsilaukun jääneen toiseen. Pienen tekosyyn nojalla hän pujahti takaisin, sieppasi avaimen ja seurusteltuaan vielä hetkisen rouvien kanssa, kiiruhti alas ja luovutti saaliinsa Volmarsonille, joka otti sen vastaan pohjattoman kiitollisen näköisenä.

— Teistä, neiti Vuopio, teistä teidän tiedoillanne ja taidoillanne, tulisi mainio rikospoliisi, hän kuiskasi.

Helinä kavahti. Ei, syrjästä kuullen ja katsellen sellainen poliisitoiminta saattoi olla kiintoisaa, mutta käytännössä ... ei, ei milloinkaan!

Volmarson saattoi vieraansa jäljennöstyönsä ääreen ja herrat jäivät kahden kesken galleriaan.

Helinä odotti tehtävänsä n:o 2:n alkamista. Hän ei jaksanut käsittää, mihin komisario Auer ja Volmarson oikein pyrkivät. Mitä tekemistä tauluilla ja koruilla oli metsänhoitaja Kurun kuoleman kanssa, ja mitkä olivat ne vaarat, jotka moisiota uhkasivat?

Taaskin hän koki jännitystä, mitä hänen aikansa täällä moisiossa oli ollut tuskastuttavan täynnä. Milloinkaan hän ei olisi tullut tänne, jos olisi aavistanut, mihin salajuoniin hän melkein tahtomattaan sotkeutuisi.

Herrat viipyivät ainakin kolmatta tuntia galleriassa, ennen kuin tulivat halliin ja Volmarson tapasi Helinän.

— Niinpä niin, nyt on aika koittanut, hän virkahti hiljaa. — Me tulemme sinne vanhaa käytävää pitkin. Hm, teillä helisee avaimia taskussanne. Pudottakaa ne lattialle, kun tilaisuus on otollinen. Minä takaan, ettemme viivyttele.

Helinä nyökkäsi lyhyesti ja lähti sitten hallin portaita pitkin nousemaan yläkertaan. Hän tiesi olevansa vaarallisessa seikkailussa, joka saattoi kääntyä hänelle häpeälliseksi. Mutta hän ei ymmärtänyt, miten hän voisi enää väistyä vastuuta.

Rouvien luo tultuaan hän tapasi nämä ilokseen ja tyydytyksekseen puutarhahuoneesta, mikä oli kahden huoneen eroittama siitä, missä salalokero sijaitsi. Rouvilla olivat kirjat käsillä ja he nauttivat lukemisesta, kukkien katselemisesta ja auringonvalosta, jota tulvaili huoneeseen.

Helinä meni ovelle ja kuin vahingossa ainakin heläytti avainkimppunsa lattiaan, nosti sen kiireesti, sulki oven ja istahti jakkaralle ryhtyen lukemaan rouville.

Se ei ollut niinkään helppoa. Vaistomaisesti hän koetti terästää kuuloaan, eroittaakseen Volmarsonin tulon ja toimet, mutta ei voinut, ja luku kävi katkonaiseksi.

— No, mikä nyt neitiämme vaivaa? ihmetteli rouva Jully. — Vaikka tottahan se on, että on ihan julmaa vaatia nuorta ihmistä tällaisena kevätpäivänä, tuollaisen hehkuvan auringon alla, lukemaan vanhoja hupsutuksia vanhoille rouville! Pistäkää kirja pois! Ei, ei, minä en toru, mutta jutelkaamme mieluummin.

Helinä tiesi kyllä, ettei rouvien kanssa ollessa puheenaiheet suinkaan ehtyneet, ja hänkin kiintyi keskusteluun sikäli, että heräsi tajuamaan hetkien kuluneen nopeasti, niin nopeasti, että aikaa oli kulunut lähes tunti.

Nyt, jos kerran Volmarsonin sanat pitivät paikkansa, oli kalleuksien tarkastus jo suoritettu. Hän johdatti rouvat saamaan päiväunta ja laskeutui itse alas.

XXVIII

VOLMARSON PALJASTAA

Herra Volmarson käveli alhaalla hallissa, poltteli savuketta ja vihelteli hiljalleen, kun Helinä saapui. Mies kumarsi.

— Mitä sanoisitte taas pienestä kävelymatkasta puron rantaa pitkin? hän kysyi kohteliaasti. — Meillä oli äsken viehättävää siellä.

Helinä epäröi hetken, mutta sitten hän muisti, että pehtoori Oiva Salla oli kai tarkastamassa ja valvomassa peltotöitä. Hän ei tahtonut kosintaa uudistettavaksi. Heitettyään päähänsä kevyen silkkiliinan ja hartioilleen takin Helinä lähti taiteilijan kanssa ulos.

He tulivat puronvarren polulle ja päästyään varmuuteen, ettei kukaan voinut heitä kuulla alkoi herra Volmarson juttelunsa.

— Olen jo sanonut, että tämä on merkillinen paikka, tämä moisio, ja toistan sen vieläkin. Mitään sellaista en ole vielä milloinkaan tavannut. Tämä on rikospoliisin paratiisi. Hieno rakennus, maukas hyvinvointi, ihana ympäristö, mainio ilma ... ja rikoksia, rikoksia vähin joka paikassa ... Niin ainakin luulen, sillä on olemassa vielä yksi mahdollisuus, vaikka en oikein usko siihen.

— Mitkä ... mitkä ovat epäilyksenne? tiedusteli Helinä odottaen jotakin kauheaa.

— Jos olen oikeassa — tuo yksi mahdollisuus on vielä tutkimatta — voitaisiin tätä moisiota sanoa väärennetyksi ... tai puhdistetuksi ... taikka suorastaan varastetuksi moisioksi. Katsokaahan nyt! Mainitkaamme esimerkiksi tuo taulugalleria. Siellä on hyllyllä siro ja kallis julkaisu, joka luettelee kaikki tauluharvinaisuudet, niiden luojat ja syntyajat, niiden taidehistoriallisen luokituksen ja antaa viitteitä myös niiden arvosta. Bluffia, petkutusta ja silmänlumetta! Satuin kiinnittämään huomioni muutamaan seikkaan, ja tutkiskeltuani jonkin aikaa minulle selvisi totuus. En ollut kuitenkaan ihan varma siitä. Siksi pyysin Bergin tänne. Hän nauroi heti, mutta tutki silti kaiken huolellisesti. Nyt kun minulla on hänen sanana, uskallan huoleti väittää: taulugalleria on petosta. Se taulu, jota minä jäljennän, on kyllä comme il faut, oikea ja arvokas, mutta se onkin ainoa. Muut, kaikki nuo muka kalleudet, ovat jäljennöksiä, pelkkiä jäljennöksiä, eivätkä edes juuri tusinatyötä parempia.

— Jäljennöksiä! huudahti Helinä. — Mutta sittenhän niiden arvo ...

— Niin, se on ainakin hyvin nimellinen. Berg tarjosi — sitä yhtä lukuunottamatta — koko roskasta kymmenentuhatta.

— Mutta mitä ihmettä te lopultakin tarkoitatte? tiedusteli Helinä malttamattomana.

— Sitä vain, että miksi, kuka ja milloin on maalauttanut alkuperäisistä tauluista jäljennökset ... alkuperäiset taulut ovat olleet moisiossa, se on todistettavissa ... ja kuka on sitten ripustanut nuo jäljennökset seinille? Ja missä ovat alkuperäiset? Bergin arvion mukaan on kyseessä noin puolen miljoonan juttu.

Helinä ei uskaltanut sanoa mitään. Hän vain odotti ja pelkäsi jatkoa. Eikä Volmarson pitänyt pitkiä taukoja.

— Taulujuttu on selvä. Uskon Bergiin niissä asioissa täydellisesti. Sitten tulevat korut. Niissä on sama ilmiö havaittavissa. Siellä oli kaksi tai kolme isoa korua, jotka olivat aitoja. Muut olivat pelkkiä imitatioita, jäljittelyjä, samanlaisia, jollaisen tekin olette kuuleman mukaan saaneet lahjaksi. Ja Berg sanoo, että siinä on kyseessä ylikin puoli miljoonaa. Tiedetään varmasti, että moisiossa on ollut oikeita koruja. Missä ne nyt ovat? Ja kuka ja miksi on teettänyt imitatiot?

Helinä istahti kivelle. Hän tunsi itsensä aivan voimattomaksi. Päivä oli lämmin ja kirkas, mutta jokin puuduttava kylmyys oli hiipinyt hänen ruumiiseensa. Hän alkoi ... vihdoinkin alkoi hänelle valjeta jotakin ... mutta hän ei uskaltanut tehdä sitä itselleenkään selväksi. Hän tarrautui vaistomaisesti siihen yhteen mahdollisuuteen, josta Volmarson oli puhunut.

— Mikä ... Mikä on tuo mahdollisuutenne! hän kuiskasi voipuneesti.

Volmarson hymyili rauhoittavasti.

— Älkää ottako tätä niin raskaasti. Maailma on paha ja tällaistakin saattaa tapahtua. Mutta tuo mahdollisuus. Niin, se on tosiaankin olemassa. Ja jos niin on, olen minä ollut narri.

Helinä toivoi palavasti, että herra Volmarson olisi narri, mutta hän vaistosi tuon toivon heikkouden.

— Olettehan tietysti, aloitti poliisimies, — kuullut kerrottavan köyhtyneen ylimystön pulasta. Tässä voi olla kyseessä sellainen tapaus. Olettakaamme, että rouvat kreivitär ja paroonitar olivat köyhtyneet. Mutta heillä oli tauluja ja koruja, kaikki arvokkaita. Niiden myyminen sinänsä koskisi liiaksi itserakkauteen ja sukuylpeyteen. Hyvä, he antavat jäljentää taulut ja jäljitellä korut, myyvät oikeat ja antavat jäljittelyjen edustaa entistä loistoa. Sellainen mahdollisuus on, mutta minä en kyllä usko siihen. Kaikki, mitä olen kuullut ja kokenut moisiossa, vahvistaa käsitystäni vanhojen rouvien taloudellisen aseman varmuudesta tai ainakin heidän luuloaan sellaisesta.

Helinä pudisti vaistomaisesti päätään. Niin, hän luuli samaa kuin Volmarsonkin. Rouvat olivat rikkaita vieläkin ... ainakin he luulivat olevansa rikkaita, siitä ei voinut erehtyä. Ja heidän lahjoituksensa!

— Hehän aikovat lahjoittaakin! kuiskasi tyttö heikosti.

Volmarson löi koomillisen raivostuneesti päähänsä.

— Niin! Tuo tosiasia on ollut kirkkaana edessäni, ja kuitenkin olen ajatellut ... tuota mahdollisuutta. Rouvat eivät siis ainakaan tiedä köyhtyneensä yli miljoonalla. Se on päivänselvää.

Helinän ei enää tehnyt mieli puuttua keskusteluun. Hän itse oli murskannut tuon ainoan mahdollisuuden, mutta Volmarson jatkoi:

— Kaikki seikat tukevat epäilyksiäni tai oikeastaan alunperin komisario Auerin epäilyksiä. Hän on näkijä ja aavistaja, tuo meidän komisariomme, minä olen pelkkä työmyyrä. Katsokaas, moisio tuottaa, varovaisestikin laskien, melkoisesti vuosittain ...

— Mutta pehtoori sanoo, että ... intti Helinä.

— Tiedän, tiedän, keskeytti Volmarson kiireesti. — Maata hoidetaan huonosti. Olkoon, ettei maatalous ole kannattanutkaan. Mutta täältä on myyty metsää ... vanhaa, ensiluokkaista tukkimetsää, faneerikoivuja, tulitikkuhaapoja ... oh, en ole alan asiantuntija, mutta niistä kertyy rahaa ... Ja menot ovat olleet suhteellisen pienet. Sillä joskin yksityinen lääkäri voi olla kalliskin, ovat hänen palkkionsa sentään vain vähäinen osa tällaisen tilan tuloista ...

Helinä kohottautui seisomaan ja lähestyi Volmarsonia.

— Kertokaa minulle kaikki! hän pyysi. — Mehän olemme liittolaisia. En minä ole niin arka, kuin ehkä näytän, mutta epätietoisuus kiusaa minua. Minä aavistan ... Nimi pyörii huulillani, enkä uskalla sitä lausua ... ketä te lopuksikin epäilette?

— Niin, voin sen sanoa, myönsi Volmarson hitaasti. — Mutta vain yhdellä ehdolla?

— Ja mikä se on?

— Että pysytte toimessanne, pysytte paikallanne loppuun asti ... toisin sanoen siihen asti, että leikkaukset on onnellisesti suoritettu. Siihen ei ole enää pitkälti.

— Minä lupaan, vastasi Helinä vakavasti.

Volmarson taipui hiukan hänen puoleensa ja kuiskasi kuin henkäisynä:

— Tohtori Verner!

Hänen silmissään oli kova ja vihainen ilme, mutta sitten hänen äänensä sai halveksivan vivahduksen, kun hän lisäsi:

— Ja varatuomari Rask!

Tuli pitkä ja kolkko hiljaisuus. Helinä vaipui jälleen kivelleen ja tuijotti eteensä suurin, kyynelettömin silmin, vaikka hänen mielensä tekikin itkeä.

— Verner ja Rask ... Niin, niin ...! hän äänsi vihdoin hiljaa.

— Sallitteko? kysyi Volmarson ja istuutui hänen viereensä kivelle.

— Voin kertoa teille yhtä ja toista. Olemme olleet ankarassa puuhassa tämän jutun takia. Se näytti aluksi pieneltä ja selvältä, ja sitten on siitä kasvanut iso ja ruma juttu. Tietoni ovat monelta taholta, johtopäätökset komisario Auerin ja omiani, ehdotonta varmuutta vähän, mutta todennäköistä sitä runsaammin. Ja nyt kerron teille, että tietäisitte kaikki, osaisitte varoa tietäessänne, ja että kertomukseni mahdollisesti herättäisi osanottoanne niitä kohtaan, jotka nyt tarvitsevat apuanne paljon tärkeämpään kuin ranskalaisten romaanien lukemiseen.

Niin, tämä juttu ei suinkaan alkanut sinä päivänä, jolloin metsänhoitaja Kuru löydettiin ammuttuna. Se on vain muuan sivukohtaus. Tämä kaikki alkoi siitä hetkestä, jolloin kreivitär ja paroonitar joutuivat onnettomuuden uhreiksi ja ilkeä kohtalo toimitti heille tohtori Thomas Vernerin aluksi satunnaiseksi, sitten vakinaiseksi hoitajaksi.

Tohtori Verner olisi pitkällä, jos hän olisi kulkenut yhtä ja ennen kaikkea oikeaa tietä. Mutta hän on mutkitellut ja poikkeillut. Hän polveutuu suvusta, joka on kauan asunut Suomessa tulematta silti maan alamaiseksi. Hän on lahjakas, enemmänkin, melkein nerokaskin, hän on voimakas, työteliäs, mutta myös intohimoinen, synkkä ja mieltynyt kaikkiin syrjäpolkuihin ja luvattomuuksiin. Hän suoritti lääkärintutkintonsa ulkomailla, ja siellä jo lienee sattunut yhtä ja toista. Hän palasi Suomeen ja sai lääkärinarvonsa laillistetuksi. Hänen asemansa, varsinkin koska hän on intohimoinen keinottelija ja pelaaja suuressa mittakaavassa, ei ollut mitenkään loistava ja kehuttava. Ja silloin lähettää kohtalo hänen tielleen kaksi rikasta, loukkautunutta maailmannaista, jotka hän sitten valloittaa helposti lääkärinkatseellaan, ranskankielentaidollaan ja ulkonaisella käytöksellään. Hän pelastaa naiset ja tulee heidän vakinaiseksi hoitajakseen. Hänet palkitaan ruhtinaallisesti, mutta hän ei tyydy siihen. Hän tietää olevansa kultakaivoksen äärellä, eikä halua poistua. Niin, tässä nyt tulemme jo täysin otaksumien alalle, mutta en saa päästäni ajatusta, että moision rouvat olisivat kai voineet täydellisesti parantua jo aikoja sitten, ellei heidän ja moision hoitaminen olisi ollut tohtori Vernerille niin tuottavaa. Tästä en voi mennä enemmän päättelemään, sen voi vain etevä lääkäri ratkaista.

Mutta tämäkään ei riitä. Tohtori tarvitsee vielä enemmän rahoja. Hän on jo aikaisemmin, turvatakseen itselleen kaikki tiet, yhtynyt varatuomari Anton Raskiin. Rask on roisto, jonka uskaltaisin sanoa hänelle vaikka päin kasvoja. Hänen oli aikoinaan pakko erota asianajajayhdistyksestä sopimattoman menettelyn takia. Hän oli melkein rappiolla, kun tohtori Verner koroitti hänet auttajakseen. Rask on hoitanut ne kaupat, jotka on moisiosta käsin tehty, maa- ja ennen kaikkea metsäkaupat. Palaisin halusta tutustua tilan kirjanpitoon nähdäkseni, kuinka ja minkälaisina nuo kaupat on sinne merkitty. Ja sitten —niin oletan, tohtori kaikessa rauhassa, rouvien luvalla, maalauttaa jäljennöksiä kalleista tauluista, asettaa jäljennökset oikeiden tilalle ja varastaa ne myydäkseen tai piiloittaakseen ne sopivana hetkenä myytäviksi. Julkivarkaalla ei ole voinut olla herkullisempaa tilaisuutta. Olen kuullut, että rouvat itse kustansivat ainakin pari jäljennöstä. Se oli hassua, helppoa ja peräti roistomaista. Ja sama tehtiin tietysti koruillekin. Ne jäljiteltiin, vaikka siihen on tuskin pyydetty tai saatu rouvien lupaa. Mutta vuotuistulot, palkkiot ja varkaudet eivät vain riittäneet kahden häikäilemättömän ja taitavan rikollisen tarkoituksiin. Nyt taas oli määrä myydä metsää. Vanhat rouvat eivät tietysti käsittäneet asiasta mitään. Heidän allekirjoituksensa olivat helpot saada. Ja minä luulen melkein, että rouvat pitävät metsiään vain halpoina, arvottomina halkoina.

Näin jatkui, niin oletan, sillä täydellisiä todistuksia ei ole vielä, kiskominen, varastelu ja kavaltaminen vuodesta vuoteen. Tohtori hoiti ja hymyili rouville, mutta heidän selkänsä takana kappale kappaleelta hävitti, kulutti ja tuhosi heidän omaisuuttaan yhdessä apulaisensa kanssa.

Ja sitten äkkiä uhkasi kukistuminen. Näyttämölle ilmestyi metsänhoitaja Alvar Kuru, rehellinen ja älykäs mies. Tiedän, olemme tutkineet senkin seikan, että Kuru oli, tohtorin palkatessa hänet moision metsänhoitajaksi, palkaton ja vaikeissa olosuhteissa elävä nuori metsänhoitaja. Ilmeisesti tohtori on luottanut liiaksi hänen kiitollisuuteensa ja kokemattomuuteensa. Tosin metsäkauppasopimuksissa olivat rouvien nimet, mutta Kuru nuorena ja alaansa kiintyneenä ammattimiehenä ei kai voinut välttää ilmituomasta harmiaan epäedullisten sopimusten johdosta. Tohtorihan myi varastettua tai ainakin petoksella saatua, ja hän myi huokealla ja moisiolle muutenkin hyvin epäedullisin ehdoin. Metsänhoitaja on kai puhunut suorastaan metsänraiskauksesta ja uhannut ilmoittaa rouville. Otaksun niin. Sen seikan todistaminen ainakin pätevästi on nyt mahdotonta, ellei tohtori tunnusta.

— Ja siksikö ... siksikö hän ...? sammalsi Helinä.

— Juuri siksi, sanoi Volmarson tiukasti. — Komisario Auer olettaa nyt kaiken tapahtuneen seuraavasti, enkä minä uskalla epäillä, etteikö hän pääasiassa osu aivan oikeaan. No niin, oli tulossa metsäkaupan teko, jota Kuru vastusti ainakin niillä ehdoilla, jotka hän oli saanut tietää, ja luultavasti vaati päästä rouvien puheille. Se oli tietysti estettävä hinnalla millä hyvänsä. En usko erehtyvämme, jos oletamme tohtorin yrittäneen lahjomistakin. Mutta se ei auttanut. No niin, tohtori oli matkalla moisioon. Meidän teoriaamme ei sisälly harkittu rikos. Kyseessä on pikaistuksissa tehty tappo, siinä kaikki. Ase viittaa vahvasti siihen. Se on ollut mahdollisimman epävarma. Kukaan ei olisi harkiten sellaista valinnut. Kyseessä oli enemmänkin sattuma. Kuinka sellainen ase oli tohtorilla ja se sattui hänelle käteen, on aivan erillinen kysymys. No niin, tohtori ajoi siis moisioon ja kohtasi metsänhoitajan tiellä. Luultavasti he vaihtoivat joitakin sanoja ja Kuru ilmeisesti pysyi entisellä kannallaan. Tästä tai mahdollisesti jostakin muusta syystä raivostui tohtori Verner — hänen luonteensa on juuri sellainen — ja tempaisi esille aseen laukaisten sen sokeasti. Pienenpieni luoti toi kuoleman. Ne ovat mahtaneet olla kylmiä silmänräpäyksiä tohtori Vernerille. Kaikki oli luhistumassa. Ihmisiä saattoi tulla. Mutta hän ei joutunut ymmälle. Hän toimi nopeasti ja harkitusti. Hän ryösti metsänhoitajan kaikki tavarat, osin kai saadakseen haltuunsa joitakin paljastavia papereita, osin ehkä johtaakseen tutkijat harhaan. Ja sitten hän työnsi Kurun elottomalta näyttävän ruumiin tuonne kuoppaan, nousi autoon — moottori oli luultavasti ollut käynnissä koko ajan — ja ajoi moisioon. Kurun puolelta uhkaava vaara oli torjuttu liiankin ratkaisevasti, mutta nyt oli kyseessä oman syyllisyyden salaaminen tähän rikokseen.

On mahdollista, että tohtori Verner, tullessaan moisioon epäilemättä kiihtyneessä mielentilassa, tahtoi ensiksi päästä irti esineistä, jotka hän oli anastanut metsänhoitajalta. Ja jostain syystä hän työnsi ne maljakkoon. Se oli tietysti hyvin valittu piilopaikka. Ja sitten hän on hävittänyt luultavasti muut mahdolliset jäljet ainakin itsestään, yhtä lukuunottamatta, josta mainitsen myöhemmin, ja joka ei ollut niinkään hävitettävissä.

Sikäli oli kaikki selvää. Tapahtumat ja olosuhteet olivat suosineet rikollista, mutta hänellä oli vielä edessään kaamea hetki ja se oli silloin — tehän näitte sen itse — kun miehet kantoivat kuolevan metsänhoitajan ja tohtoria vaadittiin avuksi. Se on käsittääkseni sellaisia hetkiä, jotka koettelevat rikollisenkin kaikki voimat. Mutta tohtori kesti, hän tarkasti uhrinsa ja huomasi, että pelko oli turha ... luoti oli tehnyt tehtävänsä.

— Hirveää, hirveää! parahti Helinä.

— Niin, niinhän se on, myönsi Volmarson tyynesti. — Ja nyt tulee neiti Strömin vuoro. Tiedämme, että hän oli tohtori Vernerin rakastajatar. Meillä on viitteitä siihen, että hän oli alkanut kyllästyä asemaansa, mutta ilmeisesti hän oli koko lailla perillä tohtorin juonista ja on tiennyt, että metsänhoitaja oli uhannut ilmoittaa rouville noista metsäkaupoista. Nähdessään nyt tuon kohtauksen, hän naisellisen vaistonsa opastamana keksi heti totuuden: tohtori oli surmannut mahdollisen ilmiantajan. Siksi hän pyörtyi, eikä siksi, että näki kuolevan miehen. Hän käsitti silmänräpäyksessä, että hänellä oli valittavana vain kaksi vaihtoehtoa: joko ilmiantaa tohtori heti taikka joutua hänen kanssarikollisekseen. Epäilemättä tohtori sai hänet taivutetuksi jälkimmäiseen. Ja tohtorin vaatimuksesta — tohtori ei tietenkään uskaltanut mahdollisten epäluulojen takia itse — hän sitten yöllä, kuten itse näitte, haki nuo esineet maljakosta ja koetti ne hävittää — onnistumatta kuitenkaan täydelleen, mikä ei olekaan kummallista hänen silloisessa mielentilassaan. Hän vilustui tässä yrityksessään täydellisesti, sairastui pahasti ja tohtori toimitti hänet välittömästi omaan yksityiseen sairaalaansa turvaan ... ja kaikkien kyselyjen ja kuulustelujen ulkopuolelle. Siten oli tohtorin onnistunut sekä nopeasti että tehokkaasti häivyttää melkein kaikki jäljet.

Volmarson sytytti savukkeen ja puhalteli muutamia savuja.

— Emme me näin pitkälle helpolla päässeet, emmekä olisi siellä kai vieläkään, ellemme olisi saaneet teidän todistustanne, neiti Vuopio. Se avasi ihan uuden maailman meille. Mutta todisteita puuttui yhä. Kaipasimme oikeastaan vihjeen, ja sen tohtori sitten itse antoi meille.

— Kuinka ... tohtoriko itse?

— Aivan niin, mutta tahtomattaan. Muistattehan tuon jutun yöllä liikkuvista tuntemattomista miehistä, jotka ottivat kiinni ja sitoivat koiran ja yrittivät murtautua työkaluvajaan. On aivan varmaa, että miehet olivat tohtori ja varatuomari Rask. Tuo koira on vanhuudestaan huolimatta aika ripeä, eikä vieras olisi sitä saanut kiinni. Sen täytyi tuntea nuo miehet. Ja mitä heillä oli asiaa? Niin, tohtori oli luonnollisesti kuullut neiti Strömiltä, mitä tämä oli tehnyt noille Kurulta saaduille esineille. Hänestä ei piilopaikka kai tuntunut kyllin luotettavalta ja siksi hän yritti saada esineet takaisin hävittääkseen ne perusteellisesti. Se oli liikaa varovaisuutta hänen puoleltaan.

— Mutta missä ne sitten olivat?

— Purossa. Neiti Ström oli hädissään heittänyt ne siihen ja tietys-

ti siihen, mikä oli lähin kohta moisiosta tullessa. Komisario Auer las-
ki kaiken ihan oikein. Ja siksi hän sitten pihalla kovalla äänellä il-
moitti aikovansa pitää vahtia. Nimismies lienee nauranut hänen
yksinkertaisuudelleen, mutta itse asiassa Auer toimi ovelasti. Hän
peloitti siten tohtorin uudelleen yrittämästä ja yritti itse sen sijaan,
sillä tuloksella, että saikin osan esineistä ylös, muiden muassa joukon
papereita, jotka kuitenkin olivat lionneet täysin kelvottomiksi. Vain
joitakin vihjeitä ne antoivat, mutta sekin riitti. Esineiden joukossa oli
Kurun kello ja lompakko rahoineen. Mutta silti ei ollut täydellisiä to-
disteita ja tohtorin, niin tunnetun ja arvossa pidetyn henkilön van-
gitseminen ilman riittäviä todistuksia ei olisi ollut viisasta. Täytyi
yrittää edelleen salassa ja huipuksi tässä toiminnassa muodostui toh-
torin pyyntö samaiselle Bergille jonkin taiteilijan hankkimisesta
maalaamaan hänelle jäljennöstä. Berg mainitsi minulle siitä, ja silloin
sain oivan idean: tulisin itse tänne. Ja lopunhan sitten tiedättekin jo.
Näin pitkällä sitten ollaan. Todisteita, todennäköisyyksiä, kaikkea
meillä on, mutta ei riittävästi vielä. Ja toinen seikka: jos toimimme
heti, jos syytämme tohtoria esimerkiksi vain varkaudesta, niin saattaa
moision omistajattarille koitua tuho juuri silloin, kun heidän pitäisi
saada olla rauhassa. Ja toiselta puolen taas en usko, että tohtori olisi
jättänyt salaiset puuhansa. Tuo kauppakirja ja sopimus viittaavat jo-
honkin ilkeään. Ikinä ei tohtori ole ajatellutkaan minkään huoltolan
perustamista, siitä voi olla aivan varma.

Helinä oli tyyntynyt. Murhenäytelmän selostus — hän ei jaksanut
epäillä, etteikö se olisi oikea — oli nostattanut veren hänen poskil-
leen. Nyt hänelle muistui mieleen tohtorin ja varatuomari Raskin
keskustelu kirjastohuoneessa, ja kiihkein, selvin sanoin hän sen selosti
seuralaiselleen.

Volmarson jännittyi.

— Kautta taivaan! hän huudahti. — Tuossa voi piillä mitä hyvän-
sä. Kultakaivos! Niin, siinä he ovat oikeassa. Suunnitelmat! Aivan
varmasti ... Niin, eikä se olekaan vaikeaa. Ajatelkaa, jos rouville kä-

visi pahoin ... nyt tai myöhemmin ... ja tohtori hävittäisi ... se ei olisi vaikeatakaan ... tuon sopimuksen ... niin hän olisi tosiaankin moision ja kaiken kiistaton omistaja ... Hän toisin sanoen voisi ryöstää koko omaisuuden itselleen. Tässä aukeaa kauheita ... ja rajattomia mahdollisuuksia ...! On mietittävä ... mietittävä ... meidän täytyy pitää päämme kylminä ja silmämme ja korvamme valppaina ...!

Volmarson vaipui pitkään mietiskelyyn. Sitten hän kohentautui.

— On kaksi mahdollisuutta. Toinen on se, että tohtori antaa leikkausten tapahtua häiritsemättä ja vasta myöhemmin, rouvien palattua, ryhtyy lopulliseen anastukseen tavalla, joka on minulle tietysti vielä epäselvä. Ja jos hän on tervejärkinen mies, niin hän menettelee juuri täten. Sillä ehdolla tietenkin, ettei hän aavistakaan itseään epäiltävän.

— Ja toinen? kysyi Helinä.

— Toinen on, että hän tavalla taikka toisella estää tai lykkää leikkaukset, toimii heti ja pakenee ... ja niin hän kai tekee, jos hän saa vihjeenkään vaarasta. Edellinen tapa on pitkällisempi, mutta varmempi. Sen mahdollisuudet ovat suuret. Jälkimmäinen tapa on oikeastaan ainoa, jolla tohtori voi selviytyä yllätyksen sattuessa. Ja siksi on tunnontarkasti vältettävä kaikkea, mikä voisi hänen epäilyksiään herättää. Hänen on annettava, niin sanoakseni, rauhassa punoa itselleen köysi valmiiksi.

— Mutta eikö rouville voi sanoa mitään ... vähääkään ... antaa jotakin vihjettä? vaati Helinä kiivaasti.

— Ei, ei ... hehän kiihtyisivät ... he eivät kykenisi asiaa salaamaan ... ja tohtori saisi varoituksen. Emmehän tiedä, aikooko tohtori mitään rikollista tällä hetkellä. Nyt täytyy meidän antaa leikkausten tapahtua rauhassa. Kahden hyvän ihmisen henki ja terveys on kalliimpi kuin parin roiston muutamien päivien ylimääräinen vapaus. Mutta meidän on pidettävä tohtorin ja ehkä tuomarinkin jokaista liikettä silmällä, yhdessä ja erikseen. Rouvien täytyy säilyä järkytyksiltä kestääkseen nuo operaatiot.

Ja he alkoivat sopia yksityiskohtaisesti, miten järjestäisivät vartioinnin. Pahin kalvava epäilys oli haihtunut Helinän mielestä. Nyt hän ainakin tiesi, mistä päin vaara uhkasi, ja kuka oli se, jota oli pelättävä, varottava ja vartioitava. Volmarsonin kertomus oli hänelle paljastanut kokonaisen pitkän, vuosia jatkuneen rikosten sarjan, jonka näyttämönä oli idyllinen moisio ja uhreina sen herttaiset omistajat. Kuinka selvää, yksinkertaista ja mutkatonta oikeastaan kaikki oli, kun sitä ajatteli nyt ... ikäänkuin jälkeenpäin ... ja kuinka täysin toivottomalta se oli hänestä, ja kai noista poliisimiehistäkin aluksi tuntunut.

Mutta nyt ... nyt Helinä tiesi, että hän tarvitsisi kaiken tahdonlujuutensa ja varsinkin kaiken luontaisen näyttelemislahjakkuutensa voidakseen seuraavalla kerralla kohdata tohtori Vernerin niin, ettei tämä lukisi koko salaisuutta hänen ilmeistään ja eleistään. Vaikeaa se oli, mutta hän toivoi, ettei se sentään olisi mahdotonta.

XXIX

OIVA SALLA ON ITSEPINTAINEN

»Anni rakas! Tervehdys täältä Tamminiemestä. En ole pitkään aikaan kirjoittanut, vaikka, paratkoon, minulla olisi kirjoittamista vaikka kuinka paljon. Mutta en halua. On niin surullista. Kerron tavatessamme minkä voin. Mutta päätökseni on vakaa: lähden täältä heti leikkausten jälkeen.

Komiikkaakin on. Muuten kai kuolisinkin. Tiedäthän sen pehtoorimme. Olenhan sinulle hänestä jotakin maininnut. No niin, hän kosi tässä minua ... vaikka kirjoitinhan siitä. Silloin hän oli iso, tuhma poika ja lähetin hänet matkaansa, niin kuin loukkautunut diiva.

Nyt hän tuli eilen jälleen luokseni. Hän oli toistamiseen huomannut minut sen taiteilija Volmarsonin seurassa, josta lienen niinikään maininnut ja joka on minulle miehenä ja kavaljeerina pelkkää ilmaa. Pehtoori mainitsi hänet taaskin, mutta muuten hän oli pehmeä, lauhkea ja hyväkäytöksinen, enkä minä hennonnut olla kovinkaan paha hänelle. Tiedätkö, kaiken muun vastapainona on näillä uudistuvilla kosinnoilla oma viehätyksensä ja virkistyksensä. En olisi ikinä uskonut, että yksi ja sama mies voisi uudistaa kosinnan moneen kertaan. Minusta näyttää, että Oiva Salla aikoo kosia minua tästä lähtien kerran päivässä. Tietysti hänellä on siihen vapautensa. Me olemme täällä niin lähekkäin, että sitä on vaikea välttää. Hän on kyllä hirveän kiltti poika ja »näyttäväkin» vaatimattomampaan makuun nähden, mutta hänellä on se suuri vika, etten minä pidä hänestä. Ja sitä hän ei usko,

145

vaikka hän ei vaikutakaan itserakkaalta. Hän on luetellut minulle tulevaisuudentoiveensa, eikä se seikka, että minulla on ansioita, ole häneen vaikuttanut lainkaan hillitsevästi.

— Me sovimme yhteen! hän vakuuttaa.

Ja kaiken kaikkiaan, hän on ainoa valopilkku, katsottuna muuten salaperäisen moision synkkää taustaa vasten, mikä ei silti merkitse, että hänen valonsa olisi minulle miellyttävää.

Minä olen aika sekaisin ja väsynyt. Leikkaukset ovat viiden päivän kuluttua.

Helinä.»

XXX

NELJÄS PÄIVÄ

Jaakko Volmarson maalasi ja vihelteli. Tuo viheltely ei kyllä sopinut juhlallisen kauniiseen huoneeseen ja sen tyyliin, mutta hän ei välittänyt siitä.

Hänellä oli tapana viheltämällä viihdyttää itseään. Nyt hän oli levoton. Ja hänen rauhattomuutensa syynä oli Helinä. Hän, Volmarson, pelkäsi tytön ja tohtorin kohtaamista. Olikin aika paljon vaatia tytöltä itsehillintää nyt, kun hän tiesi, mistä kaikesta tohtoria vakavasti epäiltiin.

Volmarson aavisti kyllä, että tohtori olisi varuillaan. Tämä ei voisi mitenkään olla rauhallinen sellaisen rikossarjan jälkeen. Ja tohtori oli älykäs ja huomiokykyinen. Pelästynyt ilmekin Helinän kasvoilla saattaisi varoittaa häntä.

Äkkiä Volmarson herkesi molemmasta puuhastaan. Hän oli korkeasta ikkunasta nähnyt tohtorin vihreän auton vilahtavan pihalle. Rikospoliisi-taiteilija nousi työnsä äärestä ja kiiruhti halliin. Hän näki Helinän laskeutuvan ylhäältä. Hän nyökäytti tälle.

— Tohtori tuli! hän kuiskasi.

Helinä vastasi hänelle vain päänliikkeellä.

Sitten Volmarson lähestyi häntä.

— Sanokaa, että teillä on päänsärky ... pahoinvointi ... pyytäkää jotakin lääkettä, hän neuvoi nopeasti ja jatkoi sitten matkaansa ulkoovea kohti. Iloinen pilkahdus näkyi Helinän silmissä. Tuo neuvo oli hyvä. Se oli uskottava ja tehokas. Tohtori ei kiinnittäisi hänen ilmeisiinsä mitään huomiota ja se olisi välttämätöntä, sillä Helinä ei saattaisi kohdata tohtorin katsetta vapisematta.

Ja hän riensi tohtoria vastaan, kun tämä astui halliin.

— Suokaa anteeksi, herra tohtori! hän virkkoi voipuneesti ja katsomatta miehen silmiin. — Minulla on pieni pahoinvointi ja pyytäisin jotakin lääkettä.

Tohtori katsoi hänen väsyneisiin kasvoihinsa ja nyökkäsi päätään. Niin, neiti Vuopio näytti hiukan uupuneelta. Hän voisi hetken kuluttua tulla noutamaan tohtorilta muuatta lääkettä. Tohtorilla oli pieni lääkevarasto huoneessaan.

Kammoa, mutta samalla jonkinlaista voittamatonta uteliaisuutta tuntien Helinä astui sen miehen huoneeseen, jonka epäiltiin ... ampuneen metsänhoitaja Kurun. Hän sai lääkkeensä ja kiiruhti pois. Joka tapauksessa: vaikein oli kestetty. Hän oli kohdannut tohtorin paljastuksen jälkeen, eikä ollut ilmiantanut itseään.

Nyt oli kyseessä vartiointi, ja sen hän saattoi suorittaa helpommin ja varmemmin kuin Volmarson. Otettuaan lääkettä — hän tarvitsi sitä todellakin — hän tuli halliin ja näki tohtorin menevän rouvien luo. Hän pujahti silloin vanhaan käytävään ja jäi yläkerroksen ovelle kuuntelemaan.

Hänen varovaisuutensa oli kai sittenkin turhaa. Hän kuuli rouvien ja tohtorin keskustelevan, mutta hän ei kuullut mitään, mikä olisi viitannut epäilyttävään. Rouvat kaskuilivat hilpeinä kaikesta siitä ihanasta, mitä tekisivät ja kokisivat, jos pääsisivät liikkumaan ulkona. Tohtori vastaili heille kohteliaan hyvänsuovasti. Hän ilmoitti, että professori Vairi saapuisi kaupunkiin seuraavana päivänä ja ehkä, mitä hän ei kuitenkaan tiennyt, haluaisi pistäytyä heitä tarkastamassa ennen siirtoa. Professori Vairi oli valinnut toiseksi apulaisekseen tohtori Raidon. Kaikki oli järjestyksessä ja tohtori tunnusti, ettei hän nähnyt mitään estettä leikkausten onnistumisille.

Sitten tohtori alkoi hyvästellä ja Helinä kiiruhti alas. Oman huoneensa ikkunasta hän näki tohtorin pian lähtevän autossaan. Hän huokaisi helpotuksesta. Oli aivan toinen tunnelma koko moisiossa, kun tohtori oli poissa, jotenkin iloisempi ja vapaampi.

148

Helinä oli huomioinut tohtoria ja hänestä tuntui uskomattomalta, ei se, että tohtori olisi ampunut metsänhoitajan, sillä luonteen kiivaus saattoi aiheuttaa yllätyksen, vaan että tohtori olisi tuo kylmäverinen, harkitseva rikollinen, jollaiseksi Volmarsonin kuvaus oli muodostunut; että tohtori olisi tyynesti ja hymyillen ryöstänyt vanhoja, avuttomia potilaitaan maksattaen itselleen palkankin muka hoidostaan.

Mutta Volmarsonin esittämät epäilyt ja tosiasiat soveltuivat liian hyvin yhteen, jotta olisi voinut jättää ne huomiotta ...

Helinä lähti katsomaan liittolaistaan. Volmarson nyökkäsi hänelle hilpeästi.

— No niin, ristilukki lähti?

— Niin, hän lähti ja ilmoitti tulevansa vasta aamulla.

— Erinomaista. Hän järjestää minulle vapaan työkentän. Hyvä on. Sanokaapa, missä säilytetään asiapapereita, tilikirjoja ja sellaisia?

— Siinä huoneessa, jota sanotaan konttoriksi! Se on siellä takahallin varrella.

— Tiedän ... tiedän ... muutamia vanhoja, jykeviä kaappeja. Ovatko nuo kaapit lukossa?

— En oikeastaan tiedä ... mutta luultavasti. Minä käyn katsomassa.

— Jos haluatte olla niin ystävällinen. Minäkin voisin käydä ... mutta se voisi herättää turhaa huomiota.

Helinä käväisi ja ilmoitti palatessaan, että kaapit oli lukittu.

— Ja avaimet?

— En tiedä. Luultavasti joko tohtorilla tai varatuomarilla. Minulla tai neiti Karvosella niitä ei ainakaan ole.

— Hm, auttamaton paikka. Hm ... hm ... minun täytyy ottaa vastuulleni lain rikkominen ... muu ei auta! Onko tuonne huoneeseen yleensä kellään asiaa?

— Ei, ei minun tietääkseni. Se yleensä siivotaankin vain joka toinen päivä.

— Onko huoneen ovessa avain.

— On.

— No niin, luulisitteko sen herättävän kenenkään huomiota, jos minä ... sulkeutuisin sinne ... tietysti salaa ... ja viettäisin siellä muutamia tunteja? Minun täytyy näet työskennellä päivän valolla. Lampunvalo illalla olisi paha ilmiantaja.

Helinä mietti hetken. — En luulisi sitä huomattavan. Kun kellään ei ole sinne asiaa, ja kun ovea pidetään kiinnipainettuna yleensäkin, niin tuskin kukaan joutuisi koettamaan, onko se lukossakin. Ja jos se olisikin, niin luultaisiin kai tohtorin sen sulkeneen.

— Sitten minä lähden. Sieltä voi löytyä paljon. Kirjanpito ja sen tarkastus ei ole suinkaan vahvimpia puoliani ... mutta luultavasti heikompikin tilimies saa jonkinlaisen selvän yksinkertaisesta taloudesta. Ja päätodisteet ovat kai sieltä saatavissa ... jos yleensä ovat ...

Helinä lähti askareilleen ja herra Volmarson katosi myös. Sisäkkö, joka kävi häntä etsiskelemässä kahville, oletti hänen pujahtaneen kävelemään. Kukaan ei etsinyt häntä konttorista.

Herra Volmarson lukitsi huoneeseen tultua oven, otti pois avaimen ja asetti tuolin siten oven eteen, ettei avaimenreiästä voinut nähdä muuta kuin sen selustan. Sitten hän käveli kaappien luo ja silmäili niitä.

Povitaskustaan hän otti sitten nahkaisen, pitkänomaisen lompakon. Siinä ei kuitenkaan ollut papereita tai rahaa, vaan pieniä teräsesineitä. Hän valikoi niistä muutamia ja ryhtyi työskentelemään kaappien luona. Noin neljännestunnin kuluttua olivat kaikki kolme kaappia auki.

Hän heitti takin yltään, asetti silmälasit nenälleen ja syventyi paperiröykkiöihin. Siinä oli laskuja, tiliotteita, sopimuksia, kuitteja, kaikkea mahdollista ja kaikki mahdollisimman huonossa järjestyksessä. Joku kirjanpitäjä olisi kauhistunut tätä paperista Augiaan tallia, mutta rikospoliisin ei auttanut kauhistella. Hänen oli selvitettävä se.

Ja hän selvitti. Hän etsi ja löysi. Aluksi nuo löydöt olivat pieniä ja harvinaisia, mutta kun hänen kokemuksensa lisääntyi, hänen löytön-säkin laajenivat.

Pala palalta kertoivat nuo paperit moision ryöstön historian, tah-tomattaan ja tietämättään. Kartanoa oli ryöstetty järjestelmällisesti. Mikään ei näyttänyt olevan niin suurta taikka pientä, ettei siitä olisi näykkäisty osaa ja monesti kaikkiakin rikollisten taskuihin.

Työ ei ollut suinkaan hauskaa. Hän ei uskaltanut edes tupakoida. Hän ei ollut muistanut tuoda mukanaan edes mitään juotavaa ja sai luvan ahertaa tupakatta ja juomatta.

Hän ei kuitenkaan hutiloinut. Hän tarkasti jokaisen paperin, jo-kaisen laskun, hän tarkasti summat ja varsinaisesta kirjanpidosta hän sitten vertasi tuloksia. Ne eivät käyneet yksiin. Kirjanpito oli yksin-kertaisesti väärennettyä, kauttaaltaan tekaistua, josta ei saanut mi-tään oikeaa kuvaa moision tuloista, menoista ja rahallisesta asemasta.

Mutta ei, tupakatta hän ei enää jaksanut olla. Hän otti savukeko-telostaan yhden ohuen savukkeen ja sytytti sen hiljaa. Kas, kyllä tuo pehmeä, sininen savu maistui!

Ja sitten hän jatkoi työtään ... kantoi paperipinkkoja pöydälle, tutki ne, kantoi ne takaisin ... ja yhä uudelleen ja uudelleen ... Nuo kaapit sisälsivät paperia paljon ... paljon ... ja niissä saattoi milloin hyvänsä olla todisteita.

Hän alkoi yhä selvemmin käsittää, että moisiota oli ryöstetty niin julkeasti ja paljon, ettei sellaisen jatkuminen olisi enää kovinkaan kauan käynyt päinsä. Ei vain kaikkia tuloja, vaan myöskin omaisuutta oli hävitetty, ja jopa nostettu tuntuvia summia rouvien pankkitileil-täkin.

Alkoi jo hämärtääkin, mutta työtä oli vielä jäljellä. Hän koetti kiirehtiä. Häntä hymyilytti: tällainen tilintarkastus oli tosiaankin pi-katoimintaa. Hänhän oli läpikäynyt kirjat ja todisteet monen vuoden ajalta.

Ja sitten työ vihdoinkin loppui.

Hän tiesi, että näiden nyt hankkimiensa todisteitten perusteella voitaisiin tohtori ja varatuomari milloin hyvänsä vangita ja syyttää ainakin petoksista ja väärennyksistä. He olivat olleet niin varmoja itsestään ja siitä, ettei heidän rikossarjaansa epäiltäisikään, etteivät olleet vaivautuneet laittamaan kirjoja ja todisteita edes näennäisesti yhtäpitäviksi.

Se muodostuisi kohtalokkaaksi virheeksi, milloin oikeuskäsittely alkaisi.

Hän poisti huolellisesti kaikki työskentelynsä jäljet, sulki kaapit ja kuunteli sitten hetken ovella. Kun mitään ei kuulunut, hän avasi oven, pisti avaimen nopeasti paikalleen ja käveli halliin. Hänellä oli lakki päässä, joten saattoi olettaa hänen tulleen ulkoa.

Helinää hän ei tavannut. Tämä oli kai rouvien luona. No niin, hän hahmottelisi nyt, kunhan olisi illastanut, raportin esimiehelleen, ja huomenna hän jollakin tekosyyllä kävisi kylässä soittaakseen sen komisario Auerille. Kun vain leikkaus olisi ohitse, sitten olisi heidän vuoronsa iskeä ja lopettaa tämä halpamainen rikossarja, joka oli jatkunut jo liiankin kauan.

Hän oli varsin tyytyväinen. Merkit viittasivat siihen, ettei tohtori aikonut viivyttää leikkausta. No niin, tohtori oli järkevä mies omalla tavallaan. Hän ei turhaan syöksynyt vaaraan.

XXXI

KOLMAS PÄIVÄ

Helinä oli herännyt aikaisin, mutta tullessaan alas ja vilkaistessaan galleriaan, hän huomasi herra Volmarsonin jo työskentelevän kankaansa äärellä.

— Erittäin hyvää huomenta! tervehti pieni mies iloisesti. — Hyvin nukuttu?

— Jokseenkin, virkahti Helinä. — Kaikki on ollut rauhallista. Entä te? Mitä saitte selville eilen?

— Hm, enpä voi ryhtyä luettelemaan. Mutta hauskaa luettavaa minulla oli, ja olisi ollut vieläkin hauskempaa, ellei sitä olisi ollut niin tuhottoman paljon. Mutta hyvä näinkin. Niin, kirjat kertoivat paljon, ja niistä kertomuksista saavat miekkosemme piankin tehdä selvää.

Helinä meni askareilleen. Aamupuolella saapui tohtori jälleen, tällä kertaa mukanaan myös varatuomari Rask. Herrat sulkeutuivat konttoriin. Herra Volmarson odotteli soveliasta aikaa, voidakseen ilmoittaa kyläkäynnistään.

Kun tohtori oli käynyt rouvien luona, hän pistäytyi katsomassa myös Volmarsonin työtä, jolloin pieni taiteilija sivumennen lausui aikovansa käydä kylässä pienillä ostoksilla.

Tohtori, joka katseli puutarhaan, nyökäytti päätään.

— Sehän sopii. Ja säästytte puolesta kävelymatkastakin. Me aiomme tuomarin kanssa niinikään käväistä siellä paluumatkalla kaupunkiin. Voitte tulla yhtä matkaa …

— Kiitän, erittäin mielelläni! ihasteli Volmarson.

Tohtori supisti huuliaan omituisesti, mihin Volmarson ei kuiten-
kaan kiinnittänyt sen enempää huomiota. Hänestä vain tuntui niin
kuin tohtori olisi ollut jostakin syystä kiihtynyt, niin hyvin kuin tä-
mä osasikin salata mielenailahtelunsa ja tunteensa.

Kun varatuomari Rask hetken kuluttua yhtyi seuraan, he lähtivät
ulos. Helinä oli rouvien luona, niin ettei hän nähnyt, eikä tiennyt mi-
tään herra Volmarsonin matkasta.

Tultuaan rouvien luota, hän alkoi heti etsiä liittolaistaan. Hän
tunsi olonsa niin levottomaksi, että hänen täytyi saada tukea ja apua
toiselta. Ja vain herra Volmarson tunsi asiat täydellisesti ja hän saat-
toi miehenä ja rikospoliisina auttaakin.

Mutta Volmarsonia ei ollut missään. Kyselemällä Helinä sai tietää
hänen lähteneen tohtorin ja varatuomarin matkassa. Häntä värisytti.
Tietysti Volmarsonilla oli ollut pätevä syy lähteä noiden miesten
kanssa, mutta kun Helinä ei tiennyt hänen syytään, eikä hänen pois-
saolonsa pituutta, häntä yksinäinen asemansa, tietonsa ja vastuunsa
alkoi kauhistuttaa.

Mitä hän voisi ... mitä hän uskaltaisi yksin?

Hän ajatteli, että Volmarson ehkä oli mennyt kylään ja palaisi
tunnin parin kuluttua. Se olisi varsin luultavaa, mutta herra Volmar-
son ei ollut palannut vielä neljänkään tunnin kuluttua. Helinän le-
vottomuus yltyi, jopa niin paljon, että rouvatkin huomasivat hänet
hermostuneeksi.

Sehän ei sinänsä merkinnyt mitään. Rouvat tietysti olettivat hei-
dän hoitonsa olevan niin hermostuttavaa.

Helinän sydän sykähti, kun hän aivan odottamatta myöhemmin
iltapäivällä näki tohtorin auton jälleen saapuvan moisioon. Tietysti
siinä tuli myöskin Volmarson.

Mutta hän erehtyi. Autosta nousivat vain tohtori ja herra Rask.
Ketään kolmatta ei heillä ollut matkassaan. Ja kun sisäkkö rohkaisten
mielensä, oli kysynyt taiteilijaa tohtorilta kutsuakseen tämän aterioi-
maan, ilmoitti tohtori, että Volmarson, joka oli tullut heidän kans-

saan kylään asti, oli sitten noussut junaan sanoen pistäytyvänsä kaupungissa ja viipyvänsä siellä muutamia päiviä. He itse olivat kierrelleet moision maita toimittaen eräitä tarkastuksia.

Kuullessaan tuon selityksen Helinä tajusi asemansa koko toivottomuuden ja katkera, voimaton kiukku puhkesi hänessä Volmarsonia kohtaan. Miten lyhytnäköisesti ja epäkohteliaasti tämä olikin menetellyt poistuessaan siten yhteiseltä vartiopaikalta, selittämättä mitään ja antamatta mitään ohjeita tai neuvoja!

Hän meni huoneeseensa miettimään ja äkkiä muuan ajatus vaivutti hänet istumaan.

Volmarson oli tiennyt, keiden seuraan hän meni. Mutta ... mutta olisivatko tohtori ja tuomari saaneet jonkin vihjeen siitä, että Volmarson oli ... oli rikospoliisi?

Olisivatko he ... tohtori ja tuomari ... toimittaneet hänet pois tieltä, yllättäneet hänet?

Se oli hyvin epätodennäköistä, mutta kovin kummallista oli myös Volmarsoninkin käytös muuten selitettäväksi. Olihan hän itse teroittanut vartioinnin tärkeyttä ja edellyttänyt, että he molemmat vartioisivat. Kuinka hän sitten saattoi poistua ilmoittamatta mitään ja »muutamiksi päiviksi».

Helinällä ei ollut ketään, jonka puoleen kääntyä. Moision muu väki ei aavistanut salaisista rikoksista ja salaisesta taistelusta mitään. Komisario Auer ... niin, hän saattaisi antaa sekä apua että neuvoja ... mutta moisiosta oli perin vaikeaa soittaa huomaamatta ... Ja toiseksi, mistä hän tavoittaisi Auerin? Tämä ei kuulunut kaupungin poliisilaitokseen ... hänen asunnostaan Helinällä ollut aavistustakaan ... hän saattoi olla ulkona ja puhelimen tavoittamattomissa. Ja jos pieninkin vihje siitä, että hän soitti jollekin poliisimiehelle, osuisi tohtorin tietoon, niin häntä olisi varoitettu ja kaikki voisi mennä piloille ...

Ei, Helinällä ei ollut mitään muuta keinoa kuin luottaa itseensä ja koettaa omin voimin selviytyä tilanteesta. Hänen vastuullaan oli nyt kaikki … ainakin siihen asti, kunnes Volmarson palaisi … jos hän palaisi … Hänen oli vartioitava, ettei rouville tapahtuisi mitään. Hänen tehtävänsä oli äärimmäisen vaikea. Tohtori oli valpas ja tarkkahuomioinen. Ja sitten oli vielä varatuomari Rask. Ensimmäisen kerran Helinä toivoi, että mainittu herrasmies todellakin innostuisi viinikellarin antimiin ja vaara edes hänen puoleltaan täten raukeaisi.

Mikäli iltapäivä kului, sikäli tämä Helinän vähemmän kaunis toivomus alkoi toteutua. Ja kun Helinä joutui tarjoilemaan herroille päivällistä, oli varatuomari Rask jälleen tavallisessa kunnossaan tuntuvasti, vaikka ei häiritsevästi päihtyneenä.

Mutta eräs seikka, joka herätti Helinän pelokasta huomiota, oli se, että myöskin tohtori Verner käytteli tällä kerralla tavallista runsaammin väkijuomia. Tohtorin kasvoissa oli pingottunut, jäykkä piirre, joka sai hänet näyttämään tavallistakin jyrkemmältä ja päättäväisemmältä. Molemmat miehet olivat useamman tunnin ajan keskustelleet tohtorin huoneessa.

Mitä erikoisia asioita heillä saattoi olla?

Helinä oli saanut levottomuutensa ja pelkonsa salatuksi. Ulkonaisesti ei hänestä voitu mitään huomata. Hän oli sama nopea ja kätevä tyttö, jollaiseksi sekä tohtori että hänen kumppaninsa olivat hänet oppineet tuntemaan. Mutta jos tohtori olisi saanut tarkastella esimerkiksi hänen silmäluomiaan, hän olisi huomannut niissä nopeita, tiheitä värähtelyjä ja nytkähdyksiä, selviä hermorasituksen merkkejä, eivätkä Helinän kädetkään olleet niin vakaat kuin hän olisi toivonut. Hänen täytyi aivan erikoisesti ponnistaa voimansa käsitellessään kastiketta ja juomia.

Mutta kaikki sujui hyvin ja viimein hän jätti molemmat miehet kahvin ja liköörin ääreen.

Hän huokaisi. Ylihuomenna matkustaisivat rouvat kaupunkiin. Vielä siis kaksi yötä ja niiden välinen päivä. Jos jotakin oli tapahtuakseen, sen täytyisi tapahtua pian. Mutta mitä voisi tapahtua … siitä ei ollut harmaintakaan aavistusta … Täytyisi vain vartioida … seurata … olla valmiina suojelemaan ja ehkäisemään.

Helinä ihmetteli itseään. Hän ei enää tuntenut itseään. Hänkö oli se avoin, vilkas ja ahkera konttorityttö, joka vielä pari kuukautta sitten oli liehunut kaupungissa saadakseen itselleen toimen? Hänellä oli silloin ollut vaikeaa ja hankalaa, tulevaisuus näytti synkältä, mutta hänellä oli rauhaa ja vapautta ... puhdas mieli kaikesta pahasta. Ja nyt ... tässä hän oli, kokonainen rikossarja tiedossaan, salakähmäisenä, näyttelevänä ... pelkäävänä ja vapisevana ... Ja hänen vastuullaan oli ehkä kaksi ihmishenkeä, näiden siitä mitään tietämättä. Ja hänen vastustajinaan oli kaksi ovelaa, julkeaa miestä ... joilla oli taitoa ja rohkeutta ...!

Mutta niin ... niin vain oli. Hän oli ulkonaisesti sama, mutta sisäisesti hän oli muuttunut. Hän ei ollut enää huoleton konttorityttö, hän oli vastuunsa tunteva nainen, joka kamppaili pimeässä ja salassa pahojen voimien kanssa ... määränään kahden ihmisen elämä ja terveys, ihmisten, jotka olivat olleet hänelle sanomattoman herttaisia.

Helinä vilvottautui huoneessaan kölninvedellä ja lähti jälleen halliin ja askareilleen. Itsetarkastelu ja mietiskely olivat rauhoittaneet häntä. Hän oli luvannut Volmarsonille kestää ja hän kestäisi. Eihän ollut enää kuin yö, päivä ja yö. Sitten rouvat lähtisivät ... ja vastuu siirtyisi häneltä.

Tullessaan halliin hän tapasi tohtori Vernerin ja varatuomari Raskin purkamassa käärepapereita uhkean kukkalaitteen ympäriltä. Hän oli kyllä huomannut ison paperikäärön ikkunalla, mutta ei ollut kiinnittänyt siihen mitään huomiota, koska hänen ajatuksiaan askarruttivat aivan muut asiat, eikä hän edes ollut tiennyt, että miehet olivat tuoneet tuon kukkalaitteen kaupungista aamulla.

Helinä kulki hidastellen heidän ohitseen, kun tohtori Verner huomasi hänet ja viittasi kädellään.

— Ahaa, hyvä neiti! Etteko toisi hiukan vettä, millä kastella tätä kukkalaitetta. Me ... kavaljeerit ... unohdimme sen aamulla ja päivällä ... tarkoitus on antaa se rouva kreivittärelle ja rouva paroonittarelle ...

Helinä täytti tohtorin pyynnön ja kasteli laitteen kukat, hyasintit, narsissit, tulppaanit ja kielot. Tuo kukkalaite oli upea silmälle, hyvän tuoksuinen ja varmasti kallis.

Niinpä niin, Helinä ajatteli itsekseen, kohteliaisuutta ... ulkonaista kohteliaisuutta viimeiseen asti ... Niin läpeensä rikollisia kuin oltiinkin!

Saatuaan käärepaperin irti, tohtori tarttui laitteeseen ja vei sen omaan huoneeseensa eikä, kuten Helinä olisi odottanut, suoraan rouville yläkertaan. Varatuomari Rask seurasi tohtoria. Sitten, muutamien minuuttien kuluttua, molemmat miehet, tohtorin kantaessa kukkalaitetta, lähtivät juhlallisen verkkaisesti nousemaan yläkertaan ja katosivat rouvien huoneistoon.

Helinä palasi huoneeseensa ja lepäsi hetkisen koettaen olla ajattelematta mitään. Se olisi virkistänyt, mutta hän onnistui vain osittain. Ajatukset, raskaat ja levottomat, eivät suinkaan totelleet hänen komentoaan ja asettuneet levolle edes hetkeksi, vaan jatkoivat omaa leikkiään.

Hän nousi ja lähti keittiöön valvomaan rouvien ilta-aterian joutumista. Samaan aikaan laskeutui tohtori kumppaninsa kanssa alas. Helinää ihmetytti heidän kasvojensa ilme. Siinä oli havaittavissa ikäänkuin huojennusta ja uhmaa samalla kertaa. He hävisivät tohtorin huoneeseen.

Helinä kävi rouvien luona, tarjosi heille ilta-aterian, huolsi heidät vuoteeseen ja luki heille jonkin aikaa muuatta romaania. Hän hillitsi itsensä täydelleen. Täällä se olikin helpompaa. Ja lomassa he keskustelivat.

— Millaisen ihanan kukkalaitteen tohtori ja tuomari toivat! ihasteli Heddy-rouva. — Oletteko nähneet sen?

— Minä näin sen alhaalla hallissa, vastasi Helinä.

— Niin, hän tahtoi siten ... ja tuomari myös ... toivottaa meille pikaista paranemista! Se on, se kukkalaite, nyt puutarhahuoneessa ... keskellä olevalla pöydällä ... Ah, antaa oven olla vain raollaan, Helinä. Sen tuoksu tuntuu tänne asti ... mutta kun sitä tulee niin vähän, ei siitä synny päänsärkyäkään ...

Helinä ei voinut pidättää pientä ivallista hymyä, sillä tuonkin kukkalaitteen olivat rouvat tietysti jo saaneet maksaa moninkerroin.

Viimein hän toivotti rouville hyvää yötä ja poistui julkista tietä, hallien välisiä portaita pitkin.

Hän meni huoneeseensa. Kuinka pohjattoman ankea olikin tämä ilta yksin ... varoen vaaroja, kuulostellen, odottaen ja peläten!

Kauan hän ei jaksanut olla aloillaan. Hänen oli liikuttava ja toimittava. Se oli sittenkin helpompaa.

Hän liikuskeli hallissa, pistäytyi juttelemassa keittiössä, tarkasteli hallien ikkunoilla olevia kasveja ja koetti miettiä päänsä pilalle keksiäkseen jotakin järjellistä toimitettavaa, joka oikeuttaisi hänet olemaan jalkeilla ja vartioimaan tohtoria ja varatuomaria.

Alkoi tulla jo myöhä, mutta miehet eivät poistuneet tohtorin huoneesta. Sisäkkö vei sinne hiilihappovesiä ja kuiskasi palatessaan takaisin, että tohtorikin ... tohtori Verner ... oli nauttinut.

Helinää puistatti sisäisesti. Nuo miehet olivat rikollisia, paatuneita rikollisia, ja nyt he lisäksi olivat päihdyksissä. Tämän kartanon rauha oli uhattuna pahemmin kuin koskaan ennen.

Neiti Karvonen kulki hallissa ja toivotti hänelle hyvää yötä. Helinä käsitti, että hänen oli kadottava näyttämöltä ollakseen herättämättä huomiota.

Hän pujahti huoneeseensa ja istahti sinne pimeässä. Hän oli kiertänyt avaimen lukkoon. Hän haparoi itselleen villaliinan. Häntä puistatti, vaikka hän tiesi, että huoneessa oli lämmin.

Hän ei tiennyt, kuinka kauan hän oli siten istunut, kun ovelta kuului koputus.

Hänen sydämensä pysähtyi selvästi pariksi hetkeksi. Mitä ... aiottiinko hänen luokseen ... mikä oli tarkoitus?

Sitten hän kuuli tohtori Vernerin äänen.

— Suokaa anteeksi, neiti Vuopio ... luulin, että olitte vielä valveilla ...

— Niin minä olen, vastasi Helinä koettaen estää ääntään värise-mästä, — mutta olen jo vuoteessa.

— Suokaa anteeksi, toisti tohtori ja Helinä saattoi aavistaa hänen olevan hieman päihdyksissä. — Olisin halunnut vain muistuttaa, että teidän tulee huomenna päivällä antaa rouville sitä lääkettä noin puo-let enemmän kuin tähän asti. En tainnut mainita siitä ja siksi nyt muistutin. Hyvää yötä!

— Hyvää yötä! vastasi Helinä koneellisesti ja värisi todellakin.

Mitä tämä saattoi merkitä? Olihan tohtori jo antanut tarkat mää-räykset. Vai päihtymyskö vaikutti? Helinä oli kuitenkin tottunut pi-tämään tohtoria miehenä, joka harvoin maistoikaan väkijuomia, ja joka niitä maistettuaan säilytti sielunkykynsä täydellisesti.

Vai … vai … ja Helinä kohottautui pimeässä huoneessa … vai oliko tarkoitus tällä tavoin varmistua, että hän oli poissa tieltä … et-tä hän oli nukkumassa?

Sekin saattoi olla mahdollista. Mutta mitä sitten aiottiin?

Helinä avasi varovaisesti ovensa ja katsoi halliin. Vain yksi yövalo paloi, muuten oli halli pimeä ja autio. Helinä uskaltautui pitemmälle ja hiipi sitten tohtorin huoneen luo.

Niin, miehet valvoivat yhä … hän eroitti puheen sävystä, että se-kä tohtori että tuomari olivat äänessä.

Helinä oli aikonut tämän yön nukkua vuoteessaan. Hän oli tavat-toman väsynyt ja raukea, mutta hän tunsi omantuntonsa soimaavan itseään siitä, että hylkäsi rouvat ja petti Volmarsonille antamansa lu-pauksen.

Hänen epäröintinsä oli varsin lyhyt. Hän hiipi takaisin huonee-seensa, nappasi kainaloonsa pari isoa pielusta sohvalta ja lähti jälleen hiipimään halliin, sivuutti henkeään pidätellen tohtorin huoneen oven ja pääsi vihdoin siirtymään kirjastohuoneen pimeään. Hän tunsi tässä huoneessa jokaisen kohdan ja asteli epäröimättä kaapin luo, jonka hän työnsi syrjään, avasi vanhan käytävän oven, veti kaapin paikalleen ja sulki oven.

Sitten hän hiipi hiljaa ylös kuvastinoven taa. Hän raoitti hiukan ovea, vain pari millimetriä. Hän ei nähnyt juuri mitään, mutta hänen sieraimiinsa kävi kukkien voimakas ja imeläntuntoinen tuoksu. Puutarhahuone tuoksui ... sehän olikin aivan vieressä ja ovi oli auki.

Hän jätti oven siten raolleen. Hän tiesi, ettei sitä sisäpuolelta voitaisi helposti erottaa. Hän kuulisi paremmin, jos jotain tapahtuisi.

Hän oli laskenut tuomansa pielukset käytävän ylätasanteelle ja laskeutui nyt itse vuorostaan niille.

Näin oli mukavampi. Hän ei jaksaisi seisoa ja valvoa koko yötä. Hän nojasi päänsä seinään ja ojensi jalkansa suoriksi. Sitten hän kaivoi esiliinansa taskusta palan pehmeää suklaata ja alkoi sitä imeä.

Hän tunsi kukkien tuoksun. Hänen ei ollut vilu eikä muutenkaan paha olla. Hän kuunteli tarkasti.

Ja neljännestunnin kuluttua hän nukkui syvästi ja sikeästi istuvassa asennossaan, huolimatta kaikista peloistaan, huolimatta vaarasta ja jännityksestä, sillä hän oli nuori ja hän oli väsynyt. Hänen hengityksensä oli kevyt ja rauhallinen, mutta hänen jalkansa tekivät toisinaan tempoilevia liikkeitä ja kerran hänen oikea jalkansa työntäisi oven auki ainakin viisi tai kuusi tuumaa.

* * *

Helinän uni oli vilkas, sekava ja ahdistava niin kuin on usein, kun nukahtaa liian väsyneenä, oudossa paikassa ja kovin epämukavassa asennossa.

Hänellä ei ollut aavistustakaan, kuinka kauan hän oli nukkunut, mutta herätessään hän tunsi olevansa aivan virkeä. Sydänalassa vain oli kuvottava tunne. Hän ei sitä ihmetellyt. Hänen ruokahalunsa oli viime päivinä ollut melkein olematon. Ja nyt, ennen untaan, hän oli syönyt tyhjään vatsaansa makeaa suklaata.

Häntä saattoi todellakin kuvottaa. Ja pääkin, ensi virkeyden jälkeen, tuntui hiukan raskaalta. Se oli luonnollistakin niiden sielullisten ponnistusten jälkeen, joita hän oli saanut kestää.

Hän kuunteli, mutta kaikki oli hiljaista. Ja sitten hän, huomaamatta oven olevan raollaan, vaipui pimeässä ja yksinäisyydessä ajatuksiinsa.

Kuka oli puhunut iltapäivällä tai illalla päänsärystä! Ah, niin, rouvat! Niin, he tarkoittivat kukkia. Niistä saattoi tosiaankin saada päänsäryn. Hän oli itse sen kokenut. Ylioppilaaksi tulonsa jälkeen hän oli ollut puolihuumaantunut nukuttuaan yön samassa huoneessa, missä olivat hänelle lahjoitetut ruusut.

Ja sitten hänelle välähti valo pimeässä ... hän sai ikäänkuin iskun, joka kerralla kohotti hänet pystyyn pieluksilta. Muuan ajatus ... hirveä ja mahdoton, oli syöksähtänyt hänen päähänsä ... hän ei tiennyt mistä. Kai vain siksi, että hän viime aikoina oli oppinut epäilemään ja pelkäämään.

Tohtorin ja tuomarin kukkalaite! Oliko kaikki siihen nähden oikein?

Hänen oli nojattava seinään, hän vapisi niin, mutta hän koetti ajatella.

Hän ei ollut milloinkaan nähnyt tohtorin lahjoittavan, edes kohteliaisuudesta, mitään potilailleen, eikä ollut sellaisesta kuullut rouvien mainitsevankaan.

Miksi juuri nyt? Jos kukilla tahdottiin toivottaa paranemista, niin lähdönhetkihän olisi ollut silloin sovelias.

Liittyikö ... liittyikö noihin kukkiin joku turmio?

Hän oli kauhuissaan, yöllä ja pimeässä ja yksinään, seuranaan ajatukset, jotka hipoivat kuolemaa ja rikosta.

Volmarson oli pitänyt mahdollisena, että tohtori koettaisi estää leikkaukset voidakseen jatkaa hallintavaltaansa moisiossa. Piilisikö noissa kukissa joku salaisuus?

Hän vapisi hurjasti ja ajatukset sekaantuivat ... Ja hänen mieleensä juolahti katkelmia keskustelusta, joka heillä oli ollut kaupungissa tohtori Raidon kanssa. He olivat puhuneet mausteista, myrkyistä ja lääkkeistä.

Tohtori Raito oli hymyillyt heidän maallikkotiedoilleen ja arvostelmilleen.

— Noita asioita on oikeastaan mahdoton erottaa toisistaan, hän sanoi. — Ottakaamme esimerkiksi vaikka kahvi ja tee, joissa on koffeiini ja teiini nimisiä väkeviä aineita, samansukuisia ja samanlaisia vaikutuksiltaan. Kun ainetta on hyvin vähän, vaikuttaa neste virkistävältä. Sen tietää jokainen kahvinjuoja. Kun aine eroitetaan, voidaan sitä, äärettömän pienin annoksin, käyttää vaikuttavana lääkkeenä. Koffeiini vilkastuttaa sydämen toimintaa hyvin suuresti. Ja jos samaa ainetta annetaan henkilölle muutamia pisaroita, hän kuolee, sillä silloin se on myrkkyä. Sama aine, eri lailla käytettynä, voi olla mauste, lääke ja kuolettava myrkky. Ja niitä on sellaisia, jotka esimerkiksi nesteenä ovat maustetta, mutta kaasuna huumaavaa tai kuvottavaa tai pyörryttävää myrkkyä. Selviä rajoja on mahdoton vetää. Mikstuurassa, tavallisimmassa lääkkeessä, on spriitä. Mutta pelkkä sprii, nautittuna suuremmissa määrissä, on selvää myrkkyä ja aiheuttaa vaikeita kipuja ja vaivoja, niin kuin juopot voivat nautintonsa jälkeisenä päivänä todistaa …

Niin, siten oli tohtori Raito jutellut … ja nuo sanat piirtyivät nyt tulikirjaimin Helinän silmien eteen …

Kukkalaite! Entä jos siihen oli pantu jotakin … mikä sairastuttaisi rouvat tai voisi tehdä ehkä pahempaakin. Tohtorin ja tuomarin lahja oli omituinen … ja miksi he eivät olleet antaneet sitä aamulla heti tullessaan?

Helinä tunsi oman tahtonsa heikkouden. Mutta oli kuin salainen, järkkymätön voima olisi häntä pakoittanut. Hän laski kätensä ovelle ja vasta silloin huomasi sen olevan raollaan.

Tuo kukkalaite oli hävitettävä. Mutta miten?

Hän tuskin voisi viedä sitä pois käytävän kautta. Se oli niin iso. Hänen olisi vaikea hoidella sitä ja samalla avata ja sulkea ovia.

Tietämättä, mitä hän lopultakin päättäisi, oli Helinä hiljaa solunut huoneeseen. Hän oli kuin unissakävelijä. Hänellä ei ollut omaa tahtoa. Hänen vaistonsa, joku salaperäinen mahti pakotti ja vaati häneltä jotakin, johon hänen karkea, tietoinen minänsä vain vaivaloisesti ja hitaasti mukautui ja taipui.

Hän otti vielä askeleen ja sulki sitten oven perässään.

Tosiaankin, kuinka kukat tuoksuivat … hän ei muistanut ennen kokeneensa näin voimakasta tuoksua!

Ja niin hän, askel askeleelta, hiipi kuin painoton varjo puutarhahuoneeseen.

Keskellä oli pöytä ja pöydällä oli tuo epäilyttävä kukkalahja … kahden roiston lahja uhreilleen …

Hän lähestyi sitä hitaasti ja veti tuoksua sieraimiinsa. Hän tunsi kielon ihanan ja raikkaan lemun … hän tunsi toisten … mutta hän tunsi muutakin, ikäänkuin suloisen, imelänkuvottavan tuoksun, joka ei voinut lähteä kukista … näin lähellä se tuntui voimakkaana ja sitten äkkiä, tajuamatta itsekään päätöstään, hän sokean itsesuojeluvietin vaikutuksesta juoksi kevyesti ison ikkunan luo, työnsi sen rajusti auki … syöksyi keskelle huonetta ja temmaten tuon kukkalaitteen syliinsä kiidätti sen suoraa päätä ikkunan luo ja paiskasi sen rajusti alas. Hän kuuli sen raskaan, pehmeän mätkähdyksen, kun se putosi nurmikolle.

Helinä huohotti raskaasti ja pitkään. Hän antoi ikkunan olla auki … kylmänraikas yöilma tunkeutui sisään … taivas oli selkenemässä, vaaleita tähtiä näkyi jokunen … ja nyt … nyt tiesi Helinä pelastaneensa rouvat suuresta vaarasta. Hän ei tahtonut ajatella pahinta … eikä se tietysti sitä ollutkaan … mutta ehkä rouvat, hengitettyään yön jotakin myrkyllistä kaasua, jota synnyttävää nestettä tai jauhetta oli siroteltu kukkalaitteeseen, niin, rouvat kai olisivat sairastuneet päiviksi tai viikoiksi … olisi ollut mahdoton keksiä syytä … leikkaus olisi ehkä lykätty tai kokonaankin peruutettu … Niin, kaikesta tästä hän oli pelastanut rouvat … jos hänen vaistonsa … hänen aavistuksensa … hänen suorastaan puolipakon omainen tilansa olivat aitoja.

Hän tuuletti puutarhahuoneen perusteellisesti. Hän värisi rajusti kylmästä, mutta hän antoi raikkaan ilman tulvia … ja vasta sitten hän tuli ajatelleeksi, että hän ehkä oli jo turmellut joitakin kasveja … Hän sulki ikkunan ja lähti hiipimään vartiopaikkaansa takaisin. Hänen oli oltava varuillaan. Vartiointia oli jatkettava, vaikka hän uskoikin, ettei tänä yönä enää sattuisi mitään …

Käytävässä hän katsoi kelloaan. Se oli kohta yksi yöllä.

XXXII

TOINEN PÄIVÄ

Helinä torkkui pieluksilla, kun hänen mieleensä johtui, että hänen tuhoamansa kukkalaite olisi hinnalla millä hyvänsä toimitettava edes pois näkyvistä. Tohtori tai tuomari huomaisivat sen aamulla nurmikolta. Hän toivoi, ettei ehkä itse laite ollut vioittunut korjaamattoman pahaksi. Hänhän voisi täyttää sen toisilla kukilla. Tohtori ja tuomari sitä tuskin huomaisivatkaan.

Niin, oli välttämätöntä poistaa oman työn jäljet.

Hän nousi pieluksilta ja lähti laskeutumaan alas. Hän kuulosteli alaovella. Kaikki oli hiljaista. Hän pujahti kirjastohuoneeseen ja sitten halliin. Käväistyään omassa huoneessaan, hän otti ylleen liinan ja takin.

Ja sitten hän hiipi hallin takaovelle, melkein kuin neiti Ström aikoinaan, kuitenkin täydellisesti puettuna, avasi sen aiheuttamatta suurtakaan melua ja oli pian selkenevässä, raikkaassa kevätyössä. Hän hiipi pitkin rakennusta kiertävää nurmikkoa, kunnes tuli tuhopaikan luo.

Äkkiä hänen huomionsa kiintyi tummaan möhkäleeseen, joka heikosti liikahteli vähän matkan päässä korista. Helinä ei lähtenyt pakoon. Tuo ei ollut ihminen. Ja viimein hän keksi ja tunsi. Se oli vanha Kehno-koira, joka makasi maassa nytkähdellen ja vapisten ... ja Helinän tietoisuuteen iski ajatus, että koira oli mennyt haistelemaan kukkalaitetta sillä seurauksella, että sai pahan myrkytyksen.

Hän kumartui hiljaa koiran puoleen. Kehno tunsi hänet, koska se vikisi hiljaa ja yritti kohottautua. Helinä kosketti sitä ja päätteli, ettei se sentään kuolisi. Koiran ruumiinlämpö tuntui jokseenkin normaaliselta.

Hän siirtyi kukkalaitteen luo. Lähellä oli syvennys, johon kesäksi kai sijoitettiin arkoja ruusukasveja. Hän alkoi viskellä punotun laitteen sisältöä siihen ja työnteli sitten peitehavuja päälle. Sitten hän tutki hämärässä laitetta ja havaitsi, että hän voisi sen ehkä korjata uskottavaan kuntoon.

Kehno oli noussut. Se vapisi ja kähähteli, mutta ilmeisesti se oli jo toipumassa. Nähtävästi tuossa hajussa oli ollut jotakin houkuttavaa.

Helinä lähti hallin takaovea kohti.

Sivuuttaessaan erään pensasryhmän häneen sattui äkkiä kirkas valokartio, hän kuuli pari käheää huudahdusta ja sitten hän sai lujan iskun leukansa alle. Se melkein tainnutti hänet. Hän ei nähnyt mitään, hän vain tunsi, että hänen suuhunsa tungettiin joku vaate ja häntä lähdettiin viemään paikalta, minne, sitä hän ei tiennyt, mutta häntä vietiin puoleksi kantaen, puoleksi taluttaen. Ja kaksi henkilöä oli hänen rinnallaan ...

Helinän palautti tajuun kylmyys ja ikäänkuin veden läheisyys. He astuivat pimeässä ... sitten välähti valoa ja Helinä näki olevansa holvatussa kivirakennuksessa, mutta missä, sitä hän ei olisi unissaankaan keksinyt ...

Välähti valo ja kuului raudan kirskunaa. Sitten ääni sanoi:

— Älkää liikahtako siellä sisällä! Minulla on pistooli!

Joku ovi aukeni ja pimeys oli vastassa. Hänet talutettiin kauemmas ja hänestä hellitettiin. Hän vaipui hiljalleen maahan ... hän tunsi allaan niljakkaat, pehmeät ... kosteat lattiapalkit ...

Vasta sitten hän oikein lopullisesti ja rehellisesti pyörtyi. Se oli kai hänelle helpotus, vaikka hän ei itse voinutkaan sitä käsittää. Nyt, pitkästä aikaa, sai hänen hermostonsa täydellistä lepoa.

* * *

Hän heräsi kylmään ja märkään ja ääneen, joka sanoi, puoleksi pilkaten, puoleksi säälien:

— Siis meillä molemmilla liittolaisilla oli yhtä huono onni!

Meni pitkä tovi, ennen kuin Helinä kykeni käsittämään, että Volmarson oli hänen vierellään, että tämä oli virvoittanut hänet tajuntaan ja nyt puhui hänelle.

Volmarson koetteli hellävaroin hänen leukaansa. Siihen koski ja Helinä parahti.

— Ahaa! virkahti Volmarson halveksivasti.

— Nyrkkeilyä naisia vastaan! Varoittamatta! Ovatpa herrasmiehiä!

Helinä nousi istumaan vaivaloisesti.

— Missä ... Missä me olemme? hän kysyi pimeässä. Hän oli tuntenut Volmarsonin pelkästään tämän äänestä.

— Missäkö? Oh, tässä on romantiikkaa. Tämä on Tamminiemen iänikuinen, hyljätty mylly ... kivirakennus puron varrella ... ja oiva vankila. Sillan alla on pari miehen mittaa vettä, eikä mitään pakoreikää, laki on korkealla, seinät kiveä, eikä muuta kuin yksi ikkunareikä, sekin harmittavan korkealla. Ja ovi on luja ja siinä on salpa, johon ei tehoa viekkaus.

— Mutta kuinka ... kuinka te tänne jouduitte? kysyi Helinä.

— Olin pöllö ... aasi ... narrattava. Muistattehan, kuinka tutkin tuota kirjanpitoa. Ja jätin ... ajatelkaas, jätin savukekoteloni noiden paperien väliin. Tohtori tai Rask löysi sen ja juttu oli selvä. He tarjosivat minulle kyytiä kylään ... ja matkalla tohtori ehdotti poikettavaksi tänne. Hän tahtoi tietää, mitä muka pidin tästä romanttisesta paikasta taulun aiheena. No niin, minut narrattiin tähän koppiin, minua lyötiin ja minut paljastettiin. Ei se hauskaa ollut ... varsinkin kun oli omaa syytäni. Ja täällä olen ollut. Mutta ne tekivät virheen, kun toivat teidät tänne. Katsokaas, tuolla ylhäällä on tukittuna joku

168

reikä. Minä en yllä sinne, mutta te, kun kiipeätte olkapäilleni, yllätte kyllä. Voimme sitten edes huutaa. Täällä ei ole mukavuuksia eikä ruokaa. Vettä sen sijaan on … minä voin ammentaa sitä hatullani … ja savukkeita minulla on myös, samoin tulitikkuja. Emme me tänne mätäne! Ja nyt, kertokaa, mitä itse olette kokenut!

Helinä kertoi ja Volmarson kuunteli tarkkaavaisesti, tehden lannistumattoman hilpeitä huomautuksia. Päivä alkoi sarastaa korkealla olevasta pikkuikkunasta.

— Ahaa, nyt voimme yrittää! virkahti pieni mies. — Koettakaapa nousta harteilleni!

Viides yritys onnistui. Helinä nousi Volmarsonin olkapäille ja hänen onnistui poistaa tukot pienestä reiästä, josta kai aikanaan oli kulkenut joku konehihna. Päivä paistoi siitäkin lävestä.

Ja sitten he huusivat. He huusivat paljon, pitkään ja kovaa.

Mutta kukaan ei kuullut heitä, sillä vanha, raunioitunut mylly oli kaukana nykyisistä liikennepoluista.

Ja he molemmat ajattelivat kauhistuen, kuinka vanhat rouvat selviävät. Mutta Volmarson arveli, että rikolliset olivat nyt niin säikytetyt, että tuskin varsinaisesta vaarasta oli pelkoakaan.

XXXIII

MUUTOS VIIME HETKELLÄ

Kreivitär von Sommerin ja paroonitar d'Aubertin lähtöhetki kaupunkiin oli koittamassa. Molemmat vanhat rouvat, vaikka koettivatkin olla hilpeitä ja ystävällisiä, olivat silti selvästi levottomia ja hermostuneita. Heitä jännitti hetki, heitä aristutti leikkaus ja ratkaisu, mutta eniten heitä suretti Helinän poissaolo. Tohtori oli kyllä antanut selityksen, että tyttö oli loukkautunut ja viety sairaalaan, mutta sekin painosti rouvia. Että sellaista piti sattua vielä viime hetkellä!

Neiti Karvonen ja sisäkkö olivat valmiina auttamaan. Alhaalla odotti joukko miehiä kantaakseen rouvat sairaspaareilla, joille heidät oli sijoitettu, alas pihalle, missä erikoinen sairasauto oli lähtövalmiina. Tohtori, hilliten itsensä erinomaisesti, vaikka olikin tietoinen jokaisen sekunnin merkityksestä omille suunnitelmilleen, käveli lähellä.

Silloin sujahti moision pihalle pitkä, katettu, musta auto. Varatuomari Rask, joka seisoi lähellä ikkunaa, horjahti. Hänet valtasi paha aavistus ... ja tohtori Verner jäykkeni paikalleen.

Mutta sitä, mitä molemmat olivat odottaneet, ei tullut. Se ei ollut poliisin auto. He molemmat tunsivat miehen, joka astui autosta, pitkän, laihan herrasmiehen ... ja vapisuttavat aavistukset täyttivät sittenkin heidän mielensä.

Tulija oli professori Vairi. Siitä ei voinut olla epäilystä. Mutta miksi hän tuli tänne? Mitä asiaa hänellä oli?

— Professori Vairi on saapunut pihalle! ilmoitti tohtori lyhyesti rouville.

Rouva Jully huudahti ja hätkähti.

— Professori Vairi! Oh, mitä se merkitsee? Jotakin uuttako? Onko jotakin tapahtunut?

Sisäkkö oli rientänyt kiireesti tulijaa vastaan ja avasi hänelle sitten oven rouvien huoneistoon. Professori asteli kiirehtimättä naisia kohti, yhtä pitkänä, laihana ja nukkavieruna kuin nämä olivat häneen tottuneet. Hän kumarsi naisille kohteliaasti ja kätteli nopeasti kumpaakin. Sitten hän kumarsi nopeasti ja niukasti tohtorille ja tuomarille.

— Asia on niin, hän virkahti kuivasti ja kaiuttomasti, että olen tehnyt virheen … hm … johtuen siitä, että olen tottunut omaan klinikkaani. Ja nyt tulin tänne korjaamaan sitä virhettä, ennen kuin on myöhäistä, ja ennen kuin se aiheuttaa mitään häiriötä. Herra tohtori Verner, teidän yksityissairaalanne ei sittenkään sovellu näihin leikkauksiin. Tulin vasta tänään aamulla ajatelleeksi, etteihän siellä ole …

Ja professori lausui muutamia vieraskielisiä sanoja, joita ei kukaan tohtori Verneriä lukuunottamatta ymmärtänyt. Tumma puna peitti tohtori Vernerin kasvot ja hänen ohimosuonensa pullistuivat.

— Myönnän, ettei noita laitteita ole sairaalassani, mutta käsittääkseni ne näissä tapauksissa ovatkin tarpeettomia, hän sanoi kovasti.

— Niin, en minäkään väitä, että ne olisivat ehdottoman välttämättömiä, myönsi professori lempeästi, — mutta tilanne saattaa muodostua sellaiseksi, että niitä tarvitaankin. Enkä tahdo asettaa uhanalaiseksi mitään. Siksi, omalla vastuullani, olen järjestänyt niin, että leikkaus voidaan suorittaa yleisessä sairaalassa, missä on kaikki laitteet.

Mitä suunnitelmia ja vaihtoehtoja tohtori Vernerillä lieneekin ollut, tämä avoin ja odottamaton hyökkäys murskasi ne kaikki. Rouvat joutuisivat yleisessä sairaalassa hänen valtapiirinsä ulkopuolelle täydelleen. Hän raivosi sisimmässään, sillä hän käsitti, että professorin syy oli sittenkin tekosyy. Professorikin epäili häntä jostakin. Ja siksi Vairi tahtoi olla varma.

Järkevänä miehenä hän tajusi, että hänellä oli vain kaksi mahdollisuutta: joko raivostua, kieltää ja kieltäytyä kaikesta, taikka sitten taipua professorin auktoriteetin edessä. Hänen taistelunsa oli ankara, mutta maltti voitti.

— Tietysti, hän virkahti, — olen kokonaan herra professorin käytettävissä. Toivon, että voin osoittaa apuani ohjeittenne mukaan, herra professori!

— Hyvä, sanoi Vairi, niin kuin mukautuva vastaus olisi ollut ainoa mahdollinen.

Rouvat, jotka olivat seuranneet keskustelua jatkuvalla jännityksellä, puhkesivat vilkkaasti kiittämään professoria ymmärrettyään, että tämä oli suurimman varmuuden nimessä itse matkustanut moisioon järjestääkseen kaiken ilman häiriöitä.

Professori silmäili kelloaan.

— Luulisin, että voimme lähteä. Sitten rouvat levähtävät huomiseen ja sitten ylihuomenna ollaan jo pitkän matkaa tervehtymässä.

Hän ei sanonut mitään leikkauksista, hän puhui vain tervehtymisestä.

Pian lähti moision pihasta liikkeelle kolme autoa, ensin sairasvaunu, sitten professori Vairin ja viimeisenä tohtori Vernerin, jossa myös varatuomari Rask matkusti. Nämä keskustelivat matalalla äänellä. He tiesivät, että heillä oli kiire, mutta lopullinen pako oli lykättävä leikkauksen jälkeen. Muuten heidät voitaisiin keksiä. Ja vasta huomenna he saisivat rahat siitä epäilyttävästä afääristä, jonka Rask oli järjestänyt, ja jossa moision kauppakirja oli tärkein tekijä. He saisivat sitä vastaan rahasumman, pienen kyllä moision arvoon nähden, mutta niin suuren kuitenkin, että se heidän loppusaaliistaan muodostaisi pääosan ja tekisi heille mahdolliseksi häipyä ulkomailla löytymättömiin.

Mutta aika ja hetket olivat todellakin täpärällä. Eikä ollut puuttunut oikeastaan mitään, ettei heitä olisi yllätetty viime hetkellä. Ensin tuo Volmarson ... joka ei ollutkaan tusinataiteilija, vaan paljastui vaaralliseksi rikospoliisiksi ... ja sitten neiti Vuopio, joka kokonaan muutti heidän suunnitelmansa, ja olisi voinut heidät ilmiantaa, jos he olisivat jättäneet hänelle aikaa.

Kumpikaan heistä ei ajatellut uhreja, jotka he olivat jättäneet avuttomiksi. He luottivat siihen, että heidät keksittäisiin ... ja ellei, niin ... heidän ei ollut pakko ajatella mitään epämieluista.

Kaksikymmentäneljä ... korkeintaan kolmekymmentä tuntia ja sitten he olisivat poissa ... kaukana ... Heitä etsittäisiin ... jos etsittäisiin ... aivan toisilta reiteiltä ja toisista oloista. Rask oli järjestänyt paon. Siitä saattoi tulla vaivaloinen, mutta se oli varma.

No niin, upporikkaita heistä ei tulisi, mutta heillä olisi tulevaisuus taattu moniksi vuosiksi eteenpäin.

XXXIV

Ratkaisevia hetkiä

Neiti Karvonen ja sisäkkö istuivat leikkaussalin viereisessä odotus-huoneessa.

Juuri näinä hetkinä piti leikkausten alkaa. He olivat päättäneet odottaa täällä ja lupa siihen oli heille myönnetty. Heidän apuaan ei kyllä täällä kaivattu. Vanhat rouvat olivat taitavien sairaanhoitajatta-rien hoteissa.

Sitten aukeni ovi ja molemmat naiset nousivat ja tervehtivät. Va-ratuomari Rask oli tullut. Hänellä oli kainalossaan iso nahkainen salkku, jonka hän laski pöydälle viereensä. Ilmeisesti varatuomariakin kiinnosti leikkausten tulos, niin ainakin neiti Karvonen ja sisäkkö ajattelivat.

Itse asiassa se kiinnosti häntä hyvin vähän. Hän ei sen takia ollut lainkaan jännittynyt. Hän ei hetkeäkään epäillyt, etteikö professori Vairi onnistuisi. Mutta hän oli muista syistä sitä jännittyneempi. Tuossa nahkasalkussa oli hänellä kokonainen omaisuus. Hän oli saa-nut, tavallaan pantaten tohtorin saatavat ja kauppakirjat moisiosta, suuren lainan.

Kyseessä oli päästä pakoon nyt, kaikkien rikosten jälkeen, häipyä vieraisiin maihin elämään aluksi pakoilijan tavallista valonarkaa elä-mää ja sitten, unohduksen hämärän tihentyessä, ehkä jollakin kolkal-la sukeltautumaan esiin.

Kaikki oli järjestyksessä. Saalis oli rahana. Koska poliisi ei tähän mennessä ollut saanut enempää selville kuin mitä Volmarson tiesi, oli hyvin vähän todennäköistä, että sitä onnistaisi noin parin lähitunnin aikanakaan. Vain pari tuntia enää … ja sitten saataisiin heitä etsiä.

Varatuomari Rask ei lähtenyt mielellään kaupungista. Hän ei olisi tahtonut jättää tuttua ympäristöä, tapojaan ja tottumuksiaan. Mutta hän käsitti, että oli pakko. Hänen oli mukauduttava olosuhteisiin. Ellei tuota lemmon juttua olisi silloin maaliskuussa sattunut, he eläisivät kai vieläkin kaikessa rauhassa …

Leikkaussalin ovi avautui ja tohtori Verner astui odotushuoneeseen puettuna valkoiseen lääkärinviittaan. Hän tervehti lyhyesti naisia ja kääntyi sitten kumppaninsa puoleen. Hän ei kysynyt mitään, mutta hänen ilmeensä oli jännittynyt ja utelias.

Rask nyökäytti päätään salkkua kohti.

— Joka penni! Ne aikoivat vieläkin lykätä, mutta onnistuin … ja silloin muusta viis.

Tohtori Verner puristi tiukasti huulensa yhteen myöntymisen merkiksi. Hän olisi mielellään lähtenyt … hänkin … mutta silloin voisi tapahtua mitä hyvänsä … Heidän takaa-ajoonsa ehkä ryhdyttäisiin heti paikalla. Tämä oli hermojen säälimätöntä kidutusta, mutta hänen oli kestettävä loppuun asti.

— Leikkaus alkaa aivan heti, hän sanoi ääneen. — Ensin on rouva kreivittären vuoro.

Hän kuiskaili vielä muutamia sanoja Raskin kanssa ja palasi leikkaussaliin. Kului melkein tunti. Joku sairaanhoitajatar kurkisti huoneeseen, sisältä kuului hyvin vaimeaa melua ja sitten tohtori Verner ilmestyi jälleen näkyviin. Hänen viitassaan oli pari pientä tahraa.

— Kas niin, rouva Jully on leikattu, hän sanoi kaikille. — Leikkaus onnistui erinomaisesti. Mitään vaaraa ei pitäisi olla. Rouva paroonittaren leikkaus alkaa aivan pian. Se ei kestä kuin muutamia minuutteja, kymmenen korkeintaan.

Hän katosi jälleen. Kului yli puoli tuntia. Leikkaussali oli kai järjestettävä ja siivottava, niin ajattelivat neiti Karvonen ja sisäkkö.

Vihdoin tohtori Verner astui jälleen huoneeseen. Hänellä ei ollut enää lääkärinviittaa.

— Kaikki on hyvin ja erinomaisestikin. Paroonitar oli urhea. Kas niin, hyvä Rask, lähtekäämme.

Molemmat miehet kulkivat ovesta ulos, heidän jäljessään naiset ja neiti Karvosen silmissä kimaltelivat kyyneleet. Hän oli niin iloinen ja onnellinen siitä, että hänen rakkaat emäntänsä piankin olisivat jalkeilla.

XXXV

KOMISARIO AUERIN PAHATUULI

Komisario Auer, kaikesta leppoisuudestaan ja hyväntahtoisuudestaan huolimatta, oli ollut viime päivien ajan erittäin pahalla tuulella. Ne kaksi rikosetsivää, jotka olivat hänellä apuna, lukuunottamatta Volmarsonia, pysyttelivät vilpittömästi mahdollisimman kaukana hänestä, koska se tuntui terveellisimmältä, ja ilolla täyttivät kaikki tehtävät, jotka pakottivat heidät poistumaan komisarion lähettyviltä.

Syy komisario Auerin pahantuulisuuteen oli yksinkertainen ja selvä: hän ei ollut moneen päivään saanut mitään raporttia, mitään tietoa apulaiseltaan Jaakko Volmarsonilta.

Jos olisi ollut kyseessä joku toinen, olisi Auer päätellyt tämän hiljaisuuden aiheutuvan tyhmyydestä tai taitamattomuudesta. Mies ei keksinyt mitään, eikä ilmoittanut mitään. Mutta Volmarsoniin nähden ei tällainen päätteleminen ollut paikallaan. Sillä hän ei ollut tyhmä eikä taitamaton. Päinvastoin, Auerin mielestä hän oli lupaavin rikospoliisin alku, jonka hän tunsi koko maassa.

Niin, ja Auer hymähti itsekseen pilkallisesti ja katkerasti, Volmarson oli kyllä taitava ja älykäs, mutta hänelläkin olivat heikkoutensa ja varjopuolensa. Hän oli niin kirotun itsepintainen, itsepäinen ja omavaltainen. Hän poikkesi rohkeasti ohjeista ja käskyistä, jos se hänen mielestään vähääkään asiaa edisti.

Ja siksi komisario oli pulassa. Volmarson oli poikennut ohjeista, poikennutkin aika pahasti, mutta komisario päätteli kokemuksensa perusteella, että hän oli tehnyt sen muiden etujen takia. Hän oli kai keksinyt jotakin ja toimi nyt omin päin. Ei ollut mitenkään viisasta lähteä keskeyttämään hänen työtään.

Ja se oli suhteellisen vaikeaakin. Puhelimitse häntä olisi vaarallista tavata. Jonkun tuntemattoman miehen ilmestyminen moisioon olisi sekin vähemmän paikallaan, puhumattakaan hänestä itsestään, komisariosta, jonka melkein kaikki moisiossa tunsivat.

Ei, ei auttanut muu kuin antaa Volmarsonin toimia omalla tavallaan. Mutta komisario Auer päätti, että vaikka hänen apulaisensa onnistuisi paremmin kuin maailman parhain vainumies, niin hän sittenkin vaatisi hänet pieneen yksityiseen keskusteluun, jonka aikana hän takoisi Volmarsonin päähän eräitä pykäliä, jotka jo tavallisen passipoliisinkin oli osattava, tunnettava ja toteltava.

Tämä tällainen omavaltaisuus ei käynyt päinsä.

Juttu itsessään oli komisariolle selvä ja hän uskoi päätelmiinsä. Mutta jos hän vangitsisi miehen, hän ei ensi hätään voisi esittää mitään sitovaa todistetta, eikä mitään tuomioistuinta tyydyttäisi hänen selontekonsa, joka oli koottu toisarvoisista todisteista, otaksumisista, päätelmistä ja pelkistä arvailuista. Oikeus vaati todistuksia ... todistuksia ja juuri niitä oli Volmarson hankkimassa.

Komisario ei epäillyt hänen onnistumistaan. Sellaisesta suurjutusta kuin tästä, sellaisesta tunkiosta olisi aina jätteitä löydettävissä. Mutta komisario pelkäsi, että Volmarson, uskollisena omille taipumuksilleen ja tavoilleen, yrittäisi ratkaista kaikki itse ja tehdä oikein loistojutun.

Siinä pojassa on hiukkanen suuruudenhulluutta, joka voi minut nyt tehdä ihan tavalliseksi hulluksi! hän jurnutteli mielessään.

Hänellä oli vielä muuan jyrkästi yksityinen jälki, jonka olemassaolosta tiesi vain rikoslaboratorio. Mutta sen tutkimustyö oli viivästynyt eräiden tarpeellisten ainesten puutteessa. Hm ... hän itse ... hän, komisario Auer, oli saanut avustaa siinä. Ja hänen oli todellakin onnistunut varastaa tohtori Vernerin autosta tämän nahkainen autokäsine. Sitä nyt rikoslaboratorio tutki, mutta senkään työn tuloksista ei ollut mitään tietoa.

Oli odotettava. Ja se oli kiusallisinta, mitä komisario tiesi. Helinä ei olisi tuntenut tätä pahantuulista herrasmiestä samaksi leppoisaksi sedäksi, joka oli hänelle haastellut ystävällisesti.

Mutta niinpä olikin Helinä ollut tärkeä ja ainutlaatuinen todista-ja. Eikä ollut niin jäykkää pahaa tuulta, ettei komisarion oikuttelu olisi loppunut tällaisten kanssa keskustellessa.

Niin, odottaa täytyi. Muuta keinoa ei komisario keksinyt, mutta hän tiesi, ettei hän enää pitkälti tähän keinoon tyytyisi.

XXXVI

Oiva Sallan haaveitten loppu

Oiva Sallan maailma oli viime aikoina ollut täynnä myrskyä ja myllerrystä. Siihen, mihin Esteri Rantonen ja Raija Valli eivät olleet kaikkine ponnistuksineen pystyneet, siihen pääsi Helinä Vuopio ponnistelematta: rakastutti nuoren pehtoorin itseensä.

Ja Oiva Sallan rakkaus oli sokea, niin kuin oikea rakkaus lienee melkein poikkeuksetta. Aluksi, tietämättä vielä mitään oikeaa, hän oli luullut rakastuneensa kauniiseen maalaistyttöön, jonka oli onnistunut käydä talouskoulu ja päästä moision palvelukseen. Ja ehkä tämä hänen ensimmäisen rakkautensa vaihe olikin syvin ja kiihkein. Hänelle ei merkinnyt mitään, mitä tyttö tiesi, merkitsi vain, millainen ja mitä hän oli.

Hän ei arvostanut itseään. No niin, hän oli melkein maisteri ... mutta siinä oli tuo melkein. Pari tutkintoa oli jäänyt, mutta ehkä hän voisi ne vielä suorittaa fyysismatemaattisella osastolla ... Hänen oli ollut valittava joko tutkinnot tai hyvä toimi. Ja hän oli valinnut toimen. Hän ei ollut liian korkealla Helinään nähden.

Ja sitten hän sai tietää, että Helinä oli yhtä ja toista. Se oli toiselta puolen mieluisaa, mutta toiselta puolen ikäänkuin jäähdytti ja pelotti. Tyttö ei ollutkaan tavallinen maalaistyttö ... taikka oli kyllä pohjimmiltaan, mutta hänessä oli siis muutakin.

Oiva Salla ei hillinnyt itseään. Ehkä hän ei tahtonut. Ehkä hän ei kyennyt. Lopputulos oli joka tapauksessa, että hän meni ja rakastui Helinään toivottoman syvästi, niin intohimoisesti, etteivät ensimmäiset, eivätkä vielä toisetkaan rukkaset tehonneet häneen lainkaan. Hän oli ymmärtävinään, että Helinä tunsi häntä liian vähän, eikä siis siksi voinut luottaa häneen.

Hän elätteli edelleen toivoaan. Mutta todellisuus ei kohdellut sitä lainkaan armeliaasti. Helinällä näytti olevan kovin paljon muita asioita, jotka häntä kiinnostivat enemmän kuin hän, Oiva Salla. Niin, ja sitten ... sitten hän oli nähnyt Helinän ja tuon vietävän taiteilijan, tuon Volmarsonin, joka muistutti valmiiden vaatteiden kauppojen näyteikkunoiden nukkeja ...!

Pohjiltaan hän ei uskonut mihinkään Volmarsonin ja Helinän välillä, mutta ... mutta se kuohutti hänen mieltään. Tosin oli Volmarson kerran, keskusteltuaan ensin pitkään tilanhoidosta ja siinä ilmenevistä puutteista, kautta rantain, mutta silti selvästi, vihjannut hänelle, ettei Helinä merkinnyt hänelle mitään. Mutta saattoiko hän uskoa mieheen ... tuollaiseen keikaroitsevaan taiteilijaan? Hän oli valmis päättelemään, että Volmarson yksinkertaisesti pelkäsi häntä ja koetti hänet etukäteen häivyttää jäljiltä.

Ja nyt oli Helinä kadonnut. Hän oli jotenkin loukkaantunut yöllä ja tohtori oli vienyt hänet sairaalaansa, samaan, jossa neiti Ström oli äsken kuollut. Tohtori oli tosin vakuuttanut, ettei Helinällä ollut mitään hätää, mutta sittenkin ... saattoiko tohtoreihinkaan aina luottaa? Olihan neiti Strömkin kuollut, eikä hän ollut kuin vilustunut.

Oiva Salla tunsi itsensä maailman murjomaksi. Mikään ei maistunut, mikään ei kelvannut, mikään ei kiinnostanut tai huvittanut häntä. Hän oli yksin ja jäisi ikuisesti yksin, sillä hänen maailmassaan oli vain yksi muu henkilö, ja tuo henkilö oli nyt kaukana kaupungissa ja ehkä kuolemaisillaan.

Oiva Salla oli yksinkertaisesti sairas. Hänellä oli sen taudin tilapäinen puuska, joka niin helposti tapaa nuoret ihmiset varsinkin keväällä ja yksinään ollessa.

Mutta Oiva Salla, vaikka hän oli lukenut ja tutkintoja suorittanut, ei tiennyt tätä, vaan luuli maailman, kohtalon ja muiden salaperäisten voimien valinneen juuri hänet erityiseksi uhrikseen, jota sopi kiusata ja näännyttää. Ja tämä tunne antoi hänelle edes hiukan viihdyttävää juhlallisuuden ja tärkeyden tuntoa.

Päivällä meni elämä joten kuten töissä ollessa. Yötkin olivat jotenkin siedettäviä, sillä vaikka sydän oli raskas, niin oli uni sitä raskaampi, kiitos päiväisen työn ulkona luonnossa. Mutta illat ... ne olivat pahimmat, kun ne piti viettää yksinään. Miesseuraa hänellä ei ollut, eikä hän sitä etsinyt, naisseuraa hänellä olisi ollut, mutta hän ei siitä välittänyt. Hän pakeni Esteriä ja Raijaa.

On kuitenkin tässä maailmassa olemassa askare, joka soveltuu hyvin monenlaisiin mielentiloihin lukuunottamatta raisuinta iloa ja raivoisinta vihaa. Se on työtä ja laiskottelua, se on ikävää huvia ja huvittavaa ikävää. Oiva Salla keksi sen tiedottomasti. Hän otti vavan ja lähti puron varrelle onkimaan. Jos joku olisi nähnyt hänet muuten istumassa puron rannalla, häntä olisi oudosteltu, mutta onkivapa selitti kaiken.

Vasta purolle tultuaan hän huomasi, ettei hänellä ollut syöttejä. Itsekunnioituksensa säilyttämiseksi hän kaivoi madon ja istutti sen koukkuun. Sitten hän viskasi siiman veteen ja vajosi omiin suloisen julmiin ajatuksiinsa.

Näin hän, viipyen kussakin paikassa jonkin aikaa, kulki puronvartta ylöspäin, kunnes joutui raunioituneen myllyn alapuolella olevalle rannalle. Hän hivuttautui vieläkin ylemmäksi ja löydettyään sopivan puunrungon istuinpaikakseen, viskasi jälleen onkensa veteen huomaamatta lainkaan sellaista pikkuseikkaa, että koukku oli aikoja sitten tarttunut pohjahakoon ja jäänyt sille tielleen.

Hän istui aikansa. Iltapuoli oli aika lauha, vedenpinta väreili somasti, yksinäisyys ja hiljaisuus, luonnonääniä lukuunottamatta, oli täydellinen. Oiva Salla ei olisi ollut rakastunut mies, ellei hän olisi ruvennut laulamaan.

Hän rupesi. Hän ei ollut kuulunut mihinkään kuoroon, solistitehtävistä puhumattakaan, mutta hän piti ääntään välttävänä, ainakin näin syrjäisessä paikassa, ja rantametsä vastasi kohuna hänen lujaääniseen lauluunsa.

Hän jatkoi ohjelmistoaan, kunnes täytyi pitää pitempi tauko äänijänteiden rasituttua.

Ja silloin hän kuuli onton, piipittävän äänen. Tai se oli niin kuin huhuamista. Hän ei tiennyt, mikä se oli, eikä kiinnittänyt siihen huomiota, vaan aloitti ohjelmansa toisen osan. Vetäistyään välillä onkensa ylös, hän huomasi koukun kadonneen ja manasi synkästi, lähtien jatkamaan matkaansa ylöspäin.

Ja taas hän kuuli ääntä. Se oli nyt selvempi ja kovempi. Ja kun hän pysähtyi aivan hengittämättömäksi, hän erotti, vaikka pelkäsi mielikuvituksen narraavan itseään, yhden ainoan sanan: »Apua!»

Mistä saatettiin pyytää apua?

Puro oli kapea ja tyhjä. Rantametsät olivat harvat ja autiot. Raunioitunut mylly oli tyhjä.

Mutta yhä uudelleen hän oli kuulevinaan äänen ja äkkiä hän, heittäen ongen kädestään, lähti juoksemaan myllylle. Olisiko joku lapsi pudonnut lahon sillan läpi puroon ollen vaarassa hukkua?

Juostuaan varovaisesti vanhan rakennuksen sisäpuolelle, hän kajautti huikeasti:

— Hei halloo, onko täällä ketään?

— On, on ...! Auttakaa, auttakaa ... Meidät on teljetty tänne! hän kuuli nyt melko selvän äänen.

Hän ryntäsi ovelle, jonka sulki vankka salpa. Hän vetäisi sen syrjään ja ovea avatessaan hän sai syliinsä sen, jonka olemassaolonkin hän viime minuuttina oli unohtanut: Helinä Vuopion.

Helinä vaipui hänen syliinsä ja pyörtyi. Ja takaosan pimennosta astui esiin toinenkin olio, jonka Oiva Salla vaivoin tunsi taiteilija Volmarsoniksi, niin ränsistynyt, nuutunut ja äärimmäisen heikko tämä oli.

Selityksiin ei ollut aikaa eikä tilaisuutta. Oiva Sallan järki toimi nopeasti ja hyvin. Muutamista Volmarsonin sanoista hän aavisti puolet siitä, mitä oli saattanut tapahtua.

— Jaksatteko kävellä? hän kysyi taiteilijalta.

— Ehkä, vastasi Volmarson epävarmasti. — Mutta en pitkälti. Kirottua, että tuo isku päähäni kirvelee ja huimaa vielä. Minne aiotte?

— Moisioon, vastasi Oiva Salla kohottaen tytön käsivarsilleen. — Ei, siellä ei ole tohtoria. Leikkaus tapahtuu tai lienee jo tapahtunut tänään. Kaikki ovat siellä.

Kun he, hitaasti ja välillä leväten, olivat kulkeneet muutamia satoja metrejä, sanoi Volmarson väsyneesti:

— Olipa hiton hyvä, että rupesitte laulamaan! Me kuulimme sen ja huusimme sitten. Muuten emme olisi huutaneet, sillä huutaa olemme saaneet näinä päivinä tarpeeksi! Lempo sentään, kolme päivää ja kaksi yötä!

He saapuivat moisioon Volmarsonin ponnisteltua voimansa äärimmilleen. Hän hoippuroi keittiöön ja saatuaan palan kylmää lihaa ja lasin maitoa, hävitti hän ne sillä ajalla, jona sisäkkö ehti silmätä hänet kertaalleen päästä jalkoihin.

Sitten hän, jo paljon varmempana jaloistaan, hoippuroi puhelimeen. Hän soitti kaupungin poliisilaitokselle. Sieltä ilmoitettiin, että komisario Auer oli juuri lähtenyt apulaisineen, minne – siitä ei tiedetty.

Volmarson kiristeli hampaitaan ja soitti esimiehensä asuntoon. Sieltä vastattiin, että komisario oli juuri äsken lähtenyt poliisilaitokselle, ehkä tunti sitten.

Vain se, että hän oli niin heikko, esti Volmarsonia murskaamasta viatonta puhelinta. Hän melkein itki ajatellessaan, että tietysti tohtori Verner ja varatuomari Rask nyt pakenisivat yhdessä … eikä kukaan tiennyt pidättää heitä. Eihän hän, Volmarson, voisi antaa puhelimitse vangitsemismääräystä vieraalle poliisilaitokselle …

Sitten hän pudisti päätään ja vaati sisäkköä käymään sanomassa autonohjaajalle, että tämä heti ilmestyisi hänen luokseen. Kuolleena tai elävänä, siistinä taikka siivottomana hän lähtisi nyt kaupunkiin, vaikka kai tulisikin toivottoman myöhään …

Sitten hän muisti urhean onnettomuustoverinsa. Mutta ei, hänellä ei ollut aikaa tapailla tyttöä ... tämä oli varmasti hyvässä hoivassa ... olihan siellä rakastunut pehtoori ja naisia.

Eikä Helinällä ollut niin pahoja vammoja kuin hänellä. Tohtori oli lyönyt häntä armotta.

Autotorvi törähti pihalla ja herra Volmarson, horjuvin askelin, kiiruhti ulos.

XXXVII

Auerille luennoidaan tiedettä

Komisario Auer, jonka mielentilasta leikkauspäivänä aikaisemmin puhuttiin, oli edelleenkin pessimistisellä ja kaikkeen kyllästyneellä maailmankatsomuksellaan päässyt siihen tulokseen, että hänen itsensä oli sittenkin parasta lähteä Tamminiemeen, kun puhelin kilahti soimaan.

Hän vastasi lyhyesti ja äreästi, mutta kuultuaan sitten puhuttelijan nimen, hän oitis kirkastui ja jännittyi.

Hänelle pidettiin äkkiä luento tieteestä. Aihe oli mitä mielenkiintoisin hänelle ja juuri sillä hetkellä, mutta kun luennoitsija oli nuori ja alaansa innostunut — hän oli muuan rikoslaboratorion ylempiä apulaisia — niin hän osasi pitää luentonsa tavalla, josta ei mitenkään voinut aavistaa lopputulosta. Ja kuitenkin, komisario Auer ei sillä hetkellä olisi välittänyt maailman nerokkaimmankaan tieteellisen menetelmän selostuksesta, hän välitti vain lopputuloksesta, yhtä vähän kuin sähkölampun käyttäjää auttaa tieto valmistusmenetelmästä: hänelle riittää, että lamppu palaa.

Mutta nuori sovelletun tieteen harjoittaja, joka oli langan toisessa päässä, ei antanut komisarion ärhentelevien välikysymysten johdattaa itseään syrjään, vaan piti esitelmänsä juonen jännittävänä.

— Aivan niin, kuuli komisario hänen sanovan. — Oikeastaan on olemassa kolmekin menetelmää, mutta me käytämme vain kahta. Se riittää kyllä. Niin kuin tässäkin tapauksessa. Toisen näytteet olivat runsaat ja helpot, toinen oli edustettuna ainesmäärään nähden kovin niukalti. Silti onnistui meidän tehdä tarkka analyysi — minä tein sen itse — ja voimme sen uudistaakin.

Komisario Auerin sydän läpätti. Tämä oli somaa ... tämä tiede, mutta peräti pitkäveteistä. Mutta tuota tieteilijää ei saanut sotketuksi ladultaan. Täytyi kuunnella ja odottaa.

Vihdoin viimein alkoi Auer kuulla käsitettävää puhetta.

— Niin, noissa tuluksissa ... tai bensiinisytyttimessä ... on varmasti voitu todeta kahden eri ihmisen verta. Muutamia pisaroita on tullut toisesta, kokonainen juova toisesta. Nyt meillä on ollut runsaasti vertailuainesta edelliseen. Tarkoitan metsänhoitaja Kuru-vainajan vaatteita. Täten on voitu todeta, että nuo veripilkut ovat hänen vertaan. Sitten on, juovassa olevaan vereen verraten, tutkittu muuan käsine, jonka te tiedätte, mistä se on lähtöisin, mutta jota en halua näin puhelimessa ilmoittaa ...

Niin, se oli se autokäsine, jonka komisario Auer oli korkeimman omakätisesti anastanut tohtori Thomas Vernerin autosta.

— Ja juovassa oleva veri on todettu samaksi kuin käsineessä oleva. Koska teillä on todistus, että mainitun käsineen omistajan käsi oli hierautunut verille noina aikoina ... mitä muuta kaikkea siitä voidaankin päätellä ... on ilmeistä, että se on hänen omaa vertaan. Ja on aivan ilmeistä, että molemmat verijäljet tuossa esineessä ovat syntyneet samaan aikaan. Teillä on mies hallussanne. Tämä todistus pitää, vaikka se viipyikin, eikä virallinen lausunto valmistu vielä pariin päivään. Mutta jos teillä on syytä toimia nopeasti, voitte siihen ryhtyä huoleti jo pelkästään tämän ilmoitukseni perusteella. Analyysimme kyllä pätee ... Ja tahtoisin sanoa, että mitä muuten tähän menetelmään tulee, niin ...

— Kiitos! Minulla on kiire. Puhelemme menetelmistä kunhan tapaamme. Minulla on eri kiire toimimaan! Hyvästi ja kiitos!

Ja taas komisario Auer oli se leppoinen mies, jollaiseksi neiti Vuopio oli hänet oppinut tuntemaan. Hän soitti ja hänen apulaisensa astuivat arkaillen sisään.

— Pistoolit mukaan ja matkaan! komensi Auer ja iski silmää. — Me iskemme nyt! Ja kun me iskemme sellaisia, jotka itsekin osaavat iskeä, on parasta pitää pistoolit valmiina.

Rikosetsivät kumarsivat hieman ja kaivoivat aseensa esille, asettaen ne ulkotaskuihin. He silmäilivät komisarioon. He olivat tutkineet paljon, mutta heillä ei ollut aavistustakaan siitä, kuka aiottiin pidättää.

Auer arvasi heidän ajatuksensa.

— No niin, ne ovat tunnettuja miehiä kumpikin tässä kaupungissa. Tohtori Thomas Verner ja varatuomari Anton Rask.

Molemmat poliisimiehet huudahtivat hämmästyksestä, eikä vanhempi heistä malttanut olla kysymättä:

— Siitäkö Tamminiemen jutusta?

— Aivan, vastasi komisario hilpeästi. — Tohtori on pääsyyllinen. Varatuomari auttaja ... ehkä yllyttäjä ... ja syytteitä tulee muitakin.

He kiiruhtivat poliisilaitoksen autovajaan ja heille luovutettiin vanha iso matkavaunu.

— No, tähän ainakin sopii! tuumi Auer hyväntuulisesti kiivetessään istumaan ohjaajan viereen. Ohjaajana oli toinen rikospoliisi, toinen sijoittui perälle.

— Yleiseen sairaalaan! määräsi Auer heti. — Minä en häikäile nyt yhtään. Pidätän vaikka leikkaussalista.

Mutta saavuttuaan sairaalaan he saivat kuulla, että tohtori Verner oli jonkun seuralaisensa kanssa poistunut laitoksesta noin puoli tuntia sitten. Miehet juoksivat takaisin autoon ja Auer antoi uuden osoitteen.

Ehkäpä tohtori oli kotonaan.

Auer oli arvannut oikein. Tohtori oli tosiaankin pistäytynyt kotonaan ottaakseen mukaan eräitä tarpeellisia tavaroita, ja varatuomari Rask oli käyttänyt tilaisuutta hyväkseen tullatakseen tohtorin whiskypulloa. — Sehän jää muuten tänne! hän puolustautui.

He olivat viipyneet puolisen tuntia ja sitten lähteneet. Auer tuli liian myöhään tavatakseen heidät enää tohtorin kotona ja hyvin vähällä piti, ettei hän kertakaikkiaan myöhästynyt. Siitä, että hän sittenkin pääsi jäljille, tohtori sai kiittää itseään ja autonsa myrkynvihreää väriä.

Auer huomasi nimittäin sellaisen auton juuri kääntyvän pari kadunkulmaa kauempana.

Poliisilaitoksen matkavaunu liikahti sen jälkeen, kääntyi samasta kulmasta, ja jälleen Auer näki takaa-ajettavansa muutamien kadunmittojen päässä.

Poliisilaitoksen auto lienee tarkoitettu alunperin pitkiin maaseutuajoihin. Vaunun moottori ei ollut helposti kiihtyvä, ja siten vaunu oli hidas lähdöissään ja vauhdin lisäämisissään. Se oli jäykkä ja kömpelö vilkkaassa katuajossa. Tohtorin pieni, uusi ja ensiluokkainen auto oli sen sijaan juuri liikenteen vilinässä kuin kotonaan. Se saattoi käyttää hyväkseen jokaisen edun, ja niin se mennä puikkelehti kaukana, matkavaunun tavoittamattomissa.

Mutta kun oli saavuttu esikaupunkiin, arvasi Auer sen valtatien, jolle auto aikoi, ja siten takaa-ajo helpottui. Matkavaunu saattoi valita vähempiliikenteiset kadut ja tiet ja siten saavuttaa tohtoria. Ja niin kävi lopuksi, että kun molemmat autot vihdoin selvisivät melko autiolle valtatielle, ei niiden välillä ollut matkaa kuin noin puolisentoistasataa metriä.

Auer ei hätäillyt lainkaan. Tohtorin auto oli varmasti tosin hiukan nopeampi, mutta se oli niin pieni, ettei se voinut käyttää hyväkseen kaikkea vauhtiaan. Tie oli vielä epätasainen, äsken sorastettu ja pieni vaunu keikkui pahasti, kun taas raskas matkavaunu hyrräsi tietään jykevästi ja varmasti.

Noin kolmen kilometrin mentyä Auer aavisti, että tohtori epäili itsellään olevan takaa-ajajia, sillä pienen vaunun nopeus lisääntyi. Se koetti päästä eroon seuraajistaan. Matkavaunukin ponnisteli perässä.

Mutta sitten alkoi yhtäkkiä matkavaunun moottorista kuulua epäilyttäviä ääniä.

— Lempo, tästä moottorista ei voi mennä takuuseen! huudahti ohjaaja.

— Lisää kaasua! määräsi Auer tyynesti ja hymyillen. — Menemme niin kauan kuin pääsemme.

Ajo jatkui kilometri kilometriltä. Tohtorin vaunu jätätti takaa-ajajaa, se oli selvä, mutta ei niin paljon, että tohtorilla olisi ollut mitään mahdollisuutta pujahtaa jollekin sivutielle huomaamatta.

Mutta pahinta oli, että matkavaunun moottori piti yhä ilkeämpää ääntä. Ohjaaja ei sanonut tietävänsä, mikä sitä vaivasi, eikä tietenkään ollut aikaa pysähtyä ja tarkastaa. Moottori melkein pysähteli, mutta komisario määräsi vain kaasua lääkkeeksi kaikkiin moottorin tauteihin ja raskas matkavaunu lensi työläästi kuin varis vastatuulessa pitkin karkeaa tietä.

Auer alkoi laskea, etteivät he tavoita tohtoria milloinkaan. Välimatka oli aivan liian pitkä siihen, että hyvin tähdättykään pistoolinluoti lävistäisi edellisen auton kumin.

Tultiin sitten taajaväkiseen yhdyskuntaan, jonka keskitse juoksi rautatie.

— Kaasua! karjaisi Auer äkkiä, sillä hän oli huomannut jotakin, nimittäin laskeutuvat rautatieylikäytävän puomit. Myrkynvihreä vaunu oli kadonnut liikenteen sekaan, mutta kun matkavaunu epätoivoisesti rymisten saapui puomin luo, Auer näki vihreän auton seisovan jäähdyttäjän nokka aivan puomissa kiinni.

Kolme poliisimiestä hyökkäsivät vihreän auton luo. He näkivät ikkunasta, että takaa-ajetut olivat sisällä.

Mutta kun Auer tempaisi etuoven auki ja katsahti tohtori Verneriin, tiesi hän auttamattomasti tulleensa liian myöhään. Ja hän aavisti, että tulos olisi ollut sama, vaikka hänellä olisi ollut käytettävissään maailman nopein kilpavaunu.

Tohtori Thomas Verner oli kai päättänyt, ettei hän antaudu. Olihan hänellä, lääkärillä, keinonsa. Hänen suupielessään näkyi hiukan verta, mutta muuten hän oli tyyni ja rauhallinen.

Tohtori Thomas Verner oli kuollut. Hän oli kai nauttinut myrkkyä.

Anton Raskissa todettiin olevan vielä henkeä, mutta hänkin oli aivan tajuton. Kun hänet toimitettiin lääkärin tutkittavaksi, tämä saattoi ilmoittaa mitä vakavimman sydänkohtauksen olevan kyseessä. Se oli johtunut kai järkytyksestä.

— Aivan niin, myönsi Auer kuivasti. — Tässä oli kyseessä todellakin järkytys.

He veivät kuolevan miehen — lääkäri oli epäillyt sitä — ja ruumiin sekä molemmat autot takaisin kaupunkiin, samoin rikollisten saaliin. Tamminiemen juttu oli selvitetty, korkein oikeus oli langettanut tuomionsa ja rangaistus oli jo suoritettu, nopeammin kuin maallisen oikeuskäytön voimalla olisi milloinkaan voitu toimia.

Anton Rask saatettiin kaupungissa sairaalaan. Nuori apulaislääkäri, joka oli vuorossa, selitti komisariolle:

— Tässä on selvä tapaus. Hänellä oli heikko sydän ja hän koki suuren järkytyksen. Ihmettelen, ettei hän kuollut heti. Hän on viettänyt epäsäännöllistä elämää, sen voi nähdä kaikesta. Ei, ei ole mitään toivoa. Hänen sydämensä toimii enää vain äärimmäisten lääkkeitten avulla. Mutta niinkään se ei toimi kauan. Kuusi ... kahdeksan tuntia ... ja sitten hän on siellä, missä ei ole poliiseja eikä rikoksia.

Komisario Auer lähti. Hänen työnsä oli suoritettu. Tuomio ja rangaistus eivät kuuluneet hänelle.

Kun hän saapui poliisilaitokselle, hän löysi huoneestaan kaltoin kohdellun, mustelmille lyödyn apulaisensa, herra Jaakko Volmarsonin, jonka pitkästä ja kaunopuheisesta selostuksesta kävi täydelleen ilmi, ettei kyseessä tällä kertaa ollut mikään omapäisyys ja itsepintaisuus, vaan onneton sattuma, varomattomuus ja rikollisten julkea viekkaus.

Ja sitten komisario ja hänen apulaisensa — jota ei oltu tahdottu päästää poliisilaitokselle muuta kuin pidätettyjen osastolle — syventyivät rauhassa tutkimaan kaikkia niitä todisteita, joita Volmarsonin oli onnistunut koota seikkailurikkaalla matkallaan Tamminiemeen ja oleskelunsa aikana siellä.

XXXVIII

HELINÄ KIRJOITTAA TAAS HENKILÖKOHTAISTA

»Anni rakas! Minä olen toipilaana, aika on pitkä toisinaan ja minä kirjoitan katsomatta, kuinka suureksi postimaksu nousee.

Sinähän olet nähnyt sanomalehdistä paljon, mutta paljon on minulla vielä kertomistakin. En tahdo siihen puuttua nyt. Seikkailuni lopunhan tiedät. Sanon aina itsekseni: minun seikkailuni, vaikka olihan siinä mukana paljon muitakin. Mutta tunnen, että se on ennen kaikkea minun. Minulle se oli ensimmäinen ja rukoilen hartaasti sen olevan viimeisenkin. Volmarsonille, Aurille, heille se oli ammattia ... ja muut ... joka tapauksessa: se oli minun seikkailuni.

Antti — tarkoitan tohtori Raito, mutta me olemme tosiaankin jo lähemmin tutut — on luvannut minut jalkeille ehkä ylihuomenna. Palan halusta tavata sinua sekä herttaisia emäntiäni, jotka nyt odottavat vain leikkauksesta toipumista voidakseen palata tänne ja nauttia elämästään ne ajat, jotka heille vielä on suotu. Leikkausten onnistumista en epäillyt hetkeäkään. Ja oli mainio asia, että professori Vairi sai ne toimitetuksi yleisessä sairaalassa. Minua pelottaa, kun ajattelen, mitä tohtori Vernerin sairaalassa ehkä olisi voinut tapahtua.

Niin, tohtori! Pelkäsin ja kammosin häntä, mutta en ehtinyt oppia häntä vihaamaan. Aika oli liian lyhyt, ainakin minulle sellaiseen. Mutta vaikka olisin häntä vihannut kuinka syvästi tahansa, tuollaista loppua en olisi voinut hänelle toivoa. Hän siirtyi siis hetkessä ajasta ikuisuuteen ... ehtimättä ajatella mitään muuta, kuin että hänen oli pakko tehdä niin. Kuulin Antilta, että Rask kuoli katuen. Hän sai toki aikaa ja saattoi tilittää edes jotakin. Luulen, ettei tohtori ollut sen pahempi, vaikka hän toimikin enemmän. Mutta olkoon, he ovat siellä, minne meidän valtamme ei ulotu. Ja mitä vähemmän kuulen heistä puhuttavan, sitä parempi minun on olla. En voi välttyä ajatukselta, että juuri minun toimeni — vaikka ne olivat oikeutettuja ja välttämättömiä — ajoivat heidät siihen kohtaloon, joka heidät tapasi.

Minun oloni ovat täällä ruhtinaalliset. Hermoni alkavat jo totella, mutta neiti Karvonen ei tottele mitään, vaan on hukuttaa minut sekä herkkujen että kukkien paljouteen. Komisario Auer ja hänen apulaisensa, tuo hauska herra Volmarson, ovat käyneet minua tervehtimässä, kiittämässä ja ylistämässä.

Niin, ja sitten sinä! Säästin nuhteeni tänne asti. Katsos, minä pystyn neuvomaan. Jos haluat olla salakihloissa, varoita sulhastasi pitämään tarkempaa vaaria sormuksesta. Hahhaa, Anni! Antti oli niin mahdottoman punainen huomatessaan, kuinka hän oli ollut vähällä ilmiantaa itsensä, että olin saada uuden hermokohtauksen pidätellessäni naurua. Katsos, asia kävi näin. Hän istui luonani ja leikitteli jollakin, joka oli hänen liivintaskussaan. Kesken kaiken hän innostui äkkiä puhumaan tavallista kiivaammin, tempaisi sormensa liivintaskusta ja sieltä lensi kauniissa kaaressa pieni, soma esine lattialle. Minä tunsin sen jo lennossa, mutta en ollut mitään huomaavinani. Sileät kihlasormukset on niin helppo tuntea. Hän nosti sen kiireesti ja oli, niin kuin sanoin, hirveän punainen. Minä sain oltua niin kuin ei mitään olisi tapahtunut. Mutta kuule, minkä ihmeen takia tämä leikki? Miksi ette julkaise salaisuuttanne? Onnittelut, onnittelut ...! Antti on mainio, ja teistä tulee riemastuttavin lääkäripariskunta minkä tiedän. Muuten: jos teillä kerran on joku syy salata kihlauksenne toistaiseksi, niin ole rauhassa: en juttele siitä kellekään. Ehkä Antilla on joku virka tiedossaan ja haluatte lykätä julkaisun nimityksen jälkeen?

Olenko oikeassa? Kihlauksenne voitte tietysti salata, rakkautenne lienee jo koko maailman tiedossa.

Minä olen, niin kuin näet, lempeällä ja järkevällä tuulella. Siihenkin ovat syynsä. Minähän olen maininnut sinulle pehtooristamme ja hänen kosinnoistaan. No niin, kun mies on pelastanut naisen, ellei nyt kuolemasta, niin ainakin perin vastenmielisestä tilanteesta, täytyy hänelle antaa joitakin oikeuksia. Pehtoori halusi kosia vielä kerran, ja nyt viimeksi se sujui paljon paremmin kuin aikaisemmin. Ja nyt kun minulla ei ollut salaisuuksia painolastina ja oli paremmin aikaa, saatoin tehdä tarkempia huomioita. Hän puhui ehdottoman hyvin ja erittäin vakuuttavasti. Hänen tukkansa ei ole ollenkaan hullumpi ja silmät täyttävät, näin meidän kesken sanoen, suuretkin vaatimukset ja ...

Mutta ei, en jaksa enää. Kaikki, mitä olen hänestä tähän saakka kirjoittanut, on pelkkää harhaa, hätävaletta, mitä vain ... mutta ei totta. En voinut olla kirjoittamatta hänestä, mutta en voinut kirjoittaa sitä, mitä tunsin. Ja siksi minä häntä aina moitin ja väheksyin ... No niin, annoin hänelle nyt vain puolittaiset rukkaset ... ja ... eräitä lohdutuspalkintoja ... Vetosin siihen, etten ole vielä täysin terve. Hän luulee, että olemme salakihloissa mekin, enkä itse tiedä, miten asia oikeasti lienee. Missään tapauksessa emme pääse kihloihin ennen kuin minä kykenen jalkeille ja kaupunkimatkaan. Niin, niinhän se kävi! Oi, Anni, minä olen onnellinen ... kaikesta!

Lähden kyllä moisiosta, vaikka tuskin pääsen kauaksi. Rouvat ovat jo pyytäneet minua luokseen ja luultavasti he tahtovat pitää minut luonaan edelleenkin. Minun lienee taivuttava. Mutta asuntoni tulee olemaan — ainakin Oiva väittää niin — pehtoorin vaatimattomampi maja, jolla kuitenkin on puolensa silläkin, sillä siellähän on se minun — Oivani!

Helinä.»